BENT OHLE

ALLER TOTEN DINGE SIND DREI

LANDFRAUENKRIMI

LV.Buch

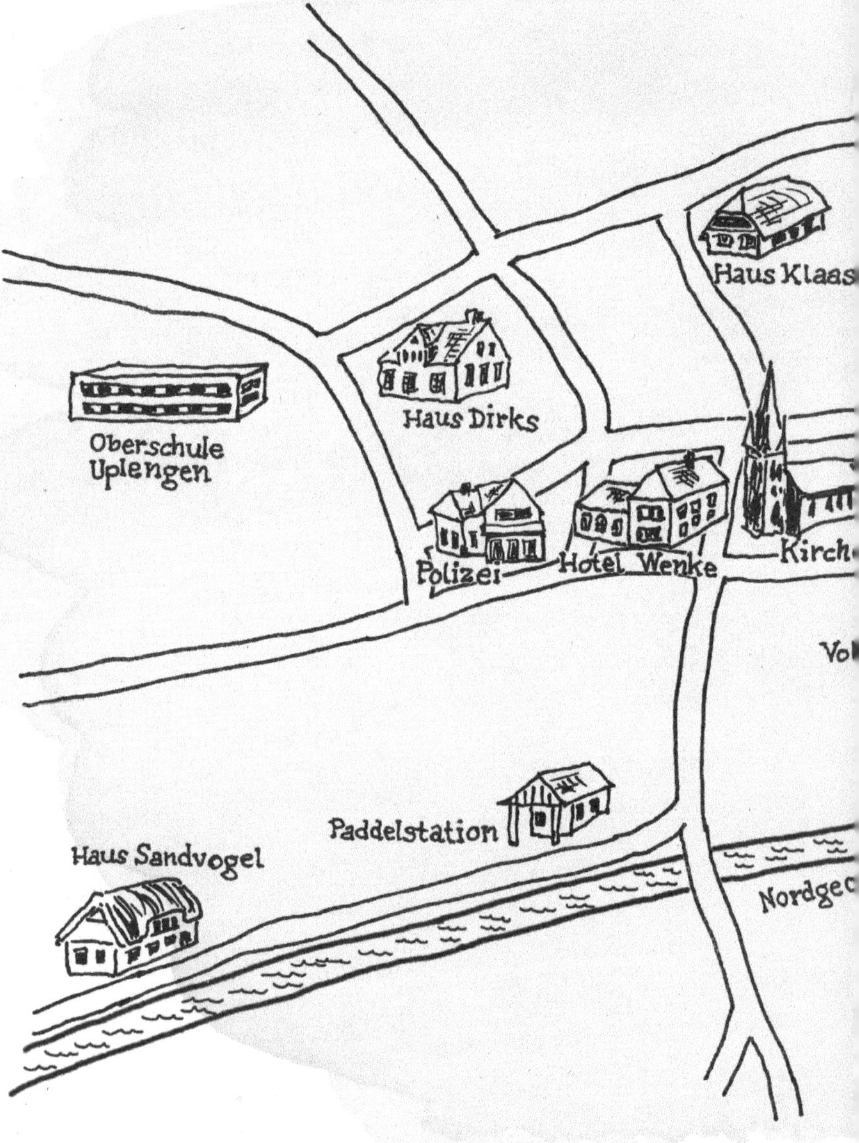

Haus Klaas
Haus Dirks
Oberschule Uplengen
Polizei
Hotel Wenke
Paddelstation
Haus Sandvogel

Ostertor
sbank
gsfehnkanal
Willkommen in
UPLENGEN
KREIS LEER / OSTFRIESLAND

EINS

Elsa tauchte das Paddel in das dampfende Wasser und beschrieb einen von leisem Plätschern begleiteten Linksbogen, sodass sie nun wieder zum Nordufer blickte, das allerdings vom Nebel vollständig verschluckt wurde. Die Schwaden standen knapp einen halben Meter über dem See, geisterhaft ragten die noch dunklen Bäume daraus hervor. Seevögel schwebten lautlos aus dem Uferbereich über das Wasser und landeten unsichtbar irgendwo links von ihr. Elsa liebte die Ruhe am frühen Morgen. Es gab keine bessere Zeit, aufs Wasser zu gehen. Mit einem Lächeln auf den Lippen beschleunigte sie und tauchte die Paddelspitzen immer schneller ein. Ihr Gesicht glänzte feucht vom Nebel, Tropfen bildeten sich an ihren Wimpern und ihrer Nase.

Es war kurz nach fünf, als Elsa ihre Runde auf dem Groß Glienicker See beendete und schwer atmend ihr Kanu auf das Ufer zutreiben ließ. Sobald es vom Sand gestoppt wurde, sprang sie hinaus und schulterte es. Sie hatte ganz in der Nähe geparkt und erreichte den VW Bus nach wenigen Schritten.

Als sie das Kanu auf dem Dach befestigte, vernahm sie auf einmal merkwürdige Geräusche. Wahrscheinlich nur ein Hundebesitzer und sein Vierbeiner, vermutete sie und zurrte den Gurt fest.

„Nein, nein, nein“, lallte da eine Männerstimme. Sie schien aus einer Hecke zu kommen.

Elsa schlich näher und lugte über die Sträucher hinweg in die Dunkelheit, wo sich etwas im hohen Gras bewegte.

„Hallo?“, fragte sie.

„Hallo?“, fragte die Stimme zurück.

„Geht es Ihnen gut?“

„Mir schon.“

Bedeutete dieses „Mir schon“, dass sich dort noch eine zweite Person befand? Die erste Person klang deutlich angetrunken. Elsa ging auf den Mann zu. Die Sonne war bereits aufgegangen, sodass sie die Gestalt, die dort vor ihr im Gras lag, nun besser erkennen konnte. „Morjen“, sagte der Mann.

„Haben Sie sich verletzt, kann ich Ihnen helfen?“

„Mir nich, aber ihm hier.“ Er deutete neben sich ins wild wuchernde Gras, wo sich eine Mulde gebildet hatte. Elsa trat näher und erblickte ein pelziges Tier.

„Herrje, was ist mit ihm?“

„Er vaträgt wohl nich so viel“, nuschelte der Mann. Er trug einen zerknitterten Anzug, und sein Hemd war am Kragen schief geknöpft.

„Wie meinen Sie das?“

„Na, sehn Se ihn doch ma an. Der is hackedicht!“

„Der Waschbär?“

„Naja!“

„Warum?“

„Hat meenen Appelkorn ausjesoffen, der Schuft.“

Jetzt erst bemerkte Elsa die kleine Flasche mit dem rotwangigen Apfel auf dem Etikett, die neben dem ohnmächtigen Tier lag. „Sie geben ihm Alkohol?“, fragte sie entsetzt.

„Icke? Nee! Den hat er jemopst, der kleene Racker.“

Elsa kniete sich hin und nahm den leblosen Waschbären vorsichtig hoch. Sein kleines Herz schlug noch, aber er hing so schlaff über ihrem Arm wie ein nasses Handtuch.

„Lebt er noch?“, fragte der Mann und machte es sich im Gras gemütlich.

„Ja, ja, aber ein Arzt sollte ihn sich ansehen“, entgegnete Elsa. „Was ist mit Ihnen?“

„Ick jeh nich so jern zum Arzt.“

„Ich meine, sind Sie nur betrunken oder auch verletzt? Können Sie gehen? Wo wohnen Sie denn?“

„Dit müsste hier gleich um die Ecke sein“, antwortete er. „Und loofen kann ick prima. Will nur nich.“

„Verstehe. Dann nehme ich das Tier jetzt mit, wenn Sie allein klarkommen.“

„Aber selbstverfreilich, meene Jutste.“ Er versuchte aufzustehen und dabei sportlich auszusehen, fiel aber sogleich seitlich in die Hecke.

„Na, kommen Sie, ich bring Sie nach Hause.“

Elsa wickelte den Waschbären in ein Handtuch und legte ihn in die Spüle ihres Campers. Den Mann verfrachtete sie auf den Beifahrersitz und schnallte ihn an, damit er nicht in den Fußraum rutschte. Zum Glück erkannte er sein Haus, und Elsa wartete, bis er nach mehreren Fehlversuchen endlich die Tür aufgeschlossen hatte und im Flur verschwunden war.

„Na, der Tag fängt ja gut an“, sagte sie und fuhr nach Hause.

Auf dem Hof herrschte bereits Betrieb. Ihre Schwester stand zwischen Trecker und Anhänger und verschloss die Kupplung. Mit dem Handrücken wischte sie sich eine blonde Haarsträhne aus dem Gesicht und blies sie mit schiefen Lippen nach oben.

„Was hast du denn da?“, rief sie Elsa entgegen.

„Einen Waschbären.“ Elsa legte eine Hand auf den Rücken des Tieres, damit es ihr nicht vom Unterarm fiel.

„Hast du ihn überfahren?“

„Nein, er ist betrunken.“

„Ach so …“, mokierte sich Lara und winkte gekünstelt ab.

„Ich hab ihn so einem besoffenen Kerl abgenommen.“

„Die zwei waren wohl zusammen auf Zechtour, was?“

„So ähnlich. Ich leg ihn in den Stall, nicht dass du dich wunderst.“

„Ich wundere mich über gar nichts mehr“, behauptete Sarah und schwang sich in das Führerhaus.

Elsa betrat den Flur des Wohnhauses durch die offen stehende Eingangstür und spazierte von da in die Küche, wo ihre Eltern am Frühstückstisch saßen.

„Morgen“, grüßte sie fröhlich.

Die beiden versteinerten in ihren Kaubewegungen und starrten auf das Tier in ihrem Arm.

„Wo ist Lisa?"

„Schläft?", entgegnete ihr Vater einsilbig. Sirup tropfte von seinem Brot.

„Schatz, du hast ein totes Tier mit in die Küche ...", hob ihre Mutter an.

„Oh, nein, der ist nicht tot. Nur besoffen. Appelkorn. Ein ganzer Flachmann."

„Und was soll er hier?"

„Ich kümmere mich um ihn, und ihr ruft bitte nachher beim Tierarzt an, dass er ihn sich mal anschaut."

„Warum hast du ihn denn mitgebracht?", fragte ihr Vater verständnislos.

„Soll ich ihn etwa, voll wie er ist, irgendwo im Gras liegenlassen? Und so'n Gärtnertyp fährt mit'm Rasenmäher über ihn drüber, bevor er dann von irgend so ‚nem frustrierten Vorstadtjagdhund zum Frühstück verspeist wird? Nee, danke."

Sie griff energisch zur Kaffeekanne.

„Willst du ihm jetzt auch noch Kaffee einflößen?", rief ihre Mutter entsetzt.

„Der ist für mich, wenn's recht ist."

Sie goss sich einen Becher ein, hielt den Bären dabei in der Armbeuge wie einen Säugling, und trank einen Schluck. Ihre Eltern widmeten sich wieder ihrem Frühstück, und der Vater bemerkte verdrossen, dass der Sirup nicht mehr auf dem Brot, sondern als schwarze Pfütze auf dem Teller lag.

„Willst du so nach Berlin fahren?", fragte die Mutter und deutete mit ihrer Tasse auf Elsas Neoprenanzug.

„Ja, Mama. Meine Chefin hat mich gebeten, doch bitte etwas Knappes, möglichst Unbequemes anzuziehen, das gern auch mal nass werden darf."

„Mach dich nicht über Frau Stegmeier lustig, das ist eine tolle Frau."

„Über sie mach ich mich auch nicht lustig, Mama."

Elsas Mutter verstand und wandte sich beleidigt ihrem Frühstücksei zu.

„Warum musst du überhaupt mit nach ... Wo fahrt ihr noch mal hin?", fragte der Vater.

„Uplengen."

„Wo in aller Welt ist Uplägern?", wollte die Mutter wissen.

„Keine Ahnung. Uplengen liegt jedenfalls in Ostfriesland", antwortete Elsa und trank grinsend von ihrem Kaffee.

Unsanft landete der Löffel auf dem Ei, dessen Schale sogleich zerbrach. Es kehrte Stille in der Küche ein, bis ein lauter Schnarcher des Waschbären die Mutter zusammenfahren ließ. Elsa und ihr Vater lachten laut auf.

„Ich bring ihn in den Stall", meinte Elsa und ging hinaus.

Der Stall war eigentlich für die Kühe gedacht, die sie hielten. Doch einige unbelegte Boxen am hinteren Ende hatte Elsa ausgebaut, um dort Tiere aufzunehmen. Tiere, die ihr zuliefen oder zuflogen oder aus irgendeinem Grund ihre Hilfe benötigten. So wie der betrunkene Waschbär. Elsa legte ihn in das weiche Stroh, in dem die Katzen manchmal ihre Jungen warfen. Shelly, die Eseldame, die Elsa herrenlos an einer Autobahnraststätte gefunden und auf den Namen der Tankstelle getauft hatte, schnupperte neugierig über den Rand der Holzabsperrung, zuckte aber gleich wieder zurück.

Elsa lachte. „Der hat ‚ne ganz schöne Fahne, was?" Sie richtete sich auf und kraulte die Eselin. „Tut mir leid, ich muss jetzt los."

Nachdem sie geduscht und sich umgezogen hatte, stieg sie mit ihrer Reisetasche die Treppe hinunter. Sie schmierte sich noch schnell ein Brot und warf dabei einen Blick in die Tageszeitung. Von der Treppe her hörte sie knarzende Geräusche. Anscheinend war Lisa schon aufgestanden, was ungewöhnlich war.

„Morgen Mama", sagte sie verschlafen und taumelte förmlich auf den Frühstückstisch zu. Sie trug dermaßen kurze Jeansshorts, dass man darunter den Ansatz ihres Hinterns sehen konnte.

„Du willst doch nicht in dem Ding in die Schule gehen, oder?"

„Wieso nicht?"

„Wieso nicht? Weil du aussiehst wie eine der Damen auf der Oranienburger Straße nachts um halb zwei, deswegen. Und draußen ist es nicht mal zwölf Grad warm."

„Oh, Mama …"

„Ja, ich weiß, ich bin ein Spielverderber, aber eine Hose, die zwei Zentimeter länger ist, tut es doch bestimmt auch."

Lisa stöhnte genervt und lief wieder nach oben in ihr Zimmer.

„Und mach den Knoten aus deinem Hemd und steck es in die Hose!“, rief Elsa ihr hinterher. Erneut tat Lisa grummelnd ihren Unwillen kund. Dann knallte eine Tür.

Zwei Minuten später kehrte Lisa in einer langen Jeans zurück, die eigentlich nur noch in Fetzen an ihren Beinen hing.

„Zufrieden?“

„Geht so“, sagte Elsa.

„Kann ich heute im Camper übernachten? Melissa kommt vorbei.“

„Melissa kann gern kommen, aber ich fahre heute mit dem Camper nach Uplengen.“

„Was? Wieso?“

„Lisa, das habe ich dir letzte Woche schon gesagt, und seither jeden Tag zweimal.“

„Aber wieso?“

„Weil meine Chefin das möchte.“

„Na toll. Wo ist dieses Urleben überhaupt?“

„Uplengen. In Ostfriesland.“

„Ist das weit weg?“

„Hast du Erdkunde in der Schule?“

„Epochal.“

„Na prima. Fast fünfhundert Kilometer.“

„Fünfhundert?“, rief Lisa erregt.

„Nicht ganz. Sei doch froh, hast du sturmfreie Bude.“

„Mit Oma, Opa und Sarah? Na, vielen Dank.“

„Alles ist relativ.“

„Du bist relativ …“

„Ja?“

„Streng.“

Elsa blickte irritiert zu ihrer Tochter. „Streng?“

„Ja.“

„Was hab ich denn verboten?“

„Die Hose?“
„Das war ein Gürtel.“
„Kann ich wenigstens proben?“
„Wo denn?“
„Na, hier irgendwo. Platz haben wir ja. Im Stall oder drüben im Kindergarten.“
„Im Stall geht's nicht, die Tiere würden durchdrehen. Aber frag im Kindergarten, ob sie die Räumlichkeiten brauchen.“
„Okay.“
„So, und jetzt muss ich los“, sagte Elsa. Sie stand vom Tisch auf, ging auf ihre Tochter zu und nahm sie in die Arme. „Dein Papa wäre stolz auf dich“, flüsterte sie in ihr Haar. „Und ich bin es erst recht.“ Sie küsste sie auf den Kopf.

Dann stellte sie noch rasch ihre Tasse und ihren Teller in die Spüle und machte sich auf den Weg nach Berlin.

ZWEI

Der metallicblaue T4 Camper rollte auf der B2 in Richtung Charlottenburg. Wenn Elsa in die Kurven fuhr, kullerte hinten im Wagen etwas kreuz und quer über den Boden. Sie musste später nachsehen, was das war, und es entfernen, bevor Frau Stegmeier einstieg.

Hoffentlich habe ich meine Reisetasche eingepackt, dachte sie, nicht dass sie noch auf dem Hof steht. Und wenn schon, beruhigte sie sich gleich darauf. Die wichtigen Unterlagen und die Rede für Frau Stegmeier befanden sich in ihrer Umhängetasche, die neben ihr auf dem Sitz lag. Das war die Hauptsache. Alles andere konnte man ersetzen. Sogar in Ostfriesland.

Seit knapp einem Monat war Elsa in der Bundesgeschäftsstelle des Deutschen Landfrauenverbands in Berlin tätig und hatte sich schon ganz gut eingearbeitet. Nachdem ihre Schwester Sarah und sie sich - auch auf das lange Drängen ihrer Eltern hin - entschieden hatten, den Hof zu übernehmen, waren die Aufgaben ihren Vorstellungen und Qualifikationen entsprechend aufgeteilt worden. Beide Schwestern hatten neue Ideen für den Betrieb gehabt. Sarah, die studierte Landwirtin war, konnte und wollte sich stärker in das Tagesgeschäft einbringen als Elsa. Elsa hatte sich vor allem um das Geschäftliche kümmern wollen und auch die Idee mit dem angeschlossenen Hofkindergarten gehabt. Die Eltern hatten sich an den frischen Wind zunächst gewöhnen müssen, doch inzwischen standen sie voll hinter ihren Töchtern und halfen ihnen, wo sie nur konnten. Elsa, die in den vergangenen Jahren viele gemeinnützige Aktionen in Seeburg ins Leben gerufen hatte, war schon des Öfteren vom Bürgermeister angesprochen worden, ob sie nicht in die örtliche Politik gehen wolle, doch das war für sie nicht der richtige Weg. Vor einigen Monaten hatte sie dann bei einem Projekt der Landfrauen durch Zufall die Geschäftsführerin der Bundesgeschäftsstelle kennengelernt und sich kurze Zeit später als deren Assistentin beworben. Dieser Schritt war in der Familie zuvor ausführlich besprochen worden, denn ihre Aufgaben auf dem Hof wollte Elsa keinesfalls vernachlässigen. Als sie den Zuschlag für den Job erhielt, hatte sie dennoch eine gewisse Torschlusspanik ereilt, aber ihre Mutter, die große Stücke auf Frau Stegmeier hielt, redete ihr gut zu. Und so war sie nun die rechte Hand der Präsidentin und im Begriff, ihre erste Geschäftsreise anzutreten. Frau Stegmeier hatte den Wunsch geäußert, von Elsa auf ihren anstehenden Reisen zu den Verbänden begleitet zu werden, damit sie die Basis der Landfrauen in den einzelnen Ortschaften kennenlernte. Heute war Premiere. Und Uplengen war das Ziel.

Berlin lag unter einem dünnen grauen Dunstschleier, der durchsetzt war vom Leuchten der Morgensonne. Das Licht wurde von den Häuserfassaden und Fenstern reflektiert, ebenso von den vielen Fahrzeugen, die sich im Berufsverkehr auf den Straßen drängten. Elsa konnte kaum fassen, wie schnell sie von der einen, ländlichen, in diese andere, die Großstadtwelt gekommen war. Irgendwie war es auch befremdlich, dass das nun ein Teil von ihr war. Sie arbeitete im Herzen der Hauptstadt in einem fünfstöckigen Gebäude, mit Millionen Menschen um sie herum, aber gleichzeitig lebte sie auf dem Land, in einem Tausend-Seelen-Dorf, und führte mit ihrer Schwester einen Bauernhof. Es war, als schlügen zwei Herzen in ihrer Brust.

Mit einem Lächeln fuhr sie über die Weidendammer Brücke, auf der die Touristen flanierten, und passierte den Friedrichstadtpalast mit seinen großen Werbetafeln. Links führte eine unscheinbare Einfahrt zu ihrer Arbeitsstelle. Normalerweise kam sie nicht mit dem Bus hierher, sondern fuhr mit der S-Bahn wie alle anderen Mitarbeiter auch. Es gab nur einen kleinen Besucherparkplatz, auf den sie sich nun stellte und beim Aussteigen bereits Herrn Kupferpfennig sah, der aus seinem Pförtnerhäuschen in den Flur eilte, um ihr galant die Tür zu öffnen.

„Guten Morgen, Frau van Graaf“, flötete Kupferpfennig und stemmte die Tür mit nur einer Hand weit auf, denn sein linker Arm steckte, um neunzig Grad vom Körper abgewinkelt, in einem Gipsverband.

„Ach du je, was haben Sie denn gemacht?“, fragte Elsa, als sie die Stufen hinaufging.

„Ich hab mir die Oberarmpfanne gebrochen“, antwortete er fröhlich.

„Wie schafft man denn so was?“

„Ich wollte einen Gummibaum auf einem schwebenden Balken in meinem Wohnzimmer platzieren und bin von der Leiter gefallen. Zum Glück war's kein Kaktus“, sagte er, „das Ding ist mir nämlich hinterher noch auf die Nase gekracht.“

„Sie Glückspilz.“

„Naja, Glück hab ich leider keins. Gestern kam schon wieder eine Absage von ‚Wer wird Millionär‘.“

Kupferpfennig hatte sich ungefähr siebenundvierzigmal bei der Quizshow beworben und war bis jetzt nie eingeladen worden. Der Arme löste jeden Tag an die fünfundzwanzig Kreuzworträtsel und las in jedem Lexikon, das jemals geschrieben worden war, aber sein Wissen der Öffentlichkeit zu präsentieren, war ihm anscheinend nicht vergönnt.

„Das tut mir leid“, sagte Elsa tröstend. „Nächstes Mal klappt's bestimmt.“

„Ja“, sagte er traurig. „Frau Stegmeier ist bereits oben“, fügte er fast flüsternd hinzu.

„Danke, ich fahr gleich rauf.“

Elsa nahm den Aufzug und schritt den Gang entlang, in dem die Türen offen standen, sodass einfallendes Sonnenlicht leuchtende Rechtecke an die Wand warf. Sie grüßte im Vorbeigehen die Kolleginnen in den besetzten Büros und betrat schließlich ihr eigenes. Astrid Stegmeier saß am Gästetisch und blätterte in ihrem Filofax.

„Guten Morgen, Frau van Graaf“, sagte sie, ohne aufzuschauen. Dann erst hob sie ihren Blick und musterte Elsas Kleidung, die Elsas üblichem Auftreten entsprach. Sie trug eine hellgraue Chino, einen dunkelgrauen Pullover aus Merinowolle mit Rollkragen und schwarze, schmal geschnittene

Schnürschuhe. Die dunklen Haare hatte sie wie immer zu zwei Zöpfen geflochten. Mit den Sommersprossen auf ihrer kleinen Nase sah sie aus wie eine Mischung aus Pippi Langstrumpf und einer Squaw.

„Guten Morgen, Frau Stegmeier."

„Ich wäre soweit abfahrbereit, wie steht's mit Ihnen?" Astrid Stegmeier blickte Elsa fragend an und wartete blinzelnd auf eine Antwort.

„Ich denke, ich habe alles."

„Die Rede?"

„Ist im Bus, Laptop und alles andere auch. Ich hatte noch eine kleine Geschenktüte für die Damen vom Vorstand gepackt, die muss ebenfalls mit." Elsa bückte sich nach einer Papiertüte, die neben ihrem Schreibtisch stand.

„Sehr schön", meinte Astrid Stegmeier zufrieden und klappte ihr Filofax zu. „Dann gehen wir auf Reisen. Ich habe eben in einem furchtbaren Zug gesessen. Nicht nur, dass er wie immer Verspätung hatte, es sind auch in allen Waggons die Toiletten ausgefallen."

„Bei mir funktioniert alles", sagte Elsa.

„Prima." Astrid Stegmeier nahm ihren Rollkoffer, und gemeinsam gingen sie zurück zum Aufzug und fuhren in die Empfangshalle hinunter. Sie waren kaum um die Ecke gebogen und an der kleinen Sitzecke vorbei, da schoss Herr Kupferpfennig umständlich aus seinem Glashäuschen.

„Frau Stegmeier!", rief er erfreut, so als hätte er sie wochenlang nicht mehr gesehen.

„Ja?"

„Sie sind doch so gebildet und waren auch schon mal in Afrika, nicht?"

„Ja, zwei- oder dreimal bin ich dort gewesen, warum?"

„Ich suche die Amtssprache in Simbabwe und Mosambik mit fünf Buchstaben."

Astrid Stegmeier warf Elsa einen ungeduldigen Blick zu.

„Suaheli kann es ja nicht sein, doch das ist die einzige afrikanische Sprache, die ich kenne", fügte Kupferpfennig an.

„Es müsste Shona sein. S-h-o-n-a, Shona."

„Oh, vielen Dank, Frau Stegmeier. Ich wusste, ich kann mich auf Sie verlassen“, jubilierte er und eilte zu Tür, die er für sie aufhielt. „Ich wünsche eine gute Reise, kommen Sie gut an.“

„Danke, Herr Kupferpfennig“, sagte Astrid Stegmeier und zog ihren Koffer durch die Tür.

„Auf Wiedersehen, Frau van Graaf.“

„Ja, bis bald.“

Astrid Stegmeier ging zum Parkplatz, wo der Camper und ein silberner Skoda Oktavia standen. Elsa überholte sie, schloss auf und öffnete die Seitentür.

„So, bitte sehr. Herzlich willkommen in meinem Camper.“

Ihre Chefin warf einen neugierigen Blick ins Wageninnere. „Sehr gepflegt, was ist denn da alles drin?“

„Eine kleine Küche mit Herd, Kühlschrank, Spüle und ein Esstisch.“

„Na, das ist ja ein richtiges Tourmobil! Sehr schön.“

„Ich nehme Ihren Koffer.“ Elsa verstaute den Koffer und die Tasche mit den Geschenken im Kofferraum und schlug die Klappe zu.

Astrid Stegmeier war unterdessen einen Schritt zurückgetreten und beäugte misstrauisch das Kanu auf dem Dach. „Was ist denn das da oben?“, fragte sie mit einem zögerlichen Fingerzeig auf das Sportgerät.

„Mein Kanu“, erklärte Elsa. „Das habe ich immer dabei. Wann immer es sich ergibt, fahre ich eine Runde.“

„Nun, als ehemalige Spitzensportlerin kann man solche Gewohnheiten wohl schlecht ablegen. Ist das das Boot, mit dem Sie bei Olympia waren?“

„Ja, in der Tat. Das ist mein Boot aus Sidney“, sagte Elsa stolz.

„Beeindruckend, aber jetzt müssen wir los. Wir haben eine ganz schöne Strecke vor uns.“

Sie stiegen in die Fahrerkabine und schnallten sich an.

„Haben Sie ein Navi, wissen Sie, wo es ist?“, fragte Astrid Stegmeier.

„Ich nehme mein Handy. Uplengener Hof, richtig?“

„Genau. Waren sie schon mal in Ostfriesland?“

„Als wir Kinder waren, konnten wir nur selten in Urlaub fahren, wegen des Hofs. Einmal waren wir mit der Schule auf Borkum, aber mehr kenne ich nicht.“

„Oh, Gott, mögen Sie es, mit diesem Ding durch die Stadt zu fahren?“, fragte Astrid entsetzt, als Elsa vom Parkplatz fuhr, den Camper durch die schmale Einfahrt manövrierte und auf die Friedrichstraße bog.

„Ich kenne nichts anderes, seit …“ Elsa verstummte und beendete den Satz nicht. Sie war in dunklen Erinnerungen gefangen. Astrid bemerkte das und blickte sich daher betont interessiert im Auto um.

„Kann ich in die Rede schon mal reinschauen? Ich muss mich ja noch vorbereiten.“

„Sicher, sie ist in der Tasche hier.“ Elsa wollte neben sich greifen.

„Lassen Sie nur, fahren Sie uns lieber heil aus der Stadt raus.“

Astrid Stegmeier angelte nach Elsas Tasche, die Elsa beim Einsteigen vom Beifahrersitz nach hinten befördert hatte, zog den kleinen Stapel Papier vorsichtig heraus und überflog die Zeilen mit Neugier und Interesse.

„Grundsätzlich mag ich Ihren Schreibstil“, sagte sie und blickte durch das Seitenfenster nach draußen.

„Grundsätzlich heißt, Sie mögen ihn eigentlich nicht“, erwiderte Elsa.

„Doch, doch, ich würde allerdings noch einige Umstellungen vornehmen wollen. Die Rumänienreise der Landfrauen und ihre beständigen Bemühungen vor Ort würde ich nicht so früh erwähnen.“

„Aber die Umtriebigkeit der Frauen ist der Hauptgrund, weshalb Sie dorthin reisen und ihre Leistungen anerkennen.“

„Ja, richtig. Ich würde anfänglich jedoch lieber über die Gleichstellung der Frauen in Bezug auf Arbeitsentgelte und die gerechte Besetzung in Gremien und Interessenverbänden sprechen, da haben wir ja hier in Deutschland schon noch einiges zu bemängeln, wie Sie ganz richtig formulierten, und anschließend auf die Situation in Rumänien und die Reise der Uplengener Frauen eingehen. So intensivieren wir den Spannungsbogen.“

Elsa war überrascht, wie schnell Astrid Stegmeier die gesamte Rede erfasst und analysiert hatte. Sie nickte.

„Das lässt sich problemlos machen. Wir müssen nur einige Absätze austauschen und vielleicht noch ein wenig an den Übergängen feilen.“

„Das denke ich auch. Aber es ist eine gute Rede, Frau van Graaf, wirklich.

„Vielen Dank.“

„Ich hatte Schlimmeres erwartet."

Elsa lachte laut auf. „Dankeschön, Frau Stegmeier."

„Sie wissen, wie ich es meine", erklärte Astrid schmunzelnd.

Die Autobahn war in der Gegenrichtung, stadteinwärts, sehr voll, jedoch nicht auf ihrer Seite, wo sie trotz vieler Baustellen mit Geschwindigkeitsbegrenzung quasi freie Fahrt hatten und ab der Abzweigung in Richtung Magdeburg endlich wieder schneller fahren konnten. Wie schon in einigen anderen Kurven zuvor rollte auch jetzt wieder etwas durch die hintere Kabine, und Astrid Stegmeier drehte sich um.

„Was ist denn dieses Ding, das da ständig über den Boden kullert? Das macht einen ja ganz kirre."

„Ich weiß es nicht, können Sie etwas erkennen?"

„Ja, da ist so ein Ding, ein Zylinder oder ein Rohr oder so. Anscheinend aus Glas."

Elsa riskierte einen kurzen Blick über ihre Schulter. Das Röhrchen war gegen ein Tischbein gestoßen und lag nun quer zur Fahrerkabine.

„Nicht erschrecken", sagte sie und drückte auf die Bremse, sodass das Ding ins Rollen kam und auf sie zu kullerte, direkt zwischen Fahrer- und Beifahrersitz. Elsa bückte sich und hob es auf. „So, das wär's schon."

„Elegant gelöst", kommentierte Astrid das Manöver. „Was zum Habicht ist das?"

„Das ist ein … na, so ein Dings zum Gitarre spielen."

„Sie spielen Gitarre?"

„Nein, meine Tochter. Sie hat eine Band, und manchmal spielen sie hier im Bus."

„Ah, es ist also in der Tat ein Tourbus."

„Mehr ein Proberaum, würde ich sagen."

Astrid lächelte und blickte wieder auf die Straße. „Wie alt war Ihre Tochter noch gleich?"

„Fünfzehn."

„Hat sie ihren Vater eigentlich kennengelernt?"

Elsas Augen wechselten in ein dunkleres, tieferes Blau. „Ich finde, das müssen wir jetzt nicht besprechen."

„Entschuldigen Sie, ich dachte nur, da wir gerade allein sind, ist vielleicht ein guter Zeitpunkt. Sie hatten mir bei unserem Kennenlernen ja ganz offen gesagt, was geschehen ist. Es bleibt nur irgendwie nebulös, verstehen Sie?"

Elsa schwieg. Stille breitete sich zwischen ihnen aus, nur noch das sonore Motorengeräusch auf der geraden Strecke war zu hören. Die Landschaft mit ihren dichten Kiefernwäldern zog an ihnen vorüber, und im Rückspiegel konnte Elsa die Sonne sehen, ein weißer Ball am diesigen Morgenhimmel.

„Sie war fünf, als er verschwand", sagte sie schließlich doch und blickte dabei stur auf die Straße. „Sie kann sich noch ein wenig an ihn erinnern, an bestimmte Momente …" Sie rieb sich mit dem Finger über den Nasenrücken.

„Und man hat nie eine Spur von ihm gefunden?"

„Nicht eine. Deshalb haben sie ihn auch für tot erklärt."

„Sie sind eine sehr starke Frau", sagte Astrid, nachdem sie Elsa ein paar Sekunden lang gemustert hatte.

Elsa kommentierte das mit einem Anflug von einem Lächeln.

„Mich würde das wahnsinnig machen", sagte Astrid kopfschüttelnd. „Nicht zu wissen, was geschehen ist."

„Das und die Tatsache, dass einen alle für verrückt halten, wenn man den Vermutungen der Polizei nicht glaubt", sagte Elsa. „Ich weiß nicht mal genau, ob Lisa daran glaubt. Meine Eltern und meine Schwester jedenfalls sind nicht meiner Meinung. Nicht mehr."

„Es gab nie wieder ein Lebenszeichen?", hakte Astrid vorsichtig nach.

„Nur eine SMS von seinem Handy. Völlig absurd."

„Was hat er …"

„Dass er eine andere Frau kennengelernt hätte und nicht mehr bei mir bleiben könne. Aber jetzt würde ich doch gern das Thema wechseln."

„Wozu braucht man dieses Ding?", fragte Astrid, um das Thema zu wechseln, und hielt das Röhrchen in die Höhe, das durch den Bus gerollt war.

„Das macht man um den Finger und slided damit über die Saiten."

„Man macht was?"
„Sliden."
„Was heißt das?"
„Gleiten."
„Warum sagt man dann nicht gleiten?"
„Weil es ein Fachausdruck ist."
„Wie Lohnsteuerjahresausgleich?"
„Fast, ja."
„Warum nur fast?"
„Weil es eingedeutscht ist."
„Richtig."
„So wie Maniküre."
„Aja. Gehen Sie dahin?"
„Wohin?"
„Zur Maniküre."
„Nein."
„Warum nicht?"
„Ist ein Fremdwort für mich." Sie sahen sich an und lächelten.

Für den Bruchteil einer Sekunde hatte Elsa das Gefühl, neben einer guten Freundin zu sitzen, der sie vielleicht mehr sagen könnte, als sie allen anderen bis jetzt gesagt hatte.

Dieses Kapitel in ihrem Leben, der größte und traurigste Einschnitt von allen, es war noch nicht zu Ende. Doch mit dieser Auffassung stand sie allein da. Und jeder Gedanke, den sie auf die Frage verwendete, wohin ihr Mann verschwunden war und warum, blieb tief in ihrem Innern verschlossen.

Sie glitten schweigend dahin, die weißen Fahrbahnmarkierungen einsammelnd. Passierten Kiefernwälder, die Brücke über die Elbe, weite Felder. Astrid schlief ein und erwachte erst, als sie gerade die Abfahrt auf die A7 genommen hatten.

„Wo sind wir?", fragte sie und rieb sich die Augen.

„Gleich kommt Großburgwedel. Ich glaub, ich hab meine Zahnbürste vergessen."

„Bitte?“, fragte Astrid erstaunt.

„Ich hab meine Zahnbürste vergessen“, wiederholte Elsa.

„Was für ein Drama.“

„Ja, ich weiß. Gibt es einen Supermarkt in Uplengen?“

„Ich vermute schon. Uplengen ist eine Gemeinde, die aus neunzehn Orten besteht. Da wird der ein oder andere Laden dabei sein, der Artikel für Mundhygiene führt.“

„Oh, gut. Tut mir leid.“

„Frau van Graaf, Sie müssen sich nur entschuldigen, wenn Sie berufliche Dinge vergessen.“

„Das passiert mir komischerweise nicht“, erwiderte Elsa.

„Das tröstet mich. Auch weil Sie es bei Ihrem Einstellungsgespräch vergessen hätten zu erwähnen.“

„Viele gehen in solchen Gesprächen nicht gerade offensiv mit ihren Schwächen um, kann ich mir vorstellen.“

„Wie wahr. Muss ich sonst noch irgendwas wissen über Sie und Ihre etwaigen Schwächen?“

„Ist das jetzt ein nachträgliches Einstellungsgespräch?“

„Nein.“

„Ich liebe Sessel.“

„Sessel?“

„Ja.“

„Ich wüsste nicht, wie das Ihre berufliche Laufbahn beeinflussen könnte.“

„Da haben Sie recht.“

„Möchten Sie einen Sessel in Ihrem Büro?“

„Nein, ich lese gern in Sesseln. Bei der Arbeit kann ich ja nicht lesen.“

„Oh, ehrlich gesagt hoffe ich, dass Sie auch bei der Arbeit lesen. Sie werden viel lesen müssen, Frau van Graaf.“

„Ich weiß, aber ich meinte Romane.“

„Verstehe. Wenn Sie das während der Arbeitszeit täten, hätten Sie es bei Ihrem Einstellungsgespräch natürlich erwähnen müssen.“

Elsa blickte in den Rückspiegel und wechselte scheinbar grundlos auf die ganz linke Spur, ehe ein Wagen mit Anhänger, der eben noch neben ihnen auf der rechten Spur gefahren war, ohne zu blinken nach links ausscherte.

„Der wäre direkt in uns hineingefahren“, beschwerte sich Astrid Stegmeier erschrocken.

„Ja, ich weiß. Hab's kommen sehen.“

„Wie können Sie das kommen sehen, wenn diese Person nicht blinkt?“, fragte Astrid und warf dem Fahrer einen verärgerten Blick zu.

„Manchmal spüre ich einfach, dass die Leute die Spur wechseln wollen.“

„Sie haben hellseherische Fähigkeiten? Das hätten Sie auch erwähnen sollen, dann hätte ich Sie auf der Stelle eingestellt.“

Elsa lächelte zwar, aber gleichzeitig musste sie an ihren Mann denken und dass sie das, was damals passiert war, nicht hatte vorhersehen können. Wie gern wäre sie dazu fähig gewesen, wie gern hätte sie auch das kommen sehen. Sie hätte es verhindern, hätte ihn warnen können. Denn eines stand für sie fest: Er hatte sie nicht verlassen. Jemand oder etwas, ein Umstand, hatte ihn von ihr fortgerissen. Aber, und damit holte sie sich wieder ins Hier und Jetzt zurück, sie konnte nicht in der Vergangenheit verweilen. Sie musste ihr Leben leben, für sich und für ihre Tochter. Und doch hatte sie sich geschworen, jedem noch so kleinen Hinweis, der sich ergab, nachzugehen. Selbst jetzt noch, nach all den Jahren, hielt sie daran fest. Und wieder einmal ergriff eine altbekannte Angst Besitz von ihr. Die Angst, dass sie für einen solchen Hinweis alles aufgeben würde. Auch wenn sie niemanden im Stich lassen wollte. Aber niemals würde sie ihn im Stich lassen. Und sie war ausdauernd und zäh.

Ja, sie war sehr zäh.

DREI

Es war Herbst, Blätter segelten und schwirrten durch die Luft, landeten auf der Fahrbahn und legten sich auf die trockenen Felder.

„Wir sind alle wie bunte Blätter an einem Baum“, hatte er immer gesagt, wenn sie darüber sprachen, wie sie sich gefunden hatten. „Wenn wir im Herbstwind durcheinanderwirbeln und zu Boden sinken, weiß niemand, zu welchem Blatt wir uns legen.“

„Hast du das aus einem Song?“, hatte sie leicht belustigt gefragt, als sie den Satz zum ersten Mal von ihm hörte. Aber er versicherte ihr, dass diese Zeilen von ihm stammten.

Diese Szene kam ihr so lange her vor, so weit weg, doch der Schmerz, den sie bei der Erinnerung daran empfand, war so heftig und nah, dass es gestern gewesen sein könnte.

Wie im Halbschlaf las sie das Schild zur Abfahrt, die sie nehmen musste, und lenkte den Camper von der A28 auf die Landstraße in Richtung Remels, der größten Ortschaft von Uplengen. Sie tätschelte ihre Wangen und schüttelte damit alle Gedanken ab, die ihr gerade durch den Kopf gegangen waren. Sie musste sich auf die Straße konzentrieren. Nachdem sie auf der Autobahn einige große Ausstellungsflächen von Baumschulen passiert hatten, führte die Landstraße nun durch eine flache Landschaft, geprägt von rechteckigen Feldern, die von Bäumen und bewachsenen Wällen gesäumt waren. Hin und wieder konnte man in der Ferne kleine Wäldchen oder Ausläufer davon erkennen, und immer wieder tauchten neben den Bauernhöfen entlang der Straße Autowerkstätten auf.

„Das ist etwas anders, als ich es mir vorgestellt hatte“, sagte Astrid Stegmeier, nachdem sie eine Weile aus dem Fenster geschaut hatte. „Ich kenne Schleswig-Holstein und Nordfriesland. Hier ist es nicht so weitläufig, dafür aber kompakter und irgendwie gemütlicher.“

„Mmhmh“, brummte Elsa zustimmend und ließ ihren Blick schweifen. Auf der rechten Seite tauchte parallel zur Straße ein Kanal auf. „Ich mag es.“

Wenn Elsa Wasser sah, wurde sie immer irgendwie glücklich. Das schönste Wasser von allen war für sie aber das Wasser eines Flusses. Sie konnte sich nichts Spannenderes vorstellen. Was Flüsse schon alles gesehen hatten, welche Geheimnisse sie mit sich trugen. Und Flusswasser war immer in Bewegung, hatte immer ein Ziel. Das imponierte ihr.

„Da ist es schon“, sagte Astrid nach ein paar Kilometern und deutete auf das Ortsschild von Remels. „Und sehen Sie, es lädt seine Besucher zum Shoppen ein! Na, wenn Sie hier keine Zahnbürste finden …“

In der Tat tauchten nun rechts und links der Hauptstraße vereinzelt Geschäfte, Restaurants und Supermärkte auf. Hinter einer mächtigen Eiche stand auf einem kleinen Hügel die imposante Kirche des Ortes.

„Wirklich hübsch hier“, sagte Elsa und entdeckte gleich darauf ihr Hotel, das in unmittelbarer Nachbarschaft zur Kirche lag. „Und da ist der Uplengener Hof.“

Sie lenkte den Bus in die kleine Straße und auf den Parkplatz am Hotel.

„Vielen Dank, Frau van Graaf. Das war eine schöne Fahrt“, sagte Astrid Stegmeier und zupfte ihre Jacke zurecht.

„War mir eine Freude, Frau Stegmeier“, entgegnete Elsa und erntete einen skeptischen Blick, so als würde Astrid die Bemerkung für ein wenig sarkastisch halten. Elsa lächelte strahlend und fuhr sich unschuldig mit der Hand über einen ihrer Zöpfe.

Sie stiegen aus und konnten schon vom Parkplatz aus durch die beiden Seitenfenster in das Hotelrestaurant blicken. Im Hinterzimmer schien man bereits auf sie zu warten. Eine Delegation von fünf Frauen saß dort und beäugte sie neugierig.

Elsa und Astrid gingen zum Haupteingang und betraten das Gasthaus, in dem drei Tische belegt waren. Von hinten links kam eine groß gewachsene dunkelhaarige Frau auf sie zu, gefolgt von vier weiteren Damen.

„Frau Stegmeier?“, fragte sie höflich.

„Ja?“

„Herzlich willkommen in Uplengen.“

Sie lächelte und schüttelte Astrids Hand. „Mein Name ist Roswita Dirks.“

„Wunderbar, darf ich Ihnen Frau van Graaf vorstellen?“, Astrid trat einen Schritt zur Seite. „Sie ist meine persönliche Assistentin, die Chefsekretärin des Präsidiums, und seit knapp vier Wochen bei uns. Daher ist sie heute dabei, um mit eigenen Augen zu sehen, was Sie in Ihren Gemeinden so alles auf die Beine stellen können.“

„Freut mich“, sagte Frau Dirks und reichte Elsa die Hand. Ihr Händedruck war fest und wurde von einem freundlichen Kopfnicken unterstrichen. Sie trug ihr langes Haar zum Pferdeschwanz zusammengebunden, was sie jünger erscheinen ließ, als sie war. Um ihre fröhlich funkelnden Augen machten sich allerdings auch einige Sorgenfältchen breit. „Das sind Frau Klaass und ihre Tochter Frau Klaass-Scheibner“, sie wies nacheinander auf die übrigen Damen, „Frau Sandvogel und unsere Landfrau der ersten Stunde, Frau Siedentop.“

Sie gaben sich alle die Hand, und Astrid und Elsa wurden in das Hinterzimmer zum Tee eingeladen. Elsa saß neben der kleinen Frau Siedentop, die kaum mit den Füßen auf den Boden kam. Elsa konnte sich gut vorstellen, wie sie als junges Mädchen gewesen war. Keck und ein wenig vorlaut und immer guter Laune, vermutete sie.

„Wir haben extra Friesentorte für Sie bestellt“, informierte sie Frau Klaass mit leiser Stimme und lächelte schmal. Sie trug einen schönen alten Ring mit einem Smaragd am rechten Ringfinger, der wie ein Erbstück aussah. Ihre blonden Haare waren noch sehr voll und schulterlang geschnitten.

„Ah, da kommt Frau Immensen, die Besitzerin des Hotels“, sagte Frau Dirks, und alle drehten sich zu einer mittelgroßen Frau mit kurzen schwarzen Haaren und braungebrannter Haut um, die ein riesiges Tablett auf der Hand balancierte.

Das Teeservice wurde von den Damen am Tisch gemeinschaftlich in Empfang genommen und gleich einer jahrelangen Tischtradition verteilt. Alles hatte seinen angestammten Platz, und jeder achtete auf die Richtigkeit dieser Anordnung. Elsa und Astrid sahen interessiert zu.

„Der Kuchen kommt sofort", sagte Frau Immensen und verschwand schnellen Schrittes.

„Ihr Mann ist der Koch, und das Essen hier ist wirklich ausgezeichnet", meinte Frau Sandvogel und legte dabei Daumen und Zeigefinger zusammen.

„Das werden wir ja heute Abend vielleicht noch genießen dürfen", entgegnete Astrid, während Frau Dirks zunächst mit einer silbernen Zange ein Stück Kandis in ihre Tasse legte und anschließend den dampfenden Tee aus der Kanne darübergoss.

„Jetzt sind Sie dran", raunte Frau Siedentop Elsa zu und berührte sie leicht am Bein. „Passen Sie gut auf." Sie nahm ihrerseits ein Stück Kluntje aus dem Schälchen und legte es in Elsas Tasse. Frau Klaass schenkte den Tee ein, woraufhin ein leises Knacken zu hören war. Elsa griff, wie immer, wenn sie Tee trank, zum Löffel, doch wieder berührte die kleine Hand von Frau Siedentop leicht ihr Bein. Langsam schüttelte sie den Kopf und schloss dabei kurz die Augen. Elsa ließ den Löffel wieder los. Jetzt nickte Frau Siedentop zufrieden.

Frau Klaas erhob sich mit dem Sahnekännchen in der Hand und goss mit abgespreizten Fingern etwas Sahne gegen die Innenwand von Elsas Tasse, ehe sie das Kännchen weiterreichte. Elsa sah zu, wie die Sahne in dem braunen Tee versank und den Kandis vernebelte, bis sie als aufquellende Wolke wieder an der Oberfläche erschien. Sie griff erneut zum Löffel.

„Na, na, na", sagte Frau Siedentop mit vorgestrecktem Kinn und blickte mit mahnend erhobenen Augenbrauen auf Elsas Finger. Elsa löste den Griff.

„Das ist ja spannend", hörte sie Astrid sagen. Es war ganz still am Tisch, fast andächtig. Die Damen lächelten sich zufrieden an.

„Dann können wir jetzt", meinte Frau Dirks und nahm ihre Tasse zur Hand.

Elsa versicherte sich dieser Erlaubnis mit einem Seitenblick bei Frau Siedentop und hob, als Frau Siedentop ihr mit einer Geste das Okay zum Trinken gab, die Tasse an ihre Lippen.

„Wunderbar“, sagte sie, nachdem sie gekostet hatte. „Aber wozu braucht man denn dann noch den Löffel?“

„Ich hatte mal“, begann Frau Sandvogel zu erzählen, „Besuch aus Australien. Entfernte Verwandtschaft meines Mannes, irgendeine Cousine, die ausgewandert war. Wir tranken also bei uns zu Hause Tee, und die Cousine und ihr Mann und ihr Sohn tranken die erste Tasse leer, und ich schenkte nach. Sie leerten die zweite Tasse, ich schenkte nach, dann die dritte und immer so weiter. Bei der sechsten Tasse, ich hatte inzwischen die zweite Kanne gekocht, baten sie mich darum, doch mit dem Nachschenken aufzuhören, sie könnten so viel nicht trinken. Daraufhin nahm ich den Löffel, legte ihn in die Tasse und sagte: ‚Es ist gut zu wissen, wann man genug hat.‘“

Ein amüsiertes Gekicher ging durch die Gruppe.

„Deine armen Verwandten, die sind bestimmt die ganze Nacht aufs Klo gerannt“, meinte Frau Klaass mitfühlend.

„Und dein Mann“, begann Frau Siedentop, wechselte dann aber ins Plattdeutsche, weshalb Elsa und Astrid dem Gesagten nicht mehr folgen konnten. Es entwickelte sich eine lustige Konversation der Damen auf Plattdütsch, während der Elsa und Astrid nur dasaßen, ihren Tee tranken und versuchten, sich den ungefähren Sinn zusammenzureimen. Als alle am Tisch lachten, bis auf die beiden, wurde den anderen bewusst, dass sie ja nichts verstehen konnten.

„Ach, bitte entschuldigen Sie, manchmal geht es einfach durch mit uns“, sagte Frau Dirks.

Frau Siedentop machte noch eine letzte Bemerkung auf Platt, und alle lachten, dann übernahm Frau Dirks erneut das Zepter und stellte jede der Damen mit ihren Berufen und Aufgaben innerhalb des Landfrauenverbands vor. Nicht alle Frauen waren in der Landwirtschaft tätig. Frau Klaass-Scheibner zum Beispiel war die Leiterin der hiesigen Volksbank-Filiale, ihre Mutter hatte Einzelhandelskauffrau gelernt und nach ihrer Ausbildung in der Elefanten Kinderschuhfabrik gearbeitet, die hier einmal ansässig gewesen war. Inzwischen führte sie einen kleinen Laden mit dem Namen „Querbeet“ an der Hauptstraße.

„Bei mir kann man alles kaufen, vom Sessel bis hin zum Teeservice“, sagte sie fröhlich.

„Sessel?“, hakte Elsa nach.

„Ja, wieso?“

„Ach, Frau van Graaf, das können wir vielleicht ein andermal besprechen, meinen Sie nicht?“, warf Astrid Stegmeier ein, und Elsa nickte.

„Ich habe eine Vorliebe für Sessel“, flüsterte sie Frau Klaass zu, hielt sich dann aber zurück.

„Tja, da wir morgen alle mehr oder weniger mit den Vorbereitungen für den Herbstmarkt beschäftigt sein werden, dachten wir, dass wir Sie heute noch ein wenig gemeinsam im Ort herumführen, wenn Sie möchten“, sagte Frau Dirks. „Für den Abend haben wir hier im Gasthaus einen Tisch reserviert. Wir können aber natürlich auch woandershin, wenn Ihnen das nicht zusagt.“

„Wie könnte es uns nicht zusagen?“, entgegnete Astrid. „Wir folgen gern Ihrem Plan und sind neugierig auf Ihren netten Ort.“

„So, hier kommt die Torte“, tönte Frau Immensen im Anmarsch auf ihren Tisch und stellte das Tablett mit den Kuchentellern auf der Tischkante ab.

Als Elsa und Astrid die Größe der Tortenstücke sahen, gingen ihnen die Augen über. „Ist selbst gebacken“, erklärte Frau Immensen stolz.

„Meine Liebe, wie soll man denn so eine gewaltige Portion essen?“, wunderte sich Astrid laut.

„Mit ‘nem Schnäpschen hinterher geht das.“ Frau Siedentop zwinkerte ihr zu.

„Na, Sie sind mir ja eine Truppe“, sagte Astrid amüsiert und nahm die Kuchengabel zur Hand.

„Am Sonntag servieren wir an die dreißig verschiedene Kuchen und Torten“, erklärte Frau Dirks. „Alles Rezepte aus unserem Backbuch, das wir dort auch verkaufen werden.“

„Phantastisch“, sagte Elsa mit vollem Mund und Sahneklecks an der Oberlippe. Alle schauten sie an, weil sie bereits mit dem Essen begonnen hatte. „Oh, tut mir leid. Aber ich liebe Torten!“

VIER

Frau Klaass und Frau Siedentop hatten sich nach dem Tee von ihnen verabschiedet. Vom Schnaps über das Völlegefühl nach der Friesentorte hinweggetäuscht, machten sich Astrid und Elsa zusammen mit den übrigen Frauen daran, den Ort zu erkunden. Die Kirche mit dem Ostertor und der alten Eiche besichtigten sie zunächst zu Fuß, schließlich mussten sie dazu nur über die Straße gehen.

„Was sind denn das für Dinger?“ Elsa deutete auf metallene Schellen, die an Ketten in der Kirchenwand verankert waren.

„Da hat man früher all jene, die sich etwas zuschulden kommen ließen, angekettet, und jeder hier im Ort durfte an ihnen vorbeigehen und sie bespucken“, erklärte Frau Dirks.

„Oh, dann möchte ich lieber nicht kriminell werden bei Ihnen“, sagte Elsa und schüttelte sich.

„Nein, nein, keine Sorge, wir sind ganz harmlos. Hier in der Kirche beginnt am Sonntagmorgen um zehn der Herbstmarkt mit der traditionellen Andacht auf Platt“, führte Frau Dirks weiter aus.

„Oh, das ist schön, das würde ich gern sehen“, bemerkte Astrid.

„Gern. Wir verkaufen unsere Torten dann gleich im Anschluss dort drüben im Gemeindehaus.“ Frau Dirks deutete auf einen Gebäudekomplex hinter Astrid. „Dort können Sie auch Ihre Rede halten. Der große Raum fasst an die hundert, hundertfünfzig Personen.“

„Prima, können wir uns das kurz ansehen?“

„Natürlich, kein Problem. Mein Mann wird morgen die Technik aufbauen“, meinte Frau Dirks.

„Ach wie schön, es bleibt alles in der Familie."

„Kann der Ferdi das?", fragte Frau Sandvogel leise und mit einem Anflug von Zweifel in der Stimme.

„Er hat gerade so ein komisches Gerät gekauft, das regelt alles kabellos."

„Na, dann kann er es wenigstens ein Mal benutzen", unkte Frau Klaass-Scheibner und erntete einen strafenden Blick von Frau Dirks.

Elsa lud die drei Damen ein, die Besichtigung im Camper fortzusetzen. Voll besetzt fuhren sie die Hauptstraße entlang, und Frau Dirks, Frau Klaass-Scheibner und Frau Sandvogel erklärten Ihnen - oft durcheinander und mit etwas Platt vermischt - die einzelnen Sehenswürdigkeiten. Elsa und Astrid registrierten überrascht, wie viele Geschäfte hier ansässig waren.

„Da drüben ist der Laden von der Ida Klaass", sagte Frau Dirks an Elsa gewandt.

„Sehr schön", erwiderte Elsa, die tatsächlich einen Ohrensessel mit Karomuster im Schaufenster entdeckte. „Gibt es hier so etwas wie einen Fluss oder einen Kanal in der Nähe?", erkundigte sie sich.

„Sie haben ein Kanu auf dem Dach", stellte Frau Klaass-Scheibner fest.

„Frau van Graaf hat als Kanutin an den Olympischen Spielen teilgenommen", erklärte Astrid Stegmeier stolz.

„Neeeiin", staunten die Damen im Chor.

„Erzählen Sie doch mal", forderte Astrid Elsa auf.

„Ich bin in Sidney über die Tausend Meter gestartet und fünfte geworden", sagte Elsa knapp.

„Neeeiin", ertönte es wieder im Chor.

„Dann haben wir genau das Richtige für Sie: eine Paddelstation!"

„Ach, Ida, das ist doch nichts für eine Olympionikin", meinte Frau Sandvogel. „Drehen Sie mal um, wir zeigen es Ihnen."

Sie wendeten und fuhren zurück zum Hotel, wo sie in Richtung Süden abbogen und kurze Zeit später zwei kleine Holzhäuser am Fehnkanal erreichten, in denen eine Bootsvermietung untergebracht war.

„Von hier aus kann ich direkt ins Wasser, das ist wunderbar und nur ein paar Sekunden vom Hotel entfernt."

„Dahin müssten wir jetzt leider wieder zurück. Als Nächstes zeigen wir Ihnen den Ort, wo früher mal eine Burg stand, und dann geht's weiter ins Stapeler Moor", kündigte Frau Dirks an, woraufhin sich wieder ein kurzer Schnack auf Platt zwischen den Damen entwickelte.

Elsa kutschierte sie in eine kleine, östlich gelegene Ortschaft namens Bühren, fuhr in einem Bogen zurück auf die Landstraße und dann zu einem Badesee, der den Damen zufolge im Sommer viele heimische Gäste und Touristen anzog. Über schmale einspurige Landstraßen, die man kaum so nennen konnte, ging die Tour weiter, durch das bunte Blättermeer der die Straße flankierenden Bäume hindurch.

„Mögen Sie unsere Wallheckenlandschaft?", fragte Frau Sandvogel.

„Ja, diese Begrenzungen auf den Feldern sind mir vorhin schon aufgefallen", antwortete Astrid. „Ich wusste nur nicht, dass es einen bestimmten Namen dafür gibt. Wallhecke, ja? Das ist sehr eigen, aber schön anzusehen."

„Das trifft auf den Ostfriesen im Allgemeinen zu: eigen, aber schön anzusehen", sagte Roswita Dirks und lachte fröhlich.

„Nur auf deinen Ferdi nicht. Der ist in seinen grässlichen Anzügen nicht sehr schön anzusehen", wandte Frau Sandvogel ein.

„Dein Enno gewinnt auch nur noch ‚nen Trostpreis beim Modelwettbewerb."

„Oh bitte, muss ich als Jüngste im Wagen euch ernsthaft darauf aufmerksam machen, wie kindisch ihr euch verhaltet?", ging Frau Klaass-Scheibner dazwischen.

„Vielleicht bist du ja gar nicht mehr die Jüngste", konterte Frau Sandvogel.

„Das wollen wir doch mal sehen", sagte Frau Klaass-Scheibner und blickte zu Elsa. „Wie alt sind Sie, Frau van Graaf, wenn ich das fragen darf?"

Elsa grinste amüsiert. Diese Damen gefielen ihr irgendwie. „Sie zuerst."

„Achtundzwanzig."

„Ha!" Elsa lachte laut auf. „Ich bin fast zehn Jahre älter, Sie sind also auf jeden Fall die Jüngste hier im Bus."

„Seht ihr?", trumpfte Frau Klaass-Scheibner rechthaberisch auf.

Frau Dirks ließ sich davon nicht beeindrucken. „Ich finde, wir Uplengener Landfrauen sollten uns alle ein wenig besser benehmen. Wir sitzen hier mit unserer Präsidentin im Bus, die fünfhundert Kilometer gefahren ist, um uns kennenzulernen, und präsentieren uns wie die letzten Dösköppe", beschwerte sie sich.

„Ich bitte Sie, Frau Dirks, meinetwegen braucht sich keiner zu verstellen", sagte Astrid. „Ich finde Sie alle sehr authentisch und erfrischend."

„Erfrischend. So hat mich auch noch keiner genannt", stellte Frau Sandvogel sinnend fest.

„Zumindest nicht dein Enno", stichelte Frau Dirks und hielt sich sofort schuldbewusst die Hand vor den Mund, weil sie es diesmal war, die spitze Bemerkungen über die Ehemänner machte.

„Ich freue mich sehr darauf, Ihre Männer mal kennenzulernen", sagte Astrid, und jetzt mussten alle lachen.

„Das wollen Sie gar nicht, Frau Stegmeier. Da ist nämlich einer authentischer als der andere."

„Autistisch trifft's doch wohl eher", bemerkte Frau Klaass-Scheibner, und wieder gab es Gelächter.

„Nein, nein, unsere Männer sind eigentlich die dicksten Freunde", erklärte Frau Dirks, „die kennen sich seit de Kinnertied, seit die so kleene Schietbüdel warn." Sie deutete mit der Hand die ungefähre Größe an. „Bis auf Riekes Sören, der ist ja nun mal 'n Ticken jünger."

„Ach je, jetzt sind wir dran vorbeigefahren", rief Frau Sandvogel und blickte durch die Heckscheibe.

Elsa hielt an. So lebendig war es in ihrem Bus schon lang nicht mehr zugegangen. Sie benutzte den Camper eigentlich nicht sehr oft. Er war kein gewöhnliches Transportmittel, sondern viel mehr als das. Er war ein Erinnerungsstück, eins der wenigen, die ihr von ihm geblieben waren. Manchmal setzte sie sich einfach eine Weile allein hinters Steuer und genoss die Stille und die besondere Atmosphäre hier drin. Dann träumte sie von vergangenen Zeiten, als sie noch glücklich und zu dritt gewesen waren. Manchmal spielte sie auch die Musik, die sie immer gehört und sich dabei wie Teenager im Kalifornien der Siebziger gefühlt hatten. Die Eagles, Jackson Browne, Janis Joplin. Was sie selbst immer wieder verwunderte, war, dass sie in solchen Situationen nicht weinen musste. Seit seinem Verschwinden hatte sie nicht eine

Träne vergossen. Wut fühlte sie, Wut und völlige Ratlosigkeit. Wo war er? Wieso meldete er sich nicht? Ihr Kopf war mit so vielen Fragen beschäftigt, die alle laut in ihr widerhallten, dass sie ihr Herz kaum noch hörte.

„Frau van Graaf?"

Elsa drehte sich um. Jemand hatte ihren Namen gesagt. „Ja?"

„Würden Sie bitte den Bus von der Straße fahren, damit wir nicht Gefahr laufen, einem Unfall zum Opfer zu fallen?" Astrid Stegmeier blinzelte freundlich, doch in ihrem höflichen Tonfall schwang auch eine gewisse Strenge mit.

Elsa realisierte erst jetzt, dass sie mitten auf der Landstraße angehalten hatte.

„Hier kommt kaum jemand lang, wahrscheinlich könnten wir hier campen, und es würde nichts passieren", sprang Rieke Klaass-Scheibner Elsa bei. Sie schien jemand zu sein, mit dem Elsa sich anfreunden könnte.

„Entschuldigung, wo müssen wir noch mal hin?", erkundigte sich Elsa.

„Einfach wenden und dann links auf den Parkplatz. Hier ist schon das Stapeler Moor, das wir ihnen zeigen wollten."

Elsa tat, wie ihr geheißen, und die Damen stiegen aus.

Das Moor erstreckte sich so weit das Auge reichte in rötlichem Schimmer und mit unregelmäßigen Wasserflächen, die die untergehende Sonne reflektierten. Strommasten standen als stumme Statuen im tausend Jahre alten Torf. Auf den durchhängenden Leitungen hockten schwarze Krähen wie Scherenschnitte im blassen Gegenlicht.

„Man hat hier im Moor einen Bohlenweg gefunden, der auf 2000 v. Chr. datiert wird", berichtete Frau Dirks und stemmte die Hände in die Hüften. „Allerdings werden wir heute nicht mehr komplett rumkommen, es ist schon zu spät, und das Wetter ist nicht mehr gut."

Sie blickten alle zu Himmel empor. In der Dämmerung bewegten sich dunkle, schwere Wolken in beachtlichem Tempo über sie hinweg.

„Nun war es die ganze Zeit trocken. Alles ist verdorrt, die Ernte ist zu fünfzig Prozent zerstört, und ausgerechnet zum Herbstmarkt soll es anfangen zu regnen?" Frau Sandvogel zuckte unzufrieden mit den Lippen.

„Ist es so schlimm dieses Jahr?", erkundigte sich Astrid.

„Seit … ich glaube, seit März ist kein Tropfen Regen gefallen."

„Und es sind alle betroffen“, meinte Rieke Klaass-Scheibner. „Die Kühe haben nur noch verbrannte Weiden zum Grasen, der Boden verstaubt regelrecht …“

„Nur die Banken haben Konjunktur“, stichelte Frau Sandvogel.

„Ich kriege meinen Lohn, natürlich, aber ich fühle dennoch mit den Bauern, die bei uns sitzen und neue Kredite aufnehmen müssen. Keine Woche ohne jemanden, dem die Rücklagen ausgehen. Aber es gibt auch andere Probleme. Diebstahl zum Beispiel“, sagte Rieke.

„Diebstahl, hier in Remels?“, fragte Astrid.

„Diebstahl oder Kidnapping, wie man es sehen möchte“, meinte Frau Dirks lakonisch. „Kommen Sie, wir besuchen einen kleinen Hof hier in der Nähe, dann werden Sie es verstehen.“

Sie fuhren durch verkümmerte Maisfelder, bis sie schließlich eine größere Landstraße erreichten, von der sie wieder abbogen und dem Nordgeorgsfehnkanal in den nächsten Ort folgten.

„Hier ist es“, sagte Frau Dirks und deutete auf eine unscheinbare Einfahrt, von der aus man ein Einfamilienhaus mit Vorgarten erkennen konnte. „Wir steigen hier aus, und bitte keine Angst vor dem Hund.“

„Warum sagen Sie das?“, fragte Astrid Stegmeier und richtete ihre Kleidung.

„Weil er … Nun, sie haben ihn Cujo getauft, aber er ist harmlos. Kennen Sie das Buch von Stephen King?“

Astrid Stegmeier schüttelte den Kopf.

Elsa lächelte. „Ich kenne es. Ein Klassiker.“

„Klassiker sind etwas anderes, denke ich, auch wenn ich nicht so belesen bin wie Sie“, widersprach Astrid.

„Ein Klassiker des Horrorgenres, klingt das besser?“

„Ja, das tut es. Aber was hat das mit diesem Hund zu tun?“

„Cujo ist …“, hob Elsa an, doch ein riesiger dunkler Schatten, der hinter einer Buchsbaumhecke hervortrottete, ließ sie verstummen. Ein schätzungsweise hundert Kilo schwerer Rottweiler-Mischling bog mit gesenktem Schädel um die Ecke und fixierte sie aus dunklen, glasigen, blutunterlaufenen Augen. Das Fell um seinen Hals war etwas länger als am restlichen Körper und stand vor Dreck starrend von seinem massigen, bulligen Körper ab. Um die mächtige

Schnauze herum klebten angetrocknete Speichelfäden, ebenso wie auf seiner breiten Brust und an den Vorderläufen.

„Oh, du lieber Gott", entfuhr es Astrid. Sie machte einen Schritt rückwärts.

„Na, du bist ja ein Hübscher!", rief Elsa erfreut, klatschte in die Hände und ging auf das Untier zu. Augenblicklich verwandelte sich das Monster von Hund in ein kleines verspieltes Jungtier, das so sehr mit dem Schwanz wedelte, dass sein gesamtes Hinterteil nach links und rechts ausschlug. Der dunkle Blick hellte sich auf, und er schien sogar zu lächeln, als Elsa die Hände nach ihm ausstreckte und damit begann, ihn am Kopf zu streicheln.

„Na, also Ihre Assistentin ist aber eine Frohnatur, die hat ja gar keine Berührungsängste", rutschte es Frau Sandvogel heraus.

Astrid blieb skeptisch. „Mal sehen, ob sie es überlebt."

„Keine Angst, er ist vollkommen zahm. Im Grunde ist er eine Niete als Wachhund. Viel zu sanftmütig. Es ist nur sein Äußeres, das abschreckt."

„Aber das ziemlich überzeugend", sagte Astrid.

„Es hat trotzdem ein paar Typen nicht davon abgehalten, fünf Alpakas zu stehlen."

„Alpakas?", fragten Astrid und Elsa im Chor.

„Ja, hier werden Alpakas gezüchtet. Fünfzig Stück ... beziehungsweise jetzt sind es noch fünfundvierzig."

„Die waren fünftausend Euro wert, pro Tier", ergänzte eine weibliche Stimme, und die Züchterin trat auf sie zu. Sie trug gelbe Gummistiefel, eine enge Jeans und eine karierte Fleece-Jacke. Ihre blonden, wild gelockten Haare leuchteten rötlich in der untergehenden Herbstsonne. Sie gab Astrid und Elsa die Hand. „Moin."

Sie musterte sie aus engen Augenschlitzen, und Elsa hatte unwillkürlich das Gefühl, dass sie gleich Kautabak ausspucken würde.

„Moin Ines. Wir wollten mal kurz deine Herde anschauen", sagte Roswita Dirks.

„Jou, die is hinten auf der Weide. Kommt mit."

Sie drehte sich um und ging, gefolgt von den Damen, am Haus vorbei zu den Stallbereichen auf der Rückseite. Cujo tappte müde, aber schwanzwedelnd hinter Elsa her. Durch eine Gasse zwischen zwei hölzernen Schuppen gehend, erhaschte man einen ersten Blick auf die sich weit nach hinten ausdehnende

Weide, eine Weitläufigkeit, die man von der Straße aus niemals vermutet hätte. Dann lagen zwei große Gehege vor ihnen, in denen die Alpakas grasten. Sie fädelten sich durch eine Schikane von mehreren Toren im Mittelgang zwischen den mit Drahtzaun voneinander abgetrennten Feldern hindurch, bis sie knapp fünfzehn Meter von der sie misstrauisch beäugenden und, wie es schien, fluchtbereiten Herde von Alpakas stehenblieben.

„Sie sind sehr scheu und brauchen lange, bis sie sich an fremde Menschen gewöhnen. Aber dann sind sie sehr zutraulich und schmusebereit", erklärte die Züchterin und schob ihre Ärmel nach oben.

„Darf ich mal nähergehen?", fragte Elsa.

Ines lachte. „Die werden abhauen, so schnell können sie gar nicht gucken. Man muss Geduld haben und kann sie auch als Therapietiere nutzen. Manchmal kommen Kinder zu uns, die's nicht so einfach haben, und verbringen etwas Zeit mit ihnen."

Noch während Ines erzählte, machte Elsa vorsichtige Schritte auf die bunte Herde zu. Es gab braune, schwarze, graue, beige und rötliche Tiere, und alle starrten sie Elsa aufmerksam unter ihren langen Ponys an. Ein Alpaka hatte es Elsa besonders angetan. Es war cremefarben, und seine Augen leuchteten wie Bernstein. „Na, du? Komm mal her", forderte sie das Tier auf.

Ines grinste schon spitzbübisch, weil sie zu wissen glaubte, was gleich passieren würde.

„Spucken die nicht auch?", wollte Astrid wissen, ohne ihren Blick von Elsa zu nehmen.

„Ja, aber nur, wenn sie Angst bekommen."

„Wenn sie so schnell flüchten, wie Sie sagen, haben sie aber doch Angst, oder nicht?"

„Doch, ja", sagte sie fröhlich.

Elsa streckte eine Hand aus, und Astrid zuckte zusammen.

„Gleich is sie weg", prophezeite Ines.

Doch das Alpaka dachte nicht daran abzuhauen, es machte eine duckende Kopfbewegung und kam auf Elsa zu. Die wartete geduldig, bis es sich direkt vor sie stellte, sich an sie schmiegte und ihr den langen Hals zum Streicheln hinhielt.

„Hallo, meine Schöne“, trötete Elsa und umarmte das Tier.

„Dat glöv ik ja wohl nich“, sagte Ines erstaunt. „Was habt ihr denn da für eine mitgebracht?“

Frau Dirks war der Kommentar wohl etwas peinlich, denn sie rückte näher an Ines heran. „Du, das neben Rieke ist Astrid Stegmeier, die Landfrauenpräsidentin, und das da ist ihre Assistentin!“, flüsterte sie mit Nachdruck.

„Na, am Schreibtisch hat die aber nix verloren, die muss ja wohl mit Tieren arbeiten.“

„Wann hat man denn die Tiere geklaut?“, fragte Elsa und strich dem Alpaka über die Augen.

„Vor zwei Wochen. Direkt vonne Weide jemopst! Seitdem treiben wir sie jeden Abend in den Stall.“ Ines schaute auf ihre Uhr. „Und genau das muss ich jetzt machen. Feierabend für heute.“

„Ines!“, zischte Frau Dirks.

„Schon gut.“ Astrid winkte ab. „Es ist spät, und wir müssen doch ohnehin langsam ins Hotel zurück.“

Sie verabschiedeten sich, was das Alpaka aber ignorierte. Es lief hinter Elsa her und stand bettelnd am Zaun.

„Sie müssen es mitnehmen, schauen Sie, wie es Ihnen nachschaut“, sagte Astrid belustigt.

„Ein Alpaka habe ich tatsächlich noch nicht. Aber auch keine fünftausend Euro“, erinnerte Elsa ihre Chefin. „Ich müsste eine Gehaltserhöhung verlangen.“

„Es gibt gerade sehr günstige Kredite“, gab Astrid nonchalant zurück.

„Ich hab eine bessere Idee. Ich finde heraus, wer die Alpakas gestohlen hat, und erhalte als Belohnung eins der Tiere“, scherzte Elsa.

„Abgemacht“, sagte Ines, die die Unterhaltung mitbekommen hatte, und streckte ihre Hand aus.

Elsa blieb verdutzt stehen, weil sie keine Spur von Spott in Ines‘ Augen erkennen konnte.

„Ich mein‘s ernst. Wenn Sie den Kerl und meine Tiere finden, dann können Sie eins haben.“

„Ich denk drüber nach“, sagte Elsa. Sie lächelte und reichte Ines die Hand.

FÜNF

Nach ihrer Rückkehr ins Hotel wollten Astrid und Elsa zunächst auf ihre Zimmer gehen und sich etwas frisch machen und vielleicht umziehen, bevor man sich dann wieder unten im Restaurant traf.

„Frau Stegmeier, wir können Ihre Zimmer noch upgraden. Sie haben die einfachsten Zimmer gebucht, aber wenn ich gewusst hätte, dass es für Sie ist, dann …" Frau Immensen sah Astrid besorgt an. „Ich möchte Ihnen gern zwei unserer komfortableren Zimmer geben."

„Vielen Dank, Frau Immensen, aber wir sind zufrieden mit unseren Zimmern. Es muss kein Luxus sein. Wir sind gern bescheiden."

Sie gingen über das Treppenhaus nach oben in den ersten Stock, Frau Immensen mit beiden Schlüsseln klimpernd vorneweg.

„So, gleich das Erste ist für Sie, Frau Stegmeier."

Sie schloss Astrid die Tür auf, reichte ihr den Schlüssel und ging anschließend mit Elsa bis zum Ende des Flurs. „Und das hier ist für Sie, Frau …"

„Van Graaf."

„Frau van Graaf. Alles zu Ihrer Zufriedenheit?"

„Wunderbar. Ich freue mich schon aufs Essen."

„Ja, mein Mann wirbelt bereits in der Küche herum. Bis gleich."

Elsa stellte ihren Koffer an die Seite und war ganz entzückt, als sie einen ausziehbaren Sessel vor dem Fenster entdeckte. Sie wollte sich sogleich darauf niederlassen, um vor dem Essen noch ein wenig zu lesen, da fiel ihr ihre fehlende Zahnbürste ein.

Eilig lief sie zum Supermarkt auf der anderen Straßenseite und fand auch noch einen Krimi im Bücherregal, der sie interessierte. Mit den beiden Artikeln auf dem Förderband stand sie an der Kasse.

„Elf Euro neunundsechzig, bitte", sagte die Kassiererin und schmetterte den Trennbalken mit gefühlten achtzig Kilometer pro Stunde zurück in die Schiene. „Moin, Lexi", begrüßte sie die Dame hinter Elsa und sagte noch etwas auf Platt, das Elsa nicht verstand.

„Ach du Scheiße", entfuhr es Elsa. „Ich hab mein Portemonnaie im Hotel liegen lassen." Sie sah die Kassiererin entschuldigend an.

„Und nu?", fragte die.

„Ich zahl das", sagte die Dame namens Lexi, und Elsa drehte sich zu ihr um. „Sie sind doch bestimmt die Assistentin von Frau Stegmeier. Ida Klaass ist eine Freundin von mir."

„Ach wirklich? Das ist aber nett von Ihnen. Ich geb es Ihnen auch ganz bestimmt wieder. Kommen Sie zum Herbstmarkt?"

„Der ganze Ort wird dort sein." Lexi zwinkerte ihr zu. „Wir sehen uns ganz sicher."

Erleichtert ging Elsa zurück zum Hotel.

Es roch bereits fantastisch, als sie eintrat, also setzte sie sich einfach schon mal an den reservierten Tisch im Hinterzimmer und begann, in dem Buch zu lesen, das sie gerade gekauft hatte. Die Geschichte war der Versuch einer zeitgenössischen Autorin, das Erbe von Agatha Christie fortzuführen, indem sie einen neuen Fall für Hercules Poirot erfand, und Elsa war sehr neugierig, ob das gelungen war.

„Nun sagen Sie nicht, Sie haben die ganze Zeit hier unten gesessen und gelesen", rief Astrid Stegmeier überrascht aus, als sie den Raum betrat. Vor Elsa stand ein Glas Wasser, das sie aber noch nicht angerührt hatte.

„Nein, nein, ich hab mir auch schon eine Zahnbürste gekauft."

„Wie können Sie jetzt noch lesen? Ich bin so todmüde, ich würde keine halbe Seite überstehen." Sie setzte sich neben Elsa.

„Warum sind Sie so früh unten?"

„Ich bin gerne pünktlich."

Elsa musterte Astrid amüsiert. Sie hatte ihre weiße Hose angelassen und dazu ein schwarzes Jackett mit roten und gelben Rosenblüten angezogen. Sie roch nach Seife und Parfüm.

„Was ist?"

„Nichts, gar nichts."

„Sie schauen mich so von der Seite an."

„Ich sitze ja neben Ihnen, da kann ich Sie nur von der Seite anschauen."

„Nun werden Sie mal nicht komisch, Frau van Graaf. Sie sind nicht umgezogen."

„Nein, ich hatte noch keine Gelegenheit."

„Hätten Sie bei Gelegenheit die Kleidung gewechselt?"

„Nein, vermutlich nicht."

„Das meine ich. Sie sind so … schlicht. Sie tragen ausschließlich diese gedeckten, deprimierenden Farben. Möchten Sie nicht auch mal etwas Buntes tragen?"

„Ich will Ihnen da nicht in die Quere kommen. Sie sind die Präsidentin und ich die Assistentin. So schlägt es sich auch in der Kleidung nieder. Zwei Fliegen mit einer Klappe."

Astrid Stegmeier warf Elsa einen wenig begeisterten Blick zu. „Ich meine nur, dass ein wenig mehr Farbe Ihr hübsches Gesicht unterstreichen würde. Und ich möchte nicht, dass Sie Kleidung tragen, die unsere hierarchische Struktur im Verband symbolisiert."

„Am Ende ist es nur eine Geschmacksfrage, Frau Stegmeier. Ich habe noch nie bunte Kleidung besessen", sagte Elsa und lehnte sich zurück.

„Haben Sie Ihr Haar schon mal anders getragen?"

„Mögen Sie die Zöpfe nicht?"

„Doch, doch."

„‚Doch, doch' heißt dislike."

„Bitte befleißigen Sie sich in meiner Gegenwart der deutschen Sprache."

Elsa lächelte. „Ich wollte es vorsichtig formulieren."

„Auf Denglisch?"

„Nein, nur höflich, gentlemanlike."

„Schon wieder!“

„Was?“

„Dieses Denglisch.“

„Gut, lassen wir das. Kommen wir einfach wieder auf unser ursprüngliches Topic zurück: mein stylishes Casualwear.“

Astrid Stegmeier lachte schnaubend durch die Nase und schüttelte den Kopf.

„Oh Gott, sind wir zu spät?“, rief Frau Dirks, die soeben mit Ida Klaass das Hinterzimmer betrat.

„Nein, nein.“ Astrid erhob sich. „Wir haben nur schon mal ein bisschen Smalltalk gemacht“, sagte sie und grinste Elsa an.

„Ach, Frau Klaass, ich habe vorhin Ihre Freundin Lexi kennengelernt“, berichtete Elsa.

„So? Wie das denn?“

„Sie hat mir im Supermarkt eine Zahnbürste gekauft.“

Die beiden Damen sahen sie an, als hätte sie den Verstand verloren. Elsa erklärte, was es damit auf sich hatte, und die zwei waren beruhigt.

Der restliche Vorstand traf kleckerweise ein, und schon schnatterten sie wieder auf Plattdeutsch los, bestellten und lachten.

„Als wir dann in Rumänien ankamen, trafen wir auf eine Gruppe Frauen, die uns in Empfang nehmen sollte“, berichtete Frau Dirks, nachdem die Getränke gekommen waren und Astrid sie nach ihrer Reise gefragt hatte. „Wir waren in einer vollkommen abgeschiedenen Gegend, fast wie in einem Karl-May-Film, und da kommt eine hübsche Frau mit schwarzen langen Haaren und ganz tollen dunklen Augen auf uns zu und sagt: ‚Moin, ich bin Aneta!‘ Wir waren erst so erstaunt, dass wir keinen Ton sagen konnten, und dann lachten wir alle los. Das war so skurril, dort in der buchstäblichen Walachei mit ‚Moin‘ begrüßt zu werden.“

„Dann erzählte Aneta uns“, fuhr die kleine Frau Siedentop fort, „dass sie zwei Jahre lang in Deutschland gearbeitet hat. Und zwar auf einem Hof bei Aurich. Und stellen Sie sich vor, der Hofbesitzer ist der Cousin von meinem Mann. Ist das nicht ein Zufall?“

„Eine unglaubliche Geschichte", bestätigte Astrid und nahm einen Schluck Weißwein.

„Ja, die Welt ist klein", meinte Roswita Dirks.

„Wir sind alle wie Blätter an einem Baum, keiner weiß, wohin uns der Herbstwind weht …", sagte Ida Klaass mit nostalgischem Blick.

Elsa wurde von einem Schwindel gepackt, der sie fast umriss. Sie drückte beide Arme auf den Tisch, um Halt zu finden, und öffnete den Mund, doch ihr Hals war so trocken, dass sie kaum sprechen konnte.

„Was haben Sie gesagt?"

Astrid fiel auf, dass mit ihr etwas nicht stimmte. Besorgt stellte sie ihr Glas ab.

„Ach, das war bloß so ein netter Satz, den ich mal aufgeschnappt habe. Ist nicht von mir", gestand Frau Klaass unbedarft.

„Von wem? Von wem haben Sie das?" Elsa klang jetzt sehr fordernd. Frau Klaass und die anderen Damen sahen sie überrascht an.

Elsa spürte immer noch Schwindel, und gleichzeitig merkte sie, wie ihr das Blut aus dem Kopf wich.

„Das stammt von jemandem, den ich mal auf einer Reise kennengelernt habe."

„Aber wer? Wie sah er aus, wie war sein Name? Wann genau war das?"

„Frau van Graaf, ist alles in Ordnung?", erkundigte sich Roswita Dirks.

„Ja, ja, ich möchte nur wissen …" Sie blickte in besorgte Gesichter. „Wer hat das zu Ihnen gesagt? Bitte!"

Elsa spürte kalten Schweiß auf ihrer Haut. Ihre Stirn, ihr Nacken waren eiskalt. Gleich würde sie ohnmächtig werden, doch sie wollte hier keine Szene machen, erst recht nicht vor ihrer Chefin.

„Frau van Graaf", hörte sie da Astrid ganz nah am ihrem Ohr sagen. Sie fühlte, wie sie ihr einen Arm um die Hüfte legte. „Kommen Sie, wir schnappen einen Augenblick frische Luft."

Frau Klaass saß wie versteinert da, und Elsa dachte, dass es tatsächlich besser war, sofort das Restaurant zu verlassen. Ja, sie wollte hinaus, ganz dringend, um kühle Luft zu inhalieren und die Augen zu schließen.

„Geht's wieder?", fragte Astrid Stegmeier. Sie stand neben Elsa, die auf der Eingangsstufe hockte und langsam und rhythmisch zu atmen versuchte.

Elsa nickte, obwohl es ihr nicht gut ging. Aber zumindest war sie von einer Ohnmacht jetzt weiter entfernt als eben.

„Was war denn nur los mit Ihnen?"

Elsa lachte auf, was Astrid irgendwie erschreckte, weil es eine der Situation so unangemessene Reaktion war.

„Frau van Graaf?", fragte sie nun schärfer.

„Sie ist meinem Mann begegnet", sagte Elsa.

„Was reden Sie da?"

„Frau Klaass ist meinem Mann begegnet. Dieser Satz, der ist von ihm, den hat er früher immer gesagt, wenn er über uns sprach."

Astrid Stegmeier sah sie mit eng zusammengeschobenen Augenbrauen an. „Das ist doch sicher ein Zitat von irgendwoher und nichts, was …"

„Nein. Das hat er gesagt. Verstehen Sie, was das heißt?" Elsa sah zu ihr hoch.

„Ich bin sicher, dass es sich aufklären wird. Sie sollten das nicht überbewerten."

„Sie also auch."

„Wie bitte?"

„Sie halten mich also auch für verrückt."

„Keineswegs, aber ich halte Sie für bereit, ein kleines Nickerchen zu machen. Ruhen Sie sich aus, und wenn Sie sich erholt haben, gesellen Sie sich wieder zu uns. Ich werde jetzt reingehen. Kommen Sie allein klar?"

„Natürlich", sagte Elsa. Astrid verschwand nachdenklich durch den Eingang, und das Stimmgewirr aus der offenen Tür ebbte ab.

„Natürlich komme ich allein klar", murmelte Elsa leise.

Ein paar Minuten blieb sie noch in der Dunkelheit und Kälte sitzen, bevor sie wieder hineinging und gleich über den Flur nach oben in ihr Zimmer strebte. Im Badezimmer wusch sie sich mit eiskaltem Wasser das Gesicht, stützte sich auf das Becken und blickte in den Spiegel. Sie war leichenblass unter der leichten Rötung, die das Wasser erzeugt hatte. Und wieder konnte sie sich nicht gegen ein Lachen wehren.

„Gott, das war er, das war er", flüsterte sie.

SECHS

Eine Viertelstunde später ging Elsa wieder hinunter. Sie hatte sich so weit gefangen, dass sie glaubte, sich wieder in Gesellschaft begeben zu können. Und sie hatte sich vorgenommen, jetzt nichts zu überstürzen. Sie waren die erste Nacht von zweien hier im Hotel, und für morgen standen Besuche bei Frau Dirks, Frau Sandvogel und Frau Klaass auf dem Plan. Es würde sich sicher ergeben, dass sie Frau Klaass allein sprechen konnte.

„Ah, Frau van Graaf", sagte Astrid laut, als sie zurück in das Hinterzimmer kam. Frau Immensen servierte soeben das Essen. „Ich habe den Damen bereits erklärt, dass Sie sich von einer Grippe erholen und noch nicht wieder ganz auf dem Damm sind."

„Ja, eine wenig erhöhte Temperatur habe ich noch, aber nichts Dramatisches", sagte Elsa. „Entschuldigen Sie bitte. Ich wollte niemanden beunruhigen."

„Ach, da muss schon mehr passieren, damit wir beunruhigt sind." Frau Siedentop grinste Elsa an und klopfte auf den freien Stuhl neben sich. „Nu setz dich mal, min Wicht, und iss was, damit du wedder zu Kräften kommst."

Elsa sah in Frau Klaass' Gesicht sehr wohl Beunruhigung und vielleicht auch eine Ahnung, dass Elsa noch mal auf sie zukommen würde. Aber sie gab sich lustig und offen und neugierig, und bald war der Vorfall vergessen. Spätestens beim Schnäpschen nach dem Essen herrschte ausgelassene Stimmung.

„Ja, der Korn war hier jahrhundertelang Grundnahrungsmittel, weil wir ja quasi vom Moor eingeschlossen sind und damals so gut wie kein Trinkwasser hatten", behauptete Frau Sandvogel nach ihrem vierten Glas.

„Moor, wohin man sieht, Frau van Graaf, das dürfte Sie mit ihren kriminellen Vorlieben doch besonders interessieren", meinte Astrid.

„Den Hund von Baskerville hab ich mit Freude gelesen. Wahrscheinlich könnte man den ebenso gut hier spielen lassen", sagte Elsa.

„Sie mögen Krimis, ja?" Frau Siedentops Freude war unverhohlen. „Dann will ich Ihnen mal eine Geschichte erzählen. Hier im Stapeler Moor ist nämlich ein Mord geschehen. Ein junger Mann kam nach der Schneeschmelze zum Vorschein. Die Kälte hatte ihn den Winter über im Eis eingeschlossen. Zunächst dachte man, dass er im Moor verunglückt und vielleicht ertrunken oder erfroren sei, bis man das Loch in seinem Kopf entdeckte. Ein Gewehrschuss aus größerer Entfernung. Jemand hat ihn wahrscheinlich aus einem Hochsitz heraus beobachtet und dann kaltblütig erschossen. Man hat den Täter nie gefunden." Sie endete mit einer düsteren, tiefen Stimme, und es wurde totenstill am Tisch.

„Wow", sagte Elsa. „Jetzt hab ich ein bisschen Gänsehaut."

Das brachte wieder alle zum Lachen, und der Schreck wurde mit einem Schnaps hinuntergespült.

Es war viertel nach elf, als Astrid und Elsa nach oben auf ihre Zimmer gingen. Astrid war müde und erschlagen von dem ereignisreichen Tag und den fünf oder sechs Schnäpsen. Elsa war ebenfalls erschöpft, doch der Gedanke an das, was Frau Klaass gesagt hatte, ließ sie nicht zur Ruhe kommen. Sie legte sich ins Bett und ließ eine halbe Stunde lang den Fernseher laufen, bevor sie ausschaltete und das neue Buch zur Hand nahm. Sie las, ohne wirklich zu registrieren, worum es ging. Nach zwanzig Seiten blickte sie auf und konnte vom Inhalt nichts wiedergeben. Die Bilder von ihrem Mann und den möglichen Umständen, unter denen er verschwunden war, nahmen zu viel Raum in ihrem Kopf ein. Erst gegen halb drei schlief sie ein, und bereits zweieinhalb Stunden später klingelte auch schon wieder ihr Handywecker.

Sie stand auf, zog ihren Neoprenanzug an und darüber einen Trainingsanzug. Leise huschte sie den Gang entlang und nach unten, wo sie erschrak, weil ein älterer, großer Schäferhund-Mischling am Fuß der Treppe im Halbdunkel stand.

„Mann, hast du mich erschreckt", flüsterte sie und streichelte seinen Kopf.

Er roch an ihrer Hand und leckte dann ihren Unterarm. „Guter Kerl. Ich muss jetzt los."

Durch den Hintereingang kam sie direkt zum Parkplatz und fuhr mit dem Camper zur Paddelstation.

Es war windstill. Noch. Elsa hatte die Erfahrung gemacht, dass der Wind erst mit der aufgehenden Sonne kam. Sie kletterte auf das Autodach und hob das Kanu herunter. Von irgendwoher näherte sich ein Fahrzeug, und bald erkannte sie auf der anderen Seite der Straße einen Traktor, dessen gelbliche Scheinwerfer Lichtkegel durch die diesige Luft schoben. Als er an ihr vorbeifuhr, schaute der Fahrer etwas irritiert zu ihr herüber und grüßte dann. Elsa winkte und trug ihr Boot zum Steg hinunter.

Das Wasser war schwarz, und sie musste sich an die Dunkelheit hier unten abseits der Straßenlaternen erst gewöhnen. Als sie eingestiegen war, konnte sie eine leichte Reflexion des langsam grauenden Himmels auf der Wasseroberfläche erkennen. Das Boot war nach Westen ausgerichtet. Sie nahm das Paddel zur Hand und stieß sich vom Steg ab. Allmählich schneller werdend tauchte sie die Paddelschaufeln ein und glitt unter leisem Plätschern vorwärts. Rechts vom Kanal tauchten entlang der Straße einige Häuser auf, in denen zumeist in den oberen Etagen bereits ein oder zwei Fenster beleuchtet waren. Die Bewohner standen gerade auf, machten sich fertig für den Tag oder frühstückten bereits. Elsa beobachtete das Erwachen des Ortes gern und fuhr sehr langsam für ihre Verhältnisse. Sie passierte kleine Holzstege und selbst gebaute Anlegestellen für die kleineren Boote, die hier im Wasser lagen. Ein Stück weiter vorn spannte sich eine Brücke über den Kanal. Inzwischen mischte sich das erste Rot in die Dämmerung, und sie vernahm von irgendwo rechts hinter sich das Geräusch einer sich öffnenden Haustür.

„Was'n dat für'n Schiet!", hörte sie eine tiefe Männerstimme fluchen. Sie musste still über den Ärger des Mannes lachen. Kaum fünf Sekunden später hörte sie ein lautes Platschen. Sie fuhr herum und glitt dabei lautlos weiter. Der Mann stand am Ufer und blickte in den Kanal. Er schien irgendetwas hineingeworfen zu haben. Mit wütendem Murmeln stapfte er zum Haus zurück und verschwand im Inneren, während die Tür lautstark hinter ihm ins Schloss fiel.

Elsa nahm, amüsiert über diesen kleinen morgendlichen Wutanfall, wieder Fahrt auf, tauchte die Paddel ein und fuhr, bis eine Schleuse sie aufhielt und sie wieder umdrehen musste.

So sehr das Kanufahren sie sonst von allem ablenkte und ihren Kopf freimachte, so wenig konnte sie heute Frau Klaass aus ihrem Kopf kriegen. Sie musste später versuchen, sie in einer ruhigen Minute beiseite zu nehmen und unter vier Augen zu sprechen. Es war wichtig, dass sie mehr über den Mann erfuhr, dem sie begegnet war. Wenn es sich wirklich um ihn handelte … Ein brodelnder, kitzelnder Druck machte sich in Elsas Magen breit. Eine Mischung aus Angst, Vorfreude und kaum zähmbarer Ungeduld. Sie versuchte, sich auf das Fahren zu konzentrieren, und erhöhte die Schlagzahl immer weiter. Als sie erneut an dem Haus vorbeikam, dessen Hausherr vorhin am Kanal gestanden hatte, suchte sie im Wasser nach dem Gegenstand, der von ihm hineingeworfen worden war. Sie konnte nichts erkennen, bis der Bug ihres Bootes dumpf gegen etwas stieß. Aber es war nur ein schwarzes Holzbrett, das im Wasser dümpelte, wahrscheinlich von einem der maroden Stege hier.

Elsa blieb noch eine halbe Stunde im Wasser, fuhr zurück, duschte und saß kurz darauf überpünktlich an einem Tisch am Fenster, der für von Frau Immensen für sie und Astrid eingedeckt worden war. Sie hatte sich das Buch mit nach unten genommen und las ganz in Ruhe, während vor dem Fenster der Aufbau für das Herbstfest in vollem Gang war. Autos, Anhänger, Laster, Transporter brachten Buden und Stände in die kleine Straße zwischen Hotel und Kirche.

„Tut mir leid wegen des Krachs“, sagte Frau Immensen mit Blick auf die Arbeiten.

„Kein Problem, wegen des Herbstmarktes sind wir ja da“, entgegnete Elsa.

„Kann ich Ihnen schon etwas zu trinken bringen?“

„Ich nehme einen Kaffee, vielen Dank.“

„Nicht lieber einen Tee? Kaffee ist doch Gift für Ihr Sportlerherz, oder nicht?“

Elsa sah zu Frau Immensen hoch, die sie freundlich lächelnd anstrahlte.

„Wissen Sie was? Sie haben recht. Ich nehme einen Tee, das passt auch besser zu meiner Lektüre. Die friesisch-britische Teetradition wird mir guttun.“

„Sie können aber auch Kaffee bekommen."

„Nein, nein, schon gut. Tee ist wunderbar."

Elsa las knapp zehn Seiten, bis Frau Immensen ihren Tee brachte, den sie liebevoll auf dem Tisch arrangierte. Elsa versuchte, alles zu beachten, was ihr gestern von den Damen beigebracht worden war, und schaute gespannt der Sahnewolke zu. Sicher gab es Menschen, die aus der Form dieser Wolke die Zukunft lesen konnten, so wie andere aus dem Kaffeesatz lasen. Elsa erkannte darin allenfalls eine neblige und undurchsichtige Zukunft, die aber köstlich duftete, das musste sie zugeben.

„Frau van Graaf, Sie sind ja schon auf." Astrid trat zu Elsa an den Tisch. Sie roch nach blumigem Parfum, Shampoo und Makeup. „Sie lesen doch nicht etwa auch beim Frühstück?"

„Nur solange ich auf Sie warte", entgegnete Elsa. „Ich war so frei, mir schon mal einen Tee zu bestellen."

„Fürwahr, ich sehe es. Und sie praktizieren friesische Traditionen. Sehr löblich." Sie setzte sich. „Wie haben Sie geschlafen?"

„Wie ein Stein", log Elsa so spontan, dass sie selbst überrascht war. „Heute Morgen bin ich schon so um fünf auf den Kanal gegangen."

„Um fünf?" Astrid stockte. „Sie schaffen es, mir ein schlechtes Gewissen zu machen, Frau van Graaf. Aber mal im Ernst." Sie legte beide Arme auf der Tischplatte ab und beugte sich vor. „Wie erging es Ihnen, nachdem Frau Klaass …"

„Oh, ach das." Elsa winkte ab. „Alles in Ordnung, das war sicher nur ein Zufall. Heute Morgen sieht die Sache schon ganz anders aus."

Astrid Stegmeier überzeugte diese Aussage nicht, das war ihr anzusehen, aber sie beließ es dabei und bestellte Kaffee.

Als erster Punkt stand heute der Besuch bei Frau Dirks auf der Agenda. Gleich nach dem Frühstück machten Astrid und Elsa sich zu Fuß auf den Weg dorthin, denn die Straße in Richtung Norden war wegen der Feierlichkeiten bereits gesperrt. Sie gingen knapp zwanzig Minuten, zunächst durch den Trubel der Aufbauarbeiten und anschließend durch ein ruhiges Wohngebiet mit Einfamilienhäusern hindurch. Schließlich näherten sie sich einer Waldgrenze. Elsa blickte auf die Karte auf ihrem Handy.

„Da vorn, das mit der kleinen Hecke muss es sein", sagte sie und deutete auf das letzte Haus auf der linken Seite.

Sie betraten einen schmalen Steinweg, der durch den Vorgarten auf das rot geklinkerte Haus zu führte, als sich auch schon die Haustür öffnete und ein Mann heraustrat. Er trug einen roten Trainingsanzug mit weißen Streifen und dazu leuchtend weiße Turnschuhe mit roten Streifen.

Elsa und Astrid wollten gerade grüßend auf ihn zugehen, und er wollte die beiden Eingangsstufen hinabsteigen, da blieben alle drei wie angewurzelt stehen. Zwischen ihnen befand sich ein Hindernis, das den Weg versperrte. Ein aus zwei längs zusammengefügten Brettern gefertigtes, knapp zwei Meter langes und dreißig Zentimeter hohes, nach unten offenes Holzdreieck. Es sah aus wie ein Dachgiebel und war schwarz gefärbt.

„Guten Morgen, Herr Dirks", sagte Astrid und hob vorsichtig die Hand. „Was ist das?"

„Moin", gab er irritiert zurück. „Haben Sie das hierhin gestellt?" Er trat auf den Weg und machte einen Bogen um das Ding, ohne seinen Blick davon zu lösen.

„Nein, wir sind von der Bundesgeschäftsstelle des Deutschen Landfrauenverbandes", gab Astrid zu verstehen. Sie und Elsa gingen auf der anderen Seite um das Gebilde herum.

„Wie kommt das hierher?", fragte er ratlos.

„Sehen Sie mal, hier steht etwas", meinte Elsa und deutete auf eine ins Holz geschnitzte goldene Inschrift. Herr Dirks kam an ihre Seite. Dort stand zu lesen:

Ferdinand Dirks
**13.05.1969*
†23.09.2018

„Was soll das?" Er stemmte unsicher seine Hände in die Hüften.

„Vielleicht ein Scherz?", vermutete Astrid.

„Ja, moin, was haben Sie denn da mitgebracht?", fragte Frau Dirks fröhlich. Sie stand mit zusammengelegten Händen in der Tür, um sie hereinzubitten.

„Das ist nicht von uns, das lag bereits hier, als wir kamen", erklärte Astrid.

„Offenbar ein …"
„Maus, könntest du bitte die Polizei rufen?", bat Ferdinand Dirks mit zittriger Stimme.
„Die Po… was?"
„Polizei."
„Aber warum denn das, Ferdi? Wegen so einem Holzding?"
„Schon gut, ich rufe an", sagte Elsa und tippte den Notruf in ihr Handy.

Ida Klaass stand in ihrer Küche und trennte Eier. Sie sang zu Abbas „Waterloo", das im Hintergrund lief, und warf die leeren Schalen beschwingt in den vollen Biomülleimer.
„Schatz, kommst du endlich?", rief sie über die Schulter, und schon hörte man von der Treppe lustlose Schritte. Werner Klaass kam in die Küche.
„Mein Gott, jetzt läuft dieses Geplärre schon wieder", beschwerte er sich.
„Komm, mecker nich rum, mach dich lieber bereit. Abba wird immer beim Backen gehört."
Werner Klaass nahm seine Schürze vom Haken und zog die Schlaufe über den Kopf. Dann verknotete er die Bänder hinter dem Rücken. Auf der Schürze prangte ein Bild von Clint Eastwood aus dem Film „Dirty Harry", auf dem er statt einer 45er Magnum einen elektrischen Handmixer hielt und das mit dem Schriftzug „Bake my day!" unterlegt war.
„Was soll ich machen?", fragte er gottergeben.
Seine Frau drehte sich zu ihm um. Auf ihrer Schürze stand „Baking Queen", darunter war ein Bild von Queen Elizabeth, die aus einem Backofenfenster herauswinkte.
„Sag mal, musst du in der Küche wirklich eine Krawatte tragen?", fragte sie kopfschüttelnd.
„Ich repräsentiere immer noch die Kanzlei", erinnerte er sie. „Morgen zum Lauf ziehe ich mich ja auch entsprechend an."
„Ja, wahrscheinlich trägst du Manschettenknöpfe an deinem Trainingsanzug", meinte sie. „Hier." Sie drückte ihm den Biomüll in die Hand.

„Den kannst du mal ganz repräsentativ rausbringen."

Sie nahm den Handmixer und steckte die beiden Quirle ein. Als sie eben den Teig verrühren wollte, ertönte von draußen die Stimme ihres Mannes.

„Ida? Idaaa!"

„Was ist denn?", rief sie und lugte durch das Küchenfenster nach draußen zum Eingangsbereich. Ihr Mann stand mit der Biomülltüte in der Hand vor einem länglichen schwarzen Gegenstand.

„Was ist das hier?", rief er.

„Keine Ahnung, was ist es denn?"

„Das habe ich dich doch gerade gefragt."

„Aber du stehst doch direkt davor!", rief sie. „Sieh doch nach, was es ist!"

Als ihr Mann sich nicht bewegte und nur hilflos zu ihr herüberblickte, knallte sie den Mixer auf den Tresen. „Menschenskinners."

Sie ging nach draußen zu ihrem Mann und begann, das längliche Holzdach oder was es auch immer war, zu untersuchen.

„Sieh mal, hier steht dein Name", sagte sie erstaunt und zeigte mit dem Finger auf eine Inschrift. „Und dein Geburtstag auch. Und darunter das Datum von morgen mit einem Kreuz davor …"

SIEBEN

Elsa, Astrid, Roswita Dirks und ihr Mann standen in der Küche und schauten aus dem Fenster, während im Ofen ein Kuchen buk.

„Wir hätten das Ding einfach nehmen und zu ihm fahren sollen", meinte Frau Dirks.

„So ist es besser, denke ich. Man sollte nichts anfassen oder bewegen", sagte Elsa.

„Herrje, Sie sagen das, als ob dort eine Leiche im Garten liegen würde", meinte Astrid Stegmeier und lächelte, weil es als Scherz gemeint war, ließ es aber gleich wieder bleiben, weil niemand sonst auch nur den Mund verzog.

„Da kommt er", sagte Herr Dirks und eilte aus der Küche.

„Es tut mir so leid, dass Sie das alles hier erleben müssen", sagte Frau Dirks zu Astrid. „Der Besuch war doch eigentlich ganz anders geplant."

„Ach, meine Liebe, machen Sie sich keine Gedanken. Wir wollen nur hoffen, dass das nichts … Ernstes ist."

Sie folgten Ferdinand Dirks in den Vorgarten, wo dieser gerade den Dorfpolizisten Obermeister Voß-Hoss begrüßte. Voß-Hoss war ein winziger Mann mit einem langen gelblich-weißen Bart und kurzen Fingern. Trüge er keine Uniform, sondern eine rote Mütze und eine Schaufel, hätte er auch als Gartenzwerg durchgehen können.

„Moin Ferdi, wat soll ,n dat sein?"

„Das frage ich dich! Jemand hat mir das vor die Tür gelegt."

„Und wer ist das?"

„Also ehrlich. Wenn ich das schon wüsste, bräuchte ich dich ja nicht."

„Nein, ich meine die beiden", sagte Voß-Hoss und deutete mit der Nasenspitze auf Elsa und Astrid.

„Oh, das sind Frau Steigmeier und Frau ..." Er stockte, weil er Elsas Namen nicht kannte.

„Van Graaf."

„Frau van Graaf. Das ist Herr Voß-Hoss." Sie reichten sich die Hände.

„Van Graaf? Sind Sie auch ‚ne Holländerin? Gibt ja inzwischen einige hier."

„Tamme!", donnerte Frau Dirks.

„Was denn, kann man doch mal fragen."

„Die beiden kommen aus Berlin, vom Landfrauenverband", erklärte Ferdinand Dirks.

„Ach so. Na dann." Er widmete seine Aufmerksamkeit wieder dem Objekt, wegen dem er gerufen worden war. „Tja, sieht völlig ungefährlich aus", fasste er seinen Eindruck zusammen.

„Hast du die Inschrift gelesen?", fragte Ferdinand Dirks nachdrücklich.

„Jou. Sternchen, Datum, Kreuzchen, Datum. Is natürlich irgendwie ..." Er suchte nach dem passenden Wort und schob seinen Mund dabei hin und her.

„Ja?"

„Naja, kriminell eher nicht, würde ich sagen." Er legte grübelnd seine Hand über den Mund.

„Aber ...", setzte Ferdinand Dirks an, als auf einmal Mandolinenklänge ertönten. Es war die Titelmelodie von „Der Pate".

„Oh, das is meins", sagte Voß-Hoss und kramte sein Handy aus der Tasche. „Polizei Remels, Obermeister Voß-Hoss am Apparat, was kann ich für Sie tun?"

Er lauschte. „Ein was?" Verdutzt blickte er zu Ferdinand. „Jaja, ist gut, ich komm gleich rum. So inner Viertelstunde." Er legte auf. „Das war Werner Klaass", sagte er und stellte sich etwas breitbeiniger hin. „Er hat ein - und jetzt aufgepasst: schwarzes, längliches Stück Holz mit einer seltsamen Inschrift vor seiner Haustür gefunden. Kann mir mal einer sagen, was hier los ist?"

Die Umstehenden waren ob des Auftauchens eines zweiten, wahrscheinlich identischen Gegenstands vor Werner Klaass' Haustür jedoch allesamt ziemlich ratlos, und so nahm nun Frau Dirks das Heft in die Hand.

„Dann fahrt ihr zwei doch einfach mal zu Werner und klärt das ab. Wir Frauen gehen jetzt wieder rein und machen weiter, schließlich gibt es noch viel zu tun." Sie blickte auf die Uhr. „Der Kuchen muss raus."

Astrid Stegmeier folgte Frau Dirks, die zielstrebig auf die Eingangstür zumarschierte, Elsa allerdings blieb grübelnd stehen.

„Die Frau hat was", raunte Voß-Hoss Ferdinand zu.

„Mensch, halt'n Rand, du Schmalspur-Casanova."

„Neeein, guck doch, sie hat irgendwas …"

Elsa war nach reiflicher Überlegung zu dem Schluss gekommen, dass sie vielleicht einen dienlichen Hinweis beisteuern konnte. „Ich hab da noch was", sagte sie.

„Siehst du?" Voß-Hoss grinste selbstzufrieden.

Astrid und Frau Dirks drehten sich um.

„Ich hab heute Morgen gegen Viertel nach fünf etwas beobachtet, das möglicherweise von Bedeutung sein könnte. Naja, es war noch sehr dunkel, aber da war ein Mann am Kanal. Er trat aus seiner Haustür, fluchte und warf dann etwas ins Wasser. Als ich wieder zurückfuhr, stieß ich gegen eine Art Brett. Es war schwarz, soweit ich das erkennen konnte."

Alle starrten sie sprachlos an.

„Wat, Sie sind im Morgengrauen aufm Kanal gefahren?", wollte Voß-Hoss wissen.

„Ja, im Kanu."

„Kanu. Die Paddelstation hat geschlossen um fünf Uhr, soweit ich informiert bin."

„War mein eigenes."

„Ach so, na klar. Fünf Uhr. Kanu. Kanal. Schwarzes Brett. Und Sie glauben, dass das auch so'n Ding war?" Er deutete mit seinen kurzen Fingern auf das Stück Holz.

„Es könnte sein. Die Größe passt."

„Können Sie sich an die Stelle erinnern?"

„Bestimmt."

„Fahren wir."

„Aber wir haben noch andere Dinge vor", meldete sich Astrid Stegmeier zu Wort.

„Dauert nicht lang, ich bring Ihre Tochter sofort wieder zurück."

Elsa und Astrid lachten auf.

„Tamme, jetzt mach mal halblang, ja?", forderte Frau Dirks ihn auf. „Die beiden sind Kolleginnen."

„,tschuldigung, ich halt mich raus."

Elsa fuhr mit den beiden Männern im Streifenwagen zum Kanal, sie bogen an der Paddelstation rechts ab und fuhren langsam die Straße entlang, in der Hoffnung, Elsa würde das Haus wiedererkennen oder gar den Gegenstand im Wasser ausfindig machen. Voß-Hoss hatte sein Fenster heruntergekurbelt, er konnte gerade so über den Rand der Tür hinausschauen.

„Da vorn das Haus muss es sein", sagte Elsa und deutete auf ein Einfamilienhaus mit einem geschnitzten Schaf im Vorgarten, das man erst jetzt, bei Tageslicht, sehen konnte.

„Das da?", fragte Ferdinand Dirks irritiert und wackelte hilflos mit dem Kopf. „Das ist Ennos Haus!"

„Enno Sandvogel ist Schafzüchter, und die beiden sind alte Kumpels", erklärte Voß-Hoss an Elsa gewandt. Er bremste. Sie stiegen aus, und Voß-Hoss ging vorneweg, um sodann zweimal an der Tür zu klingeln.

„Ja, ja!", hörte man drinnen eine tiefe Stimme brummen, die sich dem Eingang näherte. „Reicht ja, wohl, wenn man einmal klingelt." Enno Sandvogel riss die Tür auf. Er blickte von Elsa zu Ferdinand und wieder zurück, dann glitt sein Blick nach unten zu Obermeister Voß-Hoss, der ihm zuwinkte.

„Moin, Enno."

„Moin, was soll der Aufmarsch?"

„Darf ich kurz vorstellen, das ist Frau von … von … der Greven …"

„Van Graaf", korrigierte Elsa.

„Von den Landfrauen, also dem Verein. Verband. Berlin. Und das ist Ferdi."

„Was du nicht sagst."

„Wir haben gehört, dass du heute Morgen so um fünf rum irgendwas Größeres, Holzartiges in den Kanal geworfen hast."

Sandvogel verengte die Augen zu Schlitzen und fixierte Elsa. „Und? Ist das verboten? Hat sie mich wegen Umweltverschmutzung angezeigt oder was?"

„Nee, nee, Enno. Ganz anders. Was genau hast du weggeworfen?", fragte Voß-Hoss.

„Keine Ahnung, irgend so'n Penner hatte mir seinen Sperrmüll vor die Tür gelegt. Hab mir fast den verdammten Hals gebrochen, als ich die Zeitung aus dem Briefkasten holen wollte."

„Sperrmüll? Ein Brett vielleicht? So'ne Art Giebel? Schwarz? ,n Meter achtzig lang?"

„Ja, passt. Woher weißt du das?"

„Gehen wir mal runter zum Wasser", schlug Voß-Hoss vor.

Enno Sandvogel verschränkte mürrisch die Arme vor der Brust. „Bin ich jetzt angezeigt deswegen?", wollte er wissen.

„Nein, womöglich ist es viel schlimmer", flüsterte Ferdinand Dirks ihm zu.

„Schlimmer? Ich versteh nur Ägypten."

„Was ist denn, Bärchen?", rief eine weibliche Stimme im Inneren des Hauses.

Enno Sandvogel drehte sich auf der Fußmatte um und legte beide Hände an den Türrahmen. „Du sollst mich nicht so nennen, wenn andere dabei sind", zischte er ins Haus.

„Ach, nu hab dich nich so", erwiderte Frau Sandvogel und kam heraus. „Frau van Graaf!", sagte sie überrascht und reichte Elsa die Hand.

„Hallo, Frau Sandvogel. Wir … es geht um diese Holzleiste, die Ihr Mann heute Morgen weggeschmissen hat."

„Ach so?"

„Ich hab das Ganze heute früh beobachtet, deshalb bin ich hier. Vielleicht hat es mit dem vermeintlichen Sperrmüll noch etwas anderes auf sich. Kommen Sie!"

Frau Sandvogel schloss sich Elsa und den Männern an, wirkte jedoch kaum weniger verwirrt als zuvor. Sie überquerten die Straße und stiegen den Hang zu einem schmalen Steg hinab.

„So, von wo kamen Sie?“ Voß-Hoss schaute zu Elsa hoch.

„Ich kam von dort und stieß ungefähr auf dieser Höhe mit dem Teil zusammen.“

„Aha, dann bewegte es sich also in diese Richtung?“ Er zeigte nach links.

„Ein Stück, ja.“

Obermeister Voß-Hoss hopste von der Plattform auf den Rasen. Die anderen folgten ihm.

„Da hinten ist es!“, rief Elsa.

Das Holzgebilde trieb mit der offenen Seite nach oben im Wasser, es sah aus wie der abgefallene Kiel eines Bootes.

„Hast du ‚n Seil, Enno?“, fragte Voß-Hoss laut, nachdem er die Entfernung vom Ufer zum Objekt überschlagen hatte. „Da kommt keiner von uns dran, nicht mal ich.“ Er blickte sich schmunzelnd um.

„Was ist denn so wichtig an dem Ding, dass wir hier so‘n Zinnober veranstalten?“ Enno Sandvogels Geduld näherte sich langsam dem Ende.

„Ich hatte heute Morgen genau so ein Ding vor der Tür liegen. Und Werner anscheinend auch. Es steht etwas drauf“, sagte Ferdinand schaudernd.

„Und was? Mit freundlichen Grüßen, Ihre Tischlereiinnung Ostfriesland?“

„Nee, das Geburts- und Sterbedatum von euch dreien“, verriet Voß-Hoss.

Enno Sandvogel prallte zurück, als hätte man ihn vor die Stirn gestoßen. Seine Frau schluckte trocken.

„Hast du jetzt ein Seil?“

„Ja, in der Garage.“

Enno holte eine ganze Rolle, wickelte etwa fünf Meter davon ab und wollte eben das lose Ende ins Wasser befördern, als Elsa ihn zurückhielt.

„Wie soll denn das gehen, Herr Sandvogel? Darf ich mal?“

Er übergab Elsa das Seil.

„Dürfte ich auch um Ihren Schlüsselbund bitten?“

Irritiert, aber kommentarlos händigte er Elsa seine Schlüssel aus. Sie knotete den Strick an den Metallring, ließ den Schlüsselbund über ihrem Kopf rotieren wie ein Cowboy sein Lasso und zielte auf die Kanalmitte. Sie traf hinter das Brett, der Schlüssel tauchte ins Wasser, verkantete sich mit dem Brett, und das Seil straffte sich. Nun konnte sie es ganz bequem einholen.

„Bitte sehr." Sie übergab den Schlüssel wieder seinem Besitzer und ließ das Brett abtropfen. Neugierig traten die Männer näher. Elsa drehte das Objekt, sodass die goldene Inschrift zu sehen war.

„Da! Da steht's!", sagte Ferdinand Dirks kurzatmig und mit ausgestrecktem Finger.

„Dreiundzwanzigster September zweitausendachtzehn", las Enno vor. „Das ist ja morgen! Am Herbstmarkttag."

„Ich will euch alle in einer halben Stunde in meinem Büro sehen. Mit den Dingern", sagte Voß-Hoss mit ernster Miene und strich sich dabei nachdenklich über den Bart.

ACHT

Die drei Holzgiebel lagen nebeneinander auf dem weißen Schreibtisch von Obermeister Voß-Hoss. Ferdinand Dirks, das Ehepaar Klaass, die Sandvogels, Elsa und der Polizist standen ratlos um den Tisch herum und grübelten, was genau sie da vor sich hatten. Frau Dirks war mit Astrid Stegmeier zu Hause geblieben.

Enno Sandvogel brach schließlich das Schweigen. „Sieht aus wie ein Musterdach für Vogelhäuser", sagte er.

„Es wirkt vollkommen harmlos, wäre da nicht die Sache mit der Inschrift." Voß-Hoss beugte sich über eins der Bretter und fuhr die Buchstaben mit dem Finger ab. „Die Zeilen wurden eingeschnitzt und dann mit Farbe aufgefüllt." Er richtete sich wieder auf. „Da hat sich einer richtig Mühe gegeben."

„Ja, aber wozu das Ganze?", fragte Werner Klaass. „Und sind wir die Einzigen, die so etwas bekommen haben, oder gibt es vielleicht noch mehr davon?"

„Bis jetzt hat sich niemand sonst gemeldet. Jetzt sagt doch noch mal, wann genau ihr die Teile bemerkt habt. Werner, wann war das bei euch?"

Werner Klaass blickte fragend zu seiner Frau. Er hatte die Schürze gegen ein braunes Sakko eingetauscht und sah auch sonst aus wie aus dem Ei gepellt.

„Das wird so um Viertel nach acht gewesen sein", meinte Ida achselzuckend.

„Und ihr habt niemanden gehört oder gesehen? Auch nachts nichts Auffälliges?"

„Nein, alles war ruhig", bestätigte Werner Klaass.

„Bis auf dein Geschnarche, ja", fügte Ida an.

„Und bei euch?" Voß-Hoss blickte zu Ferdinand Dirks.

„Bei uns war es halb neun. Frau Stegmeier und Frau …"

„Van Graaf", half Elsa ihm aus.

„Frau Stegmeier und Frau van Graaf kamen gerade an, und ich wollte zur Arbeit gehen."

„Was du so Arbeit nennst …", sagte Enno Sandvogel und erntete einen Seitenhieb von seiner Frau.

„Gut, und bei dir, Enno, war es viel früher, richtig?"

„Allerdings. Ich stehe um vier Uhr dreißig auf und gehe um fünf aus dem Haus."

„Viertel nach fünf", präzisierte Elsa.

„Mmh, Frau van …"

„Graaf."

„Graaf. Sie sind eine wichtige Zeugin, denn Sie waren um diese Zeit bereits auf dem Kanal unterwegs. Sind Ihnen irgendwelche Personen aufgefallen? Oder Autos, die so früh schon unterwegs waren?"

„Nein, ich hab lediglich ein paar Lichter in den Häusern gesehen, und hier und da wurden Rollos hochgefahren, aber auf der Straße … Ach, Moment mal", sagte sie. „Doch, als ich an der Paddelstation ankam, fuhr auf der Hauptstraße ein Traktor an mir vorbei. Der Fahrer grüßte noch freundlich."

„Wo kam der her?"

„Aus Richtung Süden. Mehr kann ich nicht sagen."

Voß-Hoss nickte verkniffen.

„So, Tamme, was soll denn nu werden?", fragte Frau Sandvogel ungeduldig. „Es gibt noch eine Menge zu tun, wie du siehst." Sie deutete aus dem Fenster, durch das man direkt auf das Herbstmarktareal blicken konnte. Auf den Parkplätzen der Supermärkte gegenüber wurden Stände aufgebaut und Traktoren für die Ausstellung geparkt.

„Die Frage ist doch, ob das nur ein dummer Jungenstreich ist, oder … oder … ja, keine Ahnung. Was bedeutet denn so'n Holzgestell?", fragte Ida Klaass.

„Was für'n Streich soll'n das sein?", fragte Enno Sandvogel ungläubig. „Soll ich mir vielleicht den Hals brechen, wenn ich morgens über das Ding stolpere, oder was?"

Die Big-Ben-Melodie ertönte. Voß-Hoss grummelte und drückte einen Knopf am Tisch, um die Tür zu öffnen.

Ein alter, hagerer Mann in grüner Strickjacke, braunen Hosen und schwarzen Stiefeln kam herein. Er strich seine weißen zerzausten Haare glatt und nickte höflich.

„Moin!", rief er fast militärisch.

„Moin", sagten alle im Chor.

„Kramer-Bückling", stellte er sich Elsa vor und wandte sich dann an Voß-Hoss. „Is bei dir Tag der offenen Tür?"

„Nee, ich hab zu tun. Was ist denn?"

„Du, ich hab schon zehn, zwanzig Mal bei dir angerufen, aber es ist immer besetzt. Da hat einer mit seinem Anhänger rangiert und mein kleines Bäumchen im Vorgarten umgefahren."

„Du, Bückling, ich hab jetzt Wichtigeres zu erledigen", wehrte Voß-Hoss ab.

„Wenn du nicht kommst, haug ich dem Kerl eins aufs Muul!"

„Bückling, du bist dreiundneunzig Jahre alt und solltest dich aus Schlägereien tunlichst raushalten." Voß-Hoss legte beide Hände auf die Schultern des Mannes. Er musste dabei ziemlich weit nach oben greifen. „Außerdem ist der Kerl schneller, als du gucken kannst, wieder wech."

„Geht ja nich, ich hab seinen Autoschlüssel." Kramer-Bückling hielt einen klimpernden Schlüsselbund in die Höhe.

„Du hast … wie … Schiet noch mal. Ich komme."

„Was habt ihr denn da?", fragte der Alte neugierig und sah über Voß-Hoss hinweg auf den Tisch.

„Geht dich nix an, nachher klaust du's noch."

„Aber … das ist ja …" Der Alte streckte seinen krummen Finger aus und machte große Augen.

„Wissen Sie, was das ist?", fragte Elsa.

„Na sicher weiß ich das."

Ferdinand Dirks machte große Augen. „Und?"

„Das ist ein Totenheck. Also, drei davon."

„Totenheck?", wiederholte Elsa verständnislos.

„Ja, junge Dame, in früheren Zeiten war es hier Brauch, jedem Verstorbenen ein Totenheck auf dat Grab zu legen. Um seine Seele zu behüten. Heutzutage gibt's dat nicht mehr. Wo habt ihr die her?"

Werner Klaass, Ferdinand Dirks und Enno Sandvogel warfen sich unbehagliche Blicke zu.

Voß-Hoss ging dazwischen. „Tut nix zur Sache, komm, wir klären das schnell mit deinem Bäumchen." Er drehte Kramer-Bückling in Richtung Ausgang. „Bin gleich zurück", raunte er den anderen zu.

Als die Tür hinter den beiden ins Schloss fiel, legte sich eine düstere Stille auf den Raum. Was der Alte ihnen gerade berichtet hatte, warf ein sehr dunkles Licht auf die Gegenstände auf Voß-Hoss' Schreibtisch, und jeder von ihnen reimte sich ungefähr dasselbe über die Bedeutung zusammen.

„Ein Totenheck vor unserer Tür …", flüsterte Ferdinand Dirks ängstlich.

„… mit unseren Sterbedaten drauf …", fügte Werner Klaass tonlos an.

„Das kann nur eins bedeuten", sagte Elsa, und Ferdinand zuckte erschrocken zusammen. „Das Brett ist eine Morddrohung."

Sie sah einen nach dem anderen an. Werner Klaass in seinem akkuraten Anzug, Enno Sandvogel in seinem Schafwoll-Troyer, die geballten Fäuste in der Jeans, und der schlotternde Ferdinand Dirks in seinem roten Trainingsanzug.

„Aber wer soll uns denn ermorden wollen?", fragte Ferdinand mit viel zu hoher Stimme.

„Mord?" Sie drehten sich zu Voß-Hoss um, der wieder zurückgekehrt war und sie fragend anblickte.

„Ich muss Frau van Graaf recht geben", sagte Werner Klaass. „Wenn das kein Jungenstreich ist, und danach sieht es wahrlich nicht aus, dann ist es eine Morddrohung."

„Von wem denn nur?", fragte Ferdinand Dirks. „Wer kann uns denn so etwas antun wollen?"

„Sie sind doch alte Schulfreunde, richtig?", wollte Elsa wissen.

Die drei Männer nickten ernst.

„Also wenn ihr mich fragt, ist das ein ganz heißes Eisen", sagte Obermeister Voß-Hoss und zog seine Hose am Gürtel hoch. „Ich finde auch, dass wir das ernst nehmen müssen. Aber Leute, es ist Herbstmarkt, ich kann das im Moment nicht bearbeiten. Ich muss Verstärkung anfordern. Wir brauchen jemanden, der sich mit so was auskennt."

„Dann schau in den Gelben Seiten nach", brummte Enno Sandvogel ungehalten und wandte sich ab.

„Zum Scherzen ist jetzt nicht der richtige Zeitpunkt, Enno", ermahnte ihn seine Frau.

„Ich kann auch nur ganz wenig lachen", erwiderte er. „Mann, wäre das Ding bloß im Kanal geblieben, dann hätte kein Hahn danach gekräht. Macht doch jetzt nicht so'n großes Ding daraus. Ich brauch keine ‚Polizeiverstärkung'", äffte er Voß-Hoss nach. „Ich kann auf mich selbst aufpassen."

„Nee, nee, nee, ich weiß, was du meinst." Werner Klaass schüttelte abwehrend den Kopf. „Keine Selbstjustiz, Enno. Deine Waffen lässt du schön im Schrank!"

„Du kannst mir gar nix verbieten."

„Ich bin Rechtsanwalt, ich muss das Gesetz vertreten."

„Vertritt dir mal lieber die Beine."

Ferdinand musste lachen, wurde aber ganz schnell wieder ernst und nestelte verlegen am Reißverschluss seiner Trainingsanzugjacke.

„Folgender Vorschlag meinerseits", mischte sich Obermeister Voß-Hoss ein und hob beruhigend die Arme. „Ihr geht jetzt alle hübsch nach Hause, macht eure Vorbereitungen, und ich telefoniere mit der Dienststelle in Leer und fordere jemanden an. Bis die Kollegen eintreffen, möchte ich, dass ihr die Augen offenhaltet und mal darüber nachdenkt, wer euch so etwas geschickt haben könnte."

NEUN

„Mein Gott, was machen wir denn jetzt?“, jammerte Ferdinand Dirks verzweifelt, nachdem er und Elsa nach Hause gekommen waren und sich zu Roswita und Astrid ins Wohnzimmer gesetzt hatten. Er vergrub sein Gesicht in den Händen und schüttelte sorgenvoll den Kopf.

„Aber Schatz, eine Morddrohung ist doch absurd, wer sollte euch denn …“ Roswita Dirks verstummte. Sie wollte das Wort nicht aussprechen, um ihren Mann nicht noch mehr zu verunsichern. Stattdessen strich sie ihm tröstend über den Rücken.

„Und diese Bretter sind ein alter Brauch?“, fragte Astrid leise.

„Ja. Man legte sie wohl früher auf die Gräber der Toten, daher der Name Totenheck.“

„Ja, und morgen bin ich genau das – tot!“, prophezeite Ferdinand mit einem fatalistischen Unterton in der Stimme.

„Ach, Herr Dirks, das stellt sich doch bestimmt bald als harmloser Scherz heraus, meinen Sie nicht?“, sagte Astrid begütigend. „In Ihrem Ort gibt es doch keine Verbrechen dieser Art.“

Er hob ruckartig den Kopf, die Augen weit aufgerissen. „Morgen ist Herbstmarktlauf! Da laufe ich sechs Kilometer vollkommen ungeschützt durch den Ort. An jeder Ecke könnte jemand stehen und mich umbringen!“

„Aber Ferdi, warum denn?“, fragte seine Frau. „Nenn mir einen Grund. Und du bist ja nicht der Einzige. Werner und Enno sind ja auch betroffen. Das ergibt doch keinen Sinn.“

„Sinn oder nicht, die Bedrohung ist da. Ihr habt ja alle gut reden, eure Namen stehen nicht auf diesem Totendeck."

„Totenheck", sagte Elsa. „Haben Sie denn einen Grund zu glauben, dass jemand Sie töten will?"

Astrid Stegmeier räusperte sich streng und warf Elsa einen mahnenden Blick zu.

„Nein, natürlich nicht", entgegnete er aufgebracht, warf seine Hände in die Luft und stand dabei auf. „Wer oder warum, woher soll ich das wissen, ich bin … Ach scheiße, ich geh nach oben."

Er verließ das Wohnzimmer und ging die Treppe hinauf. Eine Tür im Obergeschoss wurde zugeknallt, dann drehte sich ein Schlüssel im Schloss.

Frau Dirks war das Verhalten ihres Mannes sichtlich unangenehm. „Es tut mir so leid, dass Sie das alles so mitkriegen müssen", sagte sie.

„Frau Dirks, ich bitte Sie. Ehrlich gesagt, ist es mir unangenehm, dass wir hier so in Ihr Privatleben einbrechen", erwiderte Astrid und erhob sich. „Dürfte ich bitte noch kurz ihr Badezimmer benutzen? Dann lassen wir Sie allein."

„Das Bad ist auf dem Flur links. Aber es kommt gar nicht infrage, dass Sie einfach gehen, ich lass mich von so einem Stück Holz nicht aus dem Takt bringen. Wir wollten jetzt Ida Klaass besuchen, und das machen wir auch."

„Na schön", sagte Astrid dankbar und verschwand im Badezimmer.

Elsa wagte einen weiteren Vorstoß. „Haben Sie denn eine Ahnung, wer Ihrem Mann so einen makabren Gruß vor die Tür legen würde?", erkundigte sie sich.

„Nein, mein Mann ist zwar … also …"

„Ja?" Elsa merkte, dass Frau Dirks etwas verunsichert war.

„Ach, es ist nichts, nur …" Sie blickte auf und sah Elsa direkt in die Augen. „Es weiß ja eh jeder hier im Ort. Mein Mann ist bestellsüchtig. Er kann einfach nicht anders, er muss sich ständig Dinge im Internet kaufen. Das geht nun schon ein paar Jahre so. Wir haben alles Mögliche versucht, aber er kommt nicht los davon. Kommen Sie, ich zeig Ihnen mal was."

Frau Dirks zog Elsa an der Hand mit sich und ging leise in den Flur, wo sie die Treppe in den Keller nahm. Auch Elsa versuchte, so wenige Geräusche wie möglich zu verursachen, und folgte ihr bis in den unteren Flur, der mit weißen Fliesen ausgelegt war. Von hier zweigten vier Türen ab, und

Frau Dirks öffnete die hintere linke. Als Sie die beiden Deckenlampen anschaltete, erkannte Elsa auf der rechten Seite des bestimmt fünfundzwanzig Quadratmeter messenden Raumes einen Tresen aus dunklem Eichenholz. Allerdings fehlten Barhocker oder eine Anrichte dahinter. Stattdessen waren die Wände ringsum mit einem bis unter die Decke reichenden weißen Schranksystem versehen. Es handelte sich hierbei wohl um eine Maßanfertigung, denn nur die Tür und zwei kleinere Fenster waren ausgespart worden. Einige der Klapptüren und Schubladen waren mit Messinghenkeln besetzt. Das einzige weitere Möbelstück im Raum war ein abgewetztes, weiches Ledersofa, das mitten im Zimmer stand.

„Das war mal unser Partykeller", sagte Frau Dirks wehmütig. „Jetzt ist es das Ankleidezimmer meines Mannes."

Sie ging zur gegenüberliegenden Schrankwand und zog zwei der Türen auf. In exakt gleich großen Abteilen lagen dort Sweatshirts und Pullover nach Farben geordnet. Hin und wieder konnte Elsa ein Markenschild zwischen den Stoffen aufblitzen sehen. Es sah aus wie im Artikellager eines gut sortierten Sportbekleidungsgeschäfts.

„Sehen Sie sich das an. Es ist alles voll bis obenhin. Dort drüben adidas, dann folgen Puma, Nike und Reebok. Er hat Poloshirts, T-Shirts, Trikots, Trainingsanzüge, Sporthosen, Laufhosen, Schweißbänder und natürlich Schuhe. Hier liegen Klamotten im Wert von dreißigtausend Euro. Und genauso hoch ist unser Schuldenberg." Frau Dirks ließ niedergeschlagen ihre Schultern sinken und seufzte. Elsa machte einen Schritt auf sie zu, um sie zu trösten, da hörten sie Schritte von oben.

„Frau Dirks? Frau van Graaf?", rief Astrid Stegmeier.

„Wir kommen!" Frau Dirks schloss eilig die Schranktüren, bevor sie wieder nach oben gingen.

„Oh, da sind Sie. Ich hab Sie schon gesucht."

„Ja, wir … äh … waren unten und haben …", stotterte Roswita Dirks.

„Frau Dirks hat mir ihr Kajak gezeigt", sagte Elsa.

„Kajak?", fragte Astrid.

„Ja … mein … äh … Kajak." Roswita lächelte Elsa dankbar an.

„Ein gutes, robustes Gerät für den Freizeitgebrauch. Natürlich gibt es noch leichtere Materialien und schlankere Bauformen, aber für Sie ist es perfekt."

„Mmhmh", machte Roswita Dirks. „Danke."

„Wollen wir dann los? Ich fürchte, wir sind schon etwas über die Zeit", sagte Astrid mit einem Blick auf ihre Armbanduhr.

Das Haus der Familie Klaass lag nicht weit entfernt ebenfalls im Norden des Ortes. Auf dem Weg dorthin fuhren sie mit dem Auto von Frau Dirks direkt durch die diesseitigen Aufbauarbeiten für den Markt. Immer wieder mussten sie anhalten und warten, weil die Straße blockiert war, außerdem schien Roswita Dirks jeden hier zu kennen und hielt durch das heruntergelassene Fenster den einen oder anderen Klönschnack.

„Hier müssen Sie morgen das Spanferkel probieren, das ist was ganz Besonderes. Ist allerdings auch beliebt, und dementsprechend lang ist die Warteschlange."

„Das klingt gut, das machen wir", sagte Elsa und schaute dem Treiben aufmerksam zu.

„Hier können Sie alles kaufen, von Kunst über Gewürze und antikem Porzellan sowie Handarbeiten bis hin zu Babyklamotten und Angelzeug."

„Brauchen Sie noch etwas?", fragte Astrid Elsa.

„Ein Buch vielleicht."

„Natürlich, was denn sonst?" Sie lachte.

Sie passierten eine alte Mühle und hielten dann an einem Eckgrundstück. Es war umgeben von einer mannshohen, undurchdringlichen Hecke, in der ein schmales gusseisernes Tor auf den von Rosen flankierten Pfad zum Haus führte.

Als ihnen nicht Ida Klaass, sondern Rieke Klaass-Scheibner die Tür öffnete, waren sie überrascht.

„Moin, immer reinspaziert. Wir warten schon auf euch", sagte sie.

Im Flur kam ihnen ein junger Mann mit kariertem Oberhemd, Jeans und Turnschuhen entgegen. „Moin, ich bin Sören Scheibner, der Mann von Rieke", stellte er sich freundlich vor und gab Astrid und Elsa die Hand.

Sie wurden ins Wohnzimmer gebeten, wo Kekse und verschiedene Getränke bereitstanden. Elsa setzte sich zwar neben Astrid auf die Couch, wartete aber nur auf eine Gelegenheit, durch die sie Frau Klaass für einen Moment allein zu fassen bekam.

„Oh, Sie sammeln Kristalle", sagte sie, stand auf und ging interessiert zu dem mächtigen Wohnzimmerschrank aus Eiche hinüber, in dem auf drei Etagen verschiedene Steine funkelten.

„Ich nicht, mein Mann", sagte Ida Klaass. „Er bringt sie von überall her mit nach Hause. Und Treibholz auch." Sie deutete auf ein großes gewelltes Stück Holz über der Couch, das vom Salzwasser förmlich geschliffen worden war. Es sah aus wie ein Kunstobjekt.

„Das ist sehr schön, wo ist das her?", fragte Astrid.

„Das haben wir aus Norwegen mitgebracht."

„Papa hat überall solche Staubfänger rumhängen", sagte Rieke. „Aber glauben Sie, er hängt mal ein Bild von mir auf?"

„Oh, du arme, kleine vernachlässigte Prinzessin." Sören tat übertrieben mitleidig, wofür er sich sogleich einen Schlag auf die Schulter einfing. „Au!"

„Kinners, nun benehmt euch mal wie Erwachsene, wir haben Besuch!", ermahnte Ida die beiden. Sie wandte sich an Astrid. „Kaffee oder Tee? Wasser, Saft, was kann ich Ihnen anbieten?"

„Für mich nichts, danke", lehnte Astrid ab. „Wir waren doch gerade bei Frau Dirks, da sind wir auch schon reichlich bewirtet worden.".

„Ich war auf der Polizeistation, ich hab noch nichts gehabt", widersprach Elsa. Sie schaute sich auf dem Tisch um, um etwas zu finden, das dort nicht angeboten wurde. „Haben Sie auch Wasser ohne Sprudel?"

„Nein, leider nicht. Nur Leitungswasser, aber …"

„Perfekt, das trinke ich zu Hause auch immer", sagte Elsa.

Ida Klaass stand auf. „Bin gleich wieder da", sagte sie und ging in die Küche.

„Ich kann doch selbst gehen." Elsa nahm ihr Glas von Tisch und folgte ihr.

Frau Klaass suchte im Schrank nach einer Karaffe, als Elsa eintrat.

„Lassen Sie nur, ich fülle es direkt ein, keine Umstände bitte."

Elsa drehte den Hahn am Waschbecken auf und ließ ihr Glas volllaufen.

„Ein schönes Haus haben Sie. Wo ist Ihr Mann?"

„Der ist noch mal kurz ins Büro gefahren."

„Und Sie beide reisen wohl recht viel, nicht?"

„Naja, so einmal im Jahr. Wir sind ja nicht von der Landwirtschaft abhängig. Ich hab meinen Laden, und mein Mann hat seine kleine Kanzlei."

„Sagen Sie …" Elsa überlegte, wie sie am besten fortfahren konnte, ohne dass Ida Klaass sich bedrängt oder unwohl fühlte. „Sie haben doch gestern Abend von diesem Mann erzählt, der den Satz über die Herbstblätter gesagt hat."

„Ja?" Sie senkte den Blick.

„Frau Klaass, ich will ganz ehrlich sein, damit Sie mich verstehen", sagte Elsa leise. „Mein Mann ist vor Jahren spurlos verschwunden. Und genau diesen Satz hat er immer zu mir gesagt. Deswegen war ich gestern auch so … naja, es ging mir einfach nahe, verstehen Sie?"

„Natürlich", entgegnete Ida Klaas nunmehr sichtlich besorgt. „Das ist ja schrecklich."

„Können Sie sich noch erinnern, wo das war und wie der Mann aussah?"

Mit einem Ohr horchte Elsa ins Wohnzimmer, wo Astrid Stegmeier und Sören sich angeregt unterhielten. Worüber, konnte sie nicht verstehen, aber es war gut, dass ihre Chefin abgelenkt war und nicht mitbekam, was hier in der Küche besprochen wurde.

„Wir waren vor einigen Jahren auf einer Kreuzfahrt im Mittelmeer", fing Ida Klaass an zu berichten, „und haben in Tunesien Halt gemacht. Wir gingen gegen Mittag von Bord. Irgendwo mitten in der Stadt trafen wir in einem Café auf eine Gruppe, die ebenfalls aus Deutschland kam. Einer der Männer stammte aus Bremerhaven, und wir erzählten, dass wir aus Uplengen, also quasi Nachbarn sind. Da sagte ein anderer Mann aus der Gruppe diesen Satz. Er war zwischen dreißig und vierzig Jahre alt, würde ich sagen. Schwarze Haare, Dreitagebart, schlank. An mehr kann ich mich leider nicht erinnern."

„Das passt", hauchte Elsa. Ihr Mann wäre zu dem Zeitpunkt etwa Mitte dreißig gewesen. Er war ganz sicher noch immer schlank und hatte schwarze Haare. Ihr Herz schlug immer lauter und lauter. Sie atmete einmal tief durch. „Wie lange ist das her?"

„Mal überlegen …“ Frau Klaass rechnete in Gedanken nach.

„Wo bleibt ihr denn?“, rief Rieke aus dem Wohnzimmer.

„Wir kommen schon!“, gab ihre Mutter zurück und sagte dann leise zu Elsa: „Das war vor drei Jahren im Sommer. Irgendwann Ende Juli. Aber ich kann in den Unterlagen noch mal den genauen Zeitpunkt nachsehen.“

Elsa nickte dankbar, und sie gingen wieder zurück ins Wohnzimmer.

„Wir sprachen gerade über die Familie von Herrn Scheibner“, sagte Astrid Stegmeier, die mit einem prüfenden Blick zu ergründen versuchte, was Elsa und Frau Klaass so lange in der Küche gemacht hatten.

„Sören, einfach nur Sören“, warf Sören ein. Sein Gesicht war leicht gerötet. Er war es anscheinend nicht gewohnt, dass er gesiezt wurde.

„Seine Eltern züchten Galloways.“

„Das sind tolle Tiere“, sagte Elsa und setzte sich wieder.

„Jou, schmecken gut“, bestätigte Sören trocken, und alle lachten.

„Muss Ihr Mann am Wochenende oft arbeiten, Frau Klaass?“, wollte Astrid wissen.

„Ach der, der ist ständig unterwegs. Bei der Arbeit, beim Sport, auch wenn's nicht so aussieht …“ Sie klopfte sich auf den Bauch.

„Für sein Alter und sein Gewicht ist Werner echt fit“, meinte Sören. „Wir spielen Tennis zusammen. Und er läuft morgen auch seine sechs Kilometer.“

„Andere nennen das wohl Midlife-Crisis, aber er hat wirklich viel Energie zurzeit.“

„Aber die haben Sie doch auch, Frau Klaas“, sagte Astrid. „Alle Frauen hier in Uplengen haben so viel Energie und zeigen so großes Engagement, wenn sie die Schulkinder einladen und Vorträge darüber halten, wie die Höfe funktionieren, oder wie jetzt, ganz aktuell, über die Wichtigkeit der Bienen sprechen. Da können sich die Männer eine Scheibe von abschneiden.“

„Erzählen Sie doch mal von Ihrer Zeit in Rumänien“, bat Elsa. Die Damen hatten schon am ersten Abend einige Anekdoten dieser Reise zum Besten gegeben, und sie war neugierig auf weitere Geschichten. Die Uplengener Landfrauen waren nach Rumänien gereist, um insbesondere selbstständige Landwirtinnen in der Getreide- und Milchviehwirtschaft zu beraten, wie sie sich in einem Verband organisieren konnten, um ihre Interessen besser zu vertreten.

Sie hatten viele rumänische Landwirtinnen in Seminaren informiert und angeleitet und dadurch einige Regionen in Rumänien kennengelernt.

„Wir dachten, dass wir das nachher bei Frau Sandvogel machen. Sie war unsere Fotografin und hat eine kleine Diashow vorbereitet", erklärte Ida Klaass.

„Das ist ja toll, die sehen wir uns gern an", sagte Astrid.

„Apropos Fotos, habt ihr vielleicht ein Foto von diesem Ding gemacht, das heute bei euch vor der Tür lag?", wollte Sören von Roswita Dirks wissen. „Würde mich ja mal interessieren."

„Ach Sören, das ist sicher nur ein schlechter Scherz", meinte Ida Klaass unbeeindruckt. „Ferdi hat natürlich gleich wieder die Büx voll, du kennst ihn ja. Werner lässt sich da gottlob nicht so leicht einschüchtern."

Sören lachte. Roswita Dirks hingegen fiel das Lächeln schwer.

„Wollen wir's mal hoffen", sagte Elsa, und alle blickten zu ihr.

„Was?", fragte Rieke.

„Na, dass es nur ein Scherz war."

„Wieso?" Jetzt war Sören sichtlich neugierig.

„Frau van Graaf ist ein großer Krimi-Fan, müssen Sie wissen. Da ist es nicht weiter verwunderlich, dass sie dem Ganzen etwas mehr Bedeutung zuschreibt, als vielleicht dran ist", sagte Astrid Stegmeier.

„Das ist wohl richtig", gab Elsa zu. „Ich lese unheimlich gern Krimis, und für jeden Krimi wäre das ein tolles Einstiegsbild. Aber im Moment kann es zu gleichen Teilen ein Scherz oder eine ernste Drohung sein. Fifty-fifty."

„Sören, du hast doch nichts damit zu tun, oder? Willst du Papa eins auswischen?", fragte Rieke.

„Ich?" Sören tippte sich empört mit dem Zeigefinger auf die Brust. „Wie kannst du so was nur denken?"

„Du hast Werner mal zu Halloween mit einer Maske und einer Kettensäge in der Kanzlei überfallen", erinnerte ihn seine Schwiegermutter.

„Es konnte keiner beweisen, dass ich das gewesen bin", verteidigte er sich lachend.

Ida Klaas wandte sich an Astrid und Elsa. „Haben Sie Kinder?", fragte sie.

Astrid nickte. „Ich habe zwei Jungs."

„Ich ein Mädchen“, sagte Elsa.

„Mädchen sind einfacher, oder?“

„Wahrscheinlich“, antworteten Astrid und Elsa im Chor.

Die beiden bekamen von der Familie noch eine Führung durchs Haus und den Garten, bevor sich alle bis auf Sören auf den Weg zu den Sandvogels machten.

Allerdings nahmen sie nicht die Elsa schon bekannte Straße am Kanal, sondern fuhren über die Brücke und bogen nach fünfhundert Metern rechts in einen schmalen Seitenweg ein. Sie passierten mehrere Felder und Weiden, bis sich schließlich rechts von ihnen eine Grasfläche auftat, die von Brombeerbüschen und Rotbuchen umgeben war. Die Weide hatte die Größe eines Fußballfelds und war fast komplett mit eng zusammenstehenden Schafen bedeckt. Ein Meer aus schmutzig-weißer Schafwolle und daraus hervorstechenden schwarzen Köpfen, das sich wie unter einer seichten Brandung bewegte. Am hinteren Ende der Weide stand Herr Sandvogel neben einem kleinen weißen Steinhäuschen auf einer Leiter und fummelte an einem krummen Fallrohr herum, das unten in eine grüne Tonne mündete.

Astrid traute sich kaum auf die Weide, daher pfiff Roswita Dirks einmal laut auf zwei Fingern und winkte Enno Sandvogel zu. Mitten in der Herde tauchte der Kopf eines Hundes auf. Sein Gesicht war zur Hälfte weiß und rotbraun, und er hatte ein braunes und ein blaues Auge.

Enno Sandvogel stieg von der Leiter und kam ihnen entgegen, in der wogenden Menge von Schafen tat sich mit jedem Schritt eine schmale Gasse für ihn auf, die sich hinter ihm sofort wieder schloss.

„Mein Gott, wie viele Tiere sind das?“, fragte Astrid, als er bei ihnen war.

„Wir haben fast dreihundertfünfzig Schafe“, antwortete Enno. „Und sie haben alle Namen.“

„Im Ernst? Sie können die Tiere auseinanderhalten?“

„Sicher, die sehen doch ganz verschieden aus.“

„Das einzige Schaf, das ich wiedererkennen würde, wäre das braune da“, scherzte Astrid.

„Das ist Tango, unser Hütehund. Er beherrscht an die fünfzig Kommandos. Intelligenter Bursche, schlauer als so mancher Mensch, den ich kenne.“

Sandvogel blickte auf seine riesigen Hände und wischte sich den Schmutz fort.

„Können wir dann?“, fragte Roswita.

„Sicher, Tanja ist schon ganz aufgeregt, sie hat das gesamte Haus auf den Kopf gestellt.“

„Sollen wir dich mitnehmen?“, bot Rieke an.

„Nö, bin mit dem Fahrrad hier“, antwortete er und wies auf den Busch links von ihnen, in dem ein altes, verrostetes Herrenrad lag.

Obwohl sie recht weit vom Haus entfernt waren, kamen sie mit dem Auto nur fünf Minuten vor Enno Sandvogel an, und Elsa wunderte sich, wie schnell er gefahren sein musste.

Frau Sandvogel hatte das Wohnzimmer zu einem privaten Kino umgebaut. Vor einer tragbaren Leinwand mit Standfüßen und gut zwei Metern Bilddiagonale befanden sich hintereinander zwei Sofas, flankiert von kleinen Beistelltischen, auf denen Knabbersachen standen, gefolgt von zwei Reihen Esszimmerstühlen. Die Rollos waren heruntergelassen, und vor dem rückwärtigen Fenster hatte sie eine Klappleiter aufgestellt, auf der der Beamer stand.

„Herzlich willkommen!“, sagte sie stolz und ließ alle in den „Vorführraum“ ein. „Frau Stegmeier und Frau van Graaf setzen sich bitte hier vorn auf den Ehrenplatz.“ Sie wies mit einer einladenden Geste auf die Sitzfläche der ersten Couch.

Astrid und Elsa nahmen wie angewiesen Platz, und alle anderen verteilten sich hinter ihnen, während Enno Sandvogel zunächst stehenblieb und sich um die Getränkewünsche kümmerte. Die Damen einigten sich darauf, einen kleinen Sekt zu trinken, und nachdem Enno das Gewünschte serviert hatte, setzte er sich mit einem Bierchen hin und streckte die Beine zur Seite aus. Seine Frau nahm ihren Laptop auf den Schoß, tippte auf ein paar Tasten, und der Beamer warf das erste Bild auf die Leinwand. Es zeigte eine Gruppe von zehn Frauen und zwei Männern, Ferdinand Dirks und Werner Klaass, am Bahnsteig in Augustfehn. Die Sonne schien, alle trugen sommerliche Kleidung und Sonnenbrillen und waren bestens gelaunt.

„Ach, zwei Männer waren also auch mit von der Partie?“, meinte Astrid verwundert.

„Nee, drei, ich hab das Foto gemacht“, sagte Enno.

„Ja, aber die haben komplett für sich selbst bezahlt und auch separat von uns gewohnt", betonte Roswita Dirks.

„Frau Dirks, deswegen frage ich nicht."

„Ich möchte nur nicht, dass Sie denken, wir würden auf Ihre Kosten mit unseren Männern Urlaub machen."

„Ich konnte Ferdi und Werner doch nicht allein lassen. Eigentlich kann ich nicht einfach Urlaub nehmen", erklärte Enno. „Aber Sören hat mir ausgeholfen. Werner, der Rechtsverdreher, kann sich das ja immer erlauben, und Ferdi … naja, fällt gar nicht weiter auf, wenn der weg ist."

Er erntete einen bösen Blick von Roswita und trank schnell einen Schluck Bier.

Es folgten einige Bilder der Reise mit dem Zug, die Tanja Sandvogel schneller vorlaufen ließ, bis sie in Rumänien am Zielort ankamen und von einer kleinen Gruppe Frauen empfangen wurden.

„Das Dorf, in dem wir waren, ist übrigens das Nachbardorf von dem, in dem Peter Maffay geboren wurde, Brasov", erklärte sie.

„Nein, wirklich?" Astrid drehte sich amüsiert zu ihr um.

„Ja, er unterstützt in der Region auch ein paar Projekte. Leider haben wir ihn nicht gesehen. Hier sind wir in einem Milchviehbetrieb, den eine Frau leitet, die eigentlich Erzieherin gelernt hat. Vor vier Jahren hat sie sich mit zwanzig Kühen selbstständig gemacht. Inzwischen hat sie vier Mitarbeiter und mehr als doppelt so viele Tiere wie zu Beginn."

„Wow, so etwas erfordert hier schon Mut", meinte Elsa anerkennend, „aber dort in Rumänien …"

„… ist es eine Meisterleistung", beendete Astrid den Satz für sie, ohne den Blick von der Leinwand zu nehmen.

„Das sind die Ställe. Sogar diesen kleinen Anbau hat sie selbst errichtet."

Das Bild zeigte die Bäuerin vor dem erweiterten Stall zwischen zwei Kälbchen stehend. Sie lachte glücklich und streichelte beide Tiere von unten am Kinn.

„Das war bei unserem ersten Treffen mit allen Frauen im Gemeindehaus", erläuterte Ida Klaass, als das nächste Bild erschien. „Sie waren sehr wissbegierig, wie sie sich besser organisieren können, und vielen wurde dort erst klar, wie sehr ihnen das helfen kann. Manche brachte unser Seminar zum allerersten Mal zusammen."

Es folgten weitere Aufnahmen aus dem Seminar, bei dem jede der Uplengener Frauen einmal als Dozentin vorne gestanden hatte.

„Hier machen wir einen Ausflug in die Umgebung", erzählte Frau Sandvogel weiter. Die Gruppe saß in einem Bus und fuhr durch eine weite Landschaft mit sich sanft erhebenden grünen und gelben Hügeln, die hin und wieder von Waldgebieten durchzogen war.

„Das sähe alles vollkommen unberührt aus, wenn da nicht die Weizenfelder wären", meinte Astrid Stegmeier.

„Ja, eine wunderschöne Landschaft. So etwas kennen wir hier gar nicht." Tanja Sandvogel rief das nächste Bild auf, das Werner, Enno und Ferdinand mit Strohhüten und Einkaufstaschen auf einem Markt zeigte. „Hier sind unsere Packesel …", erläuterte sie, und ihre Freundinnen lachten laut auf. Auch Astrid und Elsa konnten sich ein Lächeln nicht verkneifen.

„Tags darauf haben wir ein Bergwerk und anschließend eine kleine Brauerei besichtigt, das war schon eher was für die Männer, wie man hier sieht."

Enno hob zustimmend seine Flasche.

„Und jetzt", hob Tanja Sandvogel an, als es auf einmal an der Tür klingelte.

„Besuch", sagte Ida Klaass und trank ihr Glas aus.

„Bärchen, gehst du?"

„Tanja!", schimpfte Enno, weil sie ihn wieder so genannt hatte, wie er nicht genannt werden wollte.

Sie stoppte grinsend die Dia-Show.

„Gott, er ist immer so zimperlich mit diesen Dingen", flüsterte sie den Damen zu.

„Männer können einfach nicht über sich selbst lachen", sagte Ida Klaass.

„Nehmen sich viel zu ernst", stimmte Roswita Dirks zu.

„Halten sich für besonders wichtig", schob Rieke hinterher.

Da kehrte Enno Sandvogel in Begleitung von Herrn Voß-Hoss zurück.

„So, meine Damen", erklärte der Dorfpolizist resolut. „Als zuständiger Polizeiobermeister von Remels muss ich Sie in Ausübung meines … meines … äh … Amtes leider in Ihrem Vortrag unterbrechen." Er atmete tief ein, streckte den Rücken durch und nahm Haltung an.

Die Damen sahen dem Schauspiel mit verschmitzten Mienen zu.

„Was ist?“, fragte er irritiert.

„Nichts, wir haben nur gerade über dich gesprochen, und siehe da, schon stehst du in der Tür“, sagte Rieke lächelnd. Sie war sichtlich erfreut, dass sie Voß-Hoss auf die Schippe nehmen konnte. Elsa musste sich die Hand vor den Mund halten, um nicht loszuprusten.

„Ach, wirklich? Na, jedenfalls möchte sich in einer Stunde ein gewisser …“ Er blickte auf einen alten, zerknitterten Kassenbon, auf dem er sich den Namen notiert hatte. „… Oberkommissar Lütsch mit euch unterhalten. Also, speziell mit Enno, Ida und Frau von …“

„Van.“

„Van …“

„Graaf.“

„Graaf. Genau. Bezüglich der Totenhecke … -hecks … also … -hecken.“

„Hecken?“, bohrte Rieke nach.

„Wegen der Holzbalken.“

„In einer Stunde?“ Enno Sandvogel drückte sich von hinten an ihm vorbei. „Muss das sein?“

„Enno“, sagte Voß-Hoss mahnend. „Er ist Oberkommissar und …“

„Was ist eigentlich höher?“, warf Rieke ein. „Oberkommissar oder Obermeister?“

„Oberkommissar.“

„Nicht Meister?“

„Nein.“

„Ich dachte. Also Kommissar.“

„Ja. Jedenfalls ermittelt Oberkommissar Meister … Quatsch … Lütsch … jetzt in eurer Sache. Da müsst ihr natürlich anwesend sein. Er benötigt eure und Ihre Zeugenaussage, Frau von … van … Graaf. In einer Stunde in meinem Büro.“

„Wir werden da sein“, sagte Ida Klaass.

ZEHN

„Möchten Sie mitkommen?", fragte Elsa ihre Chefin, als sie wieder im Hotel angekommen waren. „Das Büro von Voß-Hoss ist gleich hier über die Straße."

„Nein, ich denke nicht", antwortete Astrid. „Ich muss noch einige Telefonate mit dem Agrarausschuss in Niedersachsen und Bayern führen, und außerdem bin ich da ja außen vor. Sie sind die Zeugin. Sie könnten allerdings darauf hinarbeiten, dass Herr Dirks unsere Probe im Gemeindehaus nicht vergisst, das wäre nett."

„Natürlich, das kriegen wir schon hin." Elsa sah auf die Uhr. Es war dreizehn Uhr, bis zur Probe waren es noch vier Stunden. Da blieb ihr mehr als genug Zeit, um sich ein wenig umhören. Die Polizei ermittelte zwar, doch nicht nur ihre Neugier, sondern auch ihr Ehrgeiz, dieses Rätsel zu lösen, war entfacht. Das Ganze mutete tatsächlich wie ein Kriminalfall aus einem Roman an. Ein kleines, überschaubares Dorf, drei potenzielle Opfer, und als Täter kam eigentlich nur jemand infrage, der ebenfalls aus dem Ort stammte. An Jugendliche, die sich einen Streich erlaubt hatten, glaubte Elsa nicht im Geringsten. Dazu war dieses Objekt, das Totenheck, einfach zu speziell. Ein Relikt, ein altes Brauchtum aus vergangenen Zeiten, über das hier kaum jemand etwas wusste – das hatte etwas zu bedeuten.

Sie machte sich auf den Weg die Hauptstraße hinunter in Richtung Westen. An der nächsten Kreuzung hatte die Straße in Richtung Norden bereits Flohmarktcharakter angenommen. Die meisten Stände und Tische standen bereit, und der Eingang der Straße wurde soeben mit einer Pflanzeninsel dekoriert. Elsa überquerte die Straße und sah, wie gegenüber auf der Ausstellung ein großer amerikanischer Traktor in eine Parklücke gewinkt wurde und dabei Geräusche von sich gab, als würde scharf geschossen werden. Kurz vor der Tankstelle bog sie nach rechts ab und hielt auf das kleine Gebäude zu, in dem die Polizeistation untergebracht war. Sie klingelte an der Tür, hinter der die Big-Ben-Melodie erklang. Der Summer ertönte, und sie drückte die Tür auf.

„Ach Sie!" Voß-Hoss begrüßte sie sichtlich aufgeregt und in Stress. „Ich komme sofort, gehen Sie doch schon mal rein."

Sie betrat das Büro, in dem die Totenhecke immer noch auf dem Tisch lagen und eine unheimliche Atmosphäre erzeugten. Ein Mann stand mit dem Rücken zu ihr am Fenster und betrachtete das Geschehen auf der Straße. Elsa wollte eben einen Guten Tag wünschen, änderte ihre Begrüßung aber kurz entschlossen in den hiesigen Gruß um. „Moin", sagte sie.

Der Mann drehte sich langsam zu ihr um, verzog seinen schmalen Mund zu einem höflichen Lächeln und neigte den Kopf zum Gruß, während er sie in Augenschein nahm. Er mochte so um die fünfzig sein, war von schmaler Statur und hatte einen breiten Kopf, der viel zu groß für seinen Körper schien. Elsa wartete auf eine Wortmeldung von ihm, die aber ausblieb.

„Ich bin Elsa van Graaf", sagte sie daher. „Ich bin diejenige, die auf dem Kanal unterwegs war."

Er sagte immer noch nichts, nickte nur zaghaft. Elsa war sich nicht ganz sicher, ob er überhaupt schon im Bilde oder vielleicht gar nicht der Kommissar aus Leer war. Womöglich war er nur ein weiterer Kerl, dem man sein Bäumchen im Vorgarten umgefahren hatte.

Wieder ertönte der Glockenklang von Big Ben.

„Kommeee!", rief Voß-Hoss von irgendwoher.

Roswita und Ferdinand Dirks, gefolgt von Ida und Werner Klaass betraten das Büro. Unsicher, was sie nun erwartete, blieben sie neben Elsa stehen. Die beiden Damen lächelten Elsa zu und richteten ihre Aufmerksamkeit dann auf den vermeintlichen Kommissar am Fenster.

„Sooo", tönte Voß-Hoss im Hereinkommen und quetschte sich mit einem kleinen Tablett, auf dem er vier Wasserflaschen und zwei gestapelte Gläsertürme balancierte, an ihnen vorbei. Er blieb in Ermangelung einer

Abstellfläche stehen, blickte sich ratlos um und stellte das Tablett schließlich auf den Drucker im Schrank. „Wenn ich vorstellen darf", sagte er und rieb sich die Hände. „Das ist Oberkommissar Lütsch aus Leer. Das sind zwei der Männer, Herr Dirks und Herr Klaass nebst Gattinnen. Der dritte fehlt noch. Frau van Gre… Graaf ist die Zeugin aus dem Boot."

Lütsch nickte stumm und blickte von einem zum anderen. Dann ließ er seine Hand in seine Jackentasche gleiten und holte ein Klappmesser hervor. Er drückte einen Knopf, und die Klinge sprang mit einem klackenden Geräusch heraus. Ferdinand Dirks erschrak so sehr, dass er zusammenzuckte. Er war nicht der Einzige im Raum, der vermutete, dass es sich hierbei um eine potenzielle Tatwaffe handeln könnte. Lütsch beugte sich jedoch vor und schabte seelenruhig einen Span Holz aus einem Totenheck, um ihn zu untersuchen.

Auf Voß-Hoss' Schreibtisch stand ein Uplengen-Becher, in dem Kugelschreiber, Bleistifte und ein Lineal mit integrierter Lupe steckten. Lütsch griff danach und vergrößerte damit den Span.

„Mmh. Fichte", brummte er leise.

Dann kratzte er mit der Spitze des Messers die schwarze Farbe von einem kleinen Punkt auf dem Holz, der sich als ein Schraubenkopf entpuppte.

„Mmh. Schrauben." Er schürzte nachdenklich die Lippen und schaute an die Decke des Raums.

Dingdongdingdong, dingdongdingdong.

„Ich mach schon", sagte Voß-Hoss und betätigte den Öffner. Herein kam Enno. „Moin", sagte er wenig begeistert.

„Oberkommissar Lütsch, das ist Enno Sandvogel. Er warf sein Totenheck in den Kanal", erklärte Voß-Hoss.

Lütsch fuhr mit seinem Finger über die drei Holzobjekte und fühlte beim dritten wohl etwas Feuchtigkeit. Er blickte auf seine Finger, konnte aber keine Rückstände von Farbe erkennen.

„Mmh. Wasserfest."

Schließlich kratzte er etwas goldene Farbe aus einem der Schriftzüge, betrachtete sie mit der Lupe, prüfte die Einkerbung im Holz und richtete sich wieder auf.

„Mmh."

Die anderen sahen sich fragend an. Voß-Hoss trat ungeduldig von einem aufs andere Bein und räusperte sich.

„Das …“, erhob Lütsch seine Stimme, und alle schauten gebannt zu ihm. Er legte im Stehen den linken Fuß auf das rechte Knie und drückte die Klinge an der Sohle zurück in den Griff. „… war kein Dummejungenstreich. Das ist eine ernst zu nehmende Drohung.“ Er schmatzte und blickte müde in die Runde.

„Und jetzt?“, fragte Ferdinand Dirks.

Lütsch schürzte erneut seine Lippen, wippte mit dem Kopf hin und her und sah aus dem Fenster. „Jetzt haben Sie Angst.“

„Allerdings! Und was werden Sie dagegen unternehmen?“, wollte Ferdinand aufgebracht wissen.

„Mmh.“

„Mmh?“

„Bitte?“

„Sagten Sie schon etwas?“, fragte Ferdinand gereizt.

„Ferdi, bitte.“

Lütsch drehte sich um. „Ich meine nicht, nein.“

„Also?“

Der Oberkommissar ließ seinen linken Zeigefinger über den Brettern kreisen. „Die werden kriminaltechnisch untersucht.“ Er sah hoch. „Werden Sie den Herbstmarkt besuchen?“

„Ja, wir nehmen alle drei am Lauf teil“, sagte Werner Klaass.

„Mmh. Ungünstig.“ Lütsch verzog das Gesicht, als hätte er in eine Zitrone gebissen.

„Aber wir laufen jedes Jahr“, sagte Enno Sandvogel. „Das lassen wir uns nicht nehmen, schon gar nicht wegen so'nem dämlichen Firlefanz.“

„Firlefanz“, wiederholte Lütsch langsam, so als würde er das Wort noch nicht kennen.

„Mann, Enno, da will uns jemand umbringen“, fuhr Ferdinand auf.

„Na, wer denn? Ich wüsste keinen. Wir sind doch hier nicht in Chicago oder New York. Wir wohnen in Uplengen, du Angsthase“, bellte Enno und zeigte ihm einen Vogel. „Tust ja so, als hätten wir Mafiakontakte.“

„Haben Sie?“, fragte Lütsch.

„Wie bitte?“ Enno sah ihn entgeistert an. „Ja, sind denn hier alle …“ Er sparte sich die Beleidigung und schüttelte bloß noch den Kopf.

„Prostitution, Glücksspiel, Kreditschulden, Autohandel, Waffen?“

„Waffen“, sagte Werner Klaass, als sei das des Rätsels Lösung, und sah Enno mit großen Augen an.

„Was glotzt du so? Meinst du, ich hab ‚ne Batterie Kalashnikovs im Keller oder was? Ich bin Jäger, Himmelherrgott, und nicht der Cousin vom Paten!“

„Haben Sie einen Waffenschein für Ihre Jagdgewehre?“, wollte Lütsch wissen.

„Selbstverständlich. Der Anwalt da weiß das auch. Erbsenzähler.“

„Was ist mit den vier anderen Bereichen, die ich abgefragt habe? Prostitution, Glücksspiel, Kreditschulden, Autohandel?“

„Ich bin Anwalt“, regte sich Werner auf. „Ich stehe auf der richtigen Seite des Gesetzes.“

„Die anderen auch?“, fragte Lütsch kühl. „Keiner hat Schulden?“

Roswita Dirks sah ihren Mann von der Seite an. Elsa blickte zu Boden. Auch Werner und Enno starrten nun zu Ferdinand. Der schaute unschuldig.

Roswita stieß ihn mit dem Arm an. „Nu sag schon.“

„Nein, was willst du denn?“

„Ferdi, ich bitte dich.“

„Es ist alles in bester Ordnung.“

„Nein, ist es nicht, Herr Lütsch. Mein Mann hat Schulden.“

„Rosi …“

„Wenn du es nicht tust, sag ich es eben. Es sind an die dreißigtausend.“

„Also …“ Ferdinand wollte entrüstet widersprechen, kam jedoch nicht zu Wort.

„Spielschulden?“, hakte Lütsch nach.

„Nein, Internetbestellungen.“

„Mmh. Kaufsucht.“

„Nein, Quatsch, was redest du da, ich bin doch nicht kaufsüchtig. Ich hab …“

„Dreitausend Trainingsanzüge?“, fragte Enno spitzfindig.

Ferdinand verschlug es die Sprache. Wütend blickte er seine Freunde und seine Frau an.

„Wie viele verschiedene Gläubiger?" Lütsch griff in seine Jackentasche, holte ein iPad hervor und tippte etwas ein.

„An die zwanzig", sagte Roswita und senkte den Kopf.

Lütsch tippte weiter. Dann nickte er und blickte in die Runde, ehe er Ferdinand fixierte.

„Dann möchte ich zunächst mit Ihnen allein sprechen, Herr Dirks."

Elsa hätte zurück ins Hotel gehen können, sie hielt es aber für besser, Frau Dirks nach Hause zu begleiten. Die Arme war doch recht mitgenommen und konnte jetzt, da sie öffentlich über das Unaussprechliche geredet hatte, die Tränen nicht mehr zurückhalten. Sie ließen den Wagen für Ferdinand vor Ort und gingen zu Fuß.

„Ich hab schreckliche Angst", gab Roswita zu und schniefte in ein Taschentuch. „Wenn das alles Ferdis Schuld ist, und diese Leute uns jetzt drohen ... Was sollen wir denn nur tun?"

Sie hatten den Trubel des Herbstmarktes hinter sich gelassen und waren nach links in ein Wohngebiet eingebogen. Der breite Gehweg war menschenleer.

„Ach, Frau Dirks, bestimmt ist am Ende alles ganz anders. Würde es um Ihre Schulden gehen, gäbe es doch gar keinen Grund, auch Herrn Klaass und Herrn Sandvogel zu bedrohen."

„Ferdi hat mich so oft belogen und mir Dinge verheimlicht. Vielleicht haben die beiden ihm helfen wollen und sind für ihn eingesprungen. Er könnte ja noch viel mehr Schulden haben, nicht nur die, von denen ich weiß. Sie haben es doch selbst gesehen, er gibt einfach nichts zu. Er verdrängt alles." Sie trompetete in das Taschentuch, und ein Hund fing an zu bellen.

„Waren Sie schon mal beim Psychologen?"

„Wir waren bei fünf verschiedenen. Aber wie soll man sich denn in der heutigen Zeit vom Internet fernhalten? Er wird halt ständig rückfällig. Und bums, steht wieder ein Paketbote vor der Tür. Ich kenne inzwischen alle mit Namen, egal ob sie von DHL, UPS, Hermes oder FedEx kommen."

„Ist denn schon mal einer bei der Forderung seines Geldes ausfallend geworden?“, wollte Elsa wissen. „Manchmal kommen ja auch fremde Inkassounternehmen ins Spiel. Wer weiß, was die für Methoden haben. Obwohl das hier schon sehr persönlich aussieht.“

„Nicht dass ich wüsste. Ferdinand muss jetzt endlich mal alle Fakten auf den Tisch legen.“

Sie waren am Haus angekommen, vor dem ein silberner Mercedes parkte.

„Meine Eltern sind da“, sagte Roswita Dirks niedergeschlagen, und ihre Schultern sanken kraftlos herab.

„Ach, das kriegen wir schon hin.“ Elsa legte ihr aufmunternd einen Arm um die Schultern. „Kommen Sie.“

Sie stiegen die Eingangsstufen hinauf.

„Haben Ihre Eltern einen Schlüssel?“

„Nein, aber sie wissen, wo der Zweitschlüssel deponiert ist. Dort in der Hängepflanze.“ Sie deutete auf einen üppig wuchernden Hängetopf, der unter dem Vordach im Wind baumelte. „Jetzt wissen Sie auch, wie Sie reinkommen“, meinte sie und schloss auf.

Der Vater von Frau Dirks saß im Wohnzimmer auf der Couch und las Zeitung. Die Mutter hantierte in der Küche und summte vor sich hin.

„Mama, Papa? Ich möchte euch jemanden vorstellen“, sagte Roswita laut. Ihr Vater klappte neugierig eine Ecke der Zeitung um, und die Mutter kam aus der Küche geeilt.

„Hast du dich von Ferdinand getrennt?“, fragte sie aufgeregt und konnte ihre Freude darüber nicht recht verbergen.

„Nein. Das ist Frau van Graaf von der Bundesgeschäftsstelle des Landfrauenverbands in Berlin.“

„Ach so“, kam es enttäuscht von ihrem Vater.

Er legte die Zeitung dennoch beiseite und stand auf.

„Das ist meine Mutter, Grete Renner, und mein Vater, Reinhard Renner“, stellte Roswita die beiden vor.

„Moin“, sagten beide freundlich und schüttelten Elsa die Hand.

„Wo steckt denn dein Mann, dieser Nichtsnutz?“, fragte ihr Vater sie missgelaunt.

„Hab ihn heute gar nicht im Büro gesehen. Da liegt noch ‚ne Menge Arbeit auf seinem Schreibtisch. Aber das geht mich ja nichts mehr an."

„Ich weiß, heute ist Samstag, und er hatte andere Dinge zu tun. Wir waren doch bei der Polizei, und Frau van Graaf und Frau Stegmeier sind ja auch noch da."

„Mmmh", brummte der ältere Herr wenig zufrieden. „Haben Sie unseren Schwiegersohn schon kennengelernt?", fragte er Elsa.

„Ja, habe ich."

„Und, würden Sie so einen heiraten?"

„Papa, bitte!"

„Ja, ja, lass mich doch mal fragen."

„Nein, wir müssen hier keine privaten Dinge vor Frau van Graaf besprechen. Und beleidigen musst du ihn auch nicht."

„Offiziell ist er ja der Geschäftsführer unseres Familienunternehmens, der immerhin größten Biogasanlage hier in der Gegend, aber raten Sie mal, wer die ganze Arbeit für ihn macht?", flüsterte Herr Renner Elsa zu und zeigte auf seine Tochter.

„Jetzt reicht's, Papa."

„Ist ja gut."

„Ich hab Tee gemacht", sagte Roswitas Mutter.

„Danke, aber ihr geht jetzt besser", entgegnete sie reserviert.

„Tee? Es ist zwei Uhr, Grete." Reinhard Renner klang vorwurfsvoll.

Seine Frau stemmte die Hände in die Hüften. „Du wolltest doch einen haben."

„Besprecht das zu Hause."

„Ich hab gesagt, ich will was trinken, da mein ich doch keinen Tee um zwei Uhr."

„Wolltest du Kaffee? Dann hättest du es sagen müssen."

„Nein, auch nicht."

„Leute!", fuhr Roswita dazwischen. „Ich möchte mich jetzt in Ruhe mit Frau van Graaf unterhalten. Bitte diskutiert das zu Hause."

„Schon gut." Ihr Vater hob die Hände zu einer Unschuldsgeste.

„Der Tee ist schon fertig, wenn ihr mögt", raunte Frau Renner ihrer Tochter zu, ehe sie von ihrem Mann in den Flur geschoben wurde.

Wenig später waren die Eltern gefahren und Elsa und Frau Dirks wieder allein.

„Ich hab das Gefühl, mich ständig entschuldigen zu müssen. Tut mir leid", sagte Roswita, als die beiden bei einer Tasse Tee am Esszimmertisch saßen.

„Das brauchen Sie nicht. Sie sollten mal meine Familie sehen."

Da klingelte es an der Tür.

„Oh Gott, sie sind zurück. Haben sie irgendwas vergessen?" Frau Dirks sah sich suchend um und ging dabei in Richtung Haustür. Elsa hörte, wie sie öffnete und jemanden freundlich begrüßte. „Hallo Metin. Wie geht's dir? Alles gut?"

„Danke, danke. Und Ihnen?"

„Ja, viel zu tun."

„Herbstmarkt, ich weiß. Bis morgen."

„Ja, tschüssing!"

Die Tür fiel ins Schloss, und Roswita begann zu weinen. Mit einem großen Paket in der Hand kam sie zurück.

„Schon wieder eins", jammerte sie.

ELF

Als Elsa Roswita Dirks nach dem Teetrinken verließ, ging sie immer noch nicht zum Hotel zurück, sondern spazierte ein paar Straßen weiter zum Haus von Ida und Werner Klaass.

Sie wollte auch hier noch mal nachhaken, obwohl sie der Meinung war, dass Ferdinand Dirks mit seinen Schuldenproblemen nach derzeitigem Stand der wahrscheinlichste Verursacher der anonymen Drohungen war.

„Hallo", sagte Rieke überrascht, als sie die Tür öffnete.

„Hallo, Frau Klaass-Scheibner, ich hoffe, ich störe nicht."

„Nein, nein, kommen Sie rein." Sie hielt die Tür auf und ließ Elsa eintreten. „Dürfte ich Ihnen vielleicht das Du anbieten? Ich finde das immer so umständlich. Erst recht bei meinem komischen Doppelnamen."

„Gern, ich bin Elsa", sagte Elsa erfreut und reichte ihr die Hand.

„Rieke. Komm, wir gehen ins Wohnzimmer."

Der Rest der Familie saß schweigend um den Couchtisch herum. Es herrschte eine bedrückte Stimmung. Jeder blickte stumm vor sich hin und schien in Gedanken versunken.

„Seht mal, wer da ist", sagte Rieke, und alle blickten zu Elsa.

„Frau van Graaf." Ida lächelte. „Das ist aber eine nette Überraschung. Wir versuchen gerade, das Treffen eben zu verarbeiten."

„Dieser Oberkommissar aus Leer macht mir keinen sehr kompetenten Eindruck, oder, Frau van Graaf?" Werner Klaass stand der Höflichkeit halber auf und setzte sich erst wieder, als Elsa neben ihm Platz genommen hatte.

„Er ist schon ein sehr eigener Charakter", sagte sie schmunzelnd. „Aber davon abgesehen, stimme ich ihm zu. Ich denke auch, dass man diese merkwürdige Warnung vor Ihrer Tür überaus ernst nehmen sollte."

„Am Ende haben wir das alles Ferdinand zu verdanken." Er schüttelte den Kopf.

„Ja, da stellt sich natürlich die Frage, warum Sie und Herr Sandvogel ebenfalls eine Warnung erhalten haben. Sie sind seine Freunde, haben Sie Herrn Dirks vielleicht finanziell geholfen oder ihn anderweitig unterstützt, als es um seine Schulden ging?"

„Nein. Vielleicht hab ich ihm ab und an mal etwas Geld geliehen, aber keine größeren Beträge."

„Ach ja?" Ida machte große Augen. „Und in ihrer Funktion als Rechtsanwalt?"

„Was meinen Sie?"

„Naja, haben Sie zum Beispiel Briefe an seine Gläubiger für ihn aufgesetzt?"

„Nein", sagte er.

„Wissen Sie, ob er jemals zuvor irgendwelche Drohungen erhalten hat?"

„Nein. Also, ich weiß es nicht."

„Und Sie selbst?"

„Ich? Ich hab doch schon gesagt, dass ich mit Ferdis Problemen nichts zu tun habe."

„Ich meinte Sie als Rechtsanwalt, in Ausübung Ihres Berufs."

„Ach, so … Naja …"

„Doch, da war schon hin und wieder was, nicht wahr, Werner?" Ida legte ihm besorgt die Hand auf den Arm.

„Aber bis jetzt ist noch nie was Schlimmes passiert", murmelte er grübelnd.

„Was ist denn passiert?", hakte Elsa nach.

Er pustete die Backen auf und winkte ab. „Nur Beschimpfungen und minderschwere Drohungen, nichts von Belang."

„Aber da war doch mal der Kerl beim Fußball, der dir ‚ne Platzwunde beigebracht hat", erinnerte Sören ihn. „Weil du seine Frau bei der Scheidung vertreten hast."

„Ach, der Aki. Ja, gut. Der war schon sauer, dass er so viel abtreten musste, ja."

„Und neulich war da diese Lama-Geschichte."

„Lama?"

„Na, die haben doch die Tiere gestohlen."

„Ach, die Alpakas", sagte Werner.

„Die Alpakas?" Jetzt wurde Elsa hellhörig.

Auch Ida rückte interessiert auf dem Sofa nach vorn. „Die Alpakas haben wir uns gestern angesehen", sagte sie.

„Ja, ja, aber es fehlen welche in der Herde." Werner Klaass nickte fahrig.

„Fünf Stück", meinte Elsa. „Und die Besitzerin weiß nicht, wer's gewesen ist."

„Nein, äh … sie nicht. Der Fiete, ihr Mann, schon."

„Fiete weiß, wer's war?", fragte Ida laut.

„Sowas spricht sich halt schnell rum aufm Dorf. Diese seltenen Viecher fallen auf."

„Und wer isses gewesen?", wollte Rieke wissen.

„Jens und Torge Seiters aus Detern."

„Was? Die beiden Seiters-Brüder?" Ida riss erschrocken die Augen auf.

Sören grinste. „Und es kommt noch besser", kündigte er an.

Rieke schaute vorwurfsvoll von ihrem Vater zu ihrem Mann. „Wieso weiß Sören eigentlich mehr als ich oder Mama?"

„Gott, wir machen viel Sport zusammen, da quatscht man halt über dies und das." Ihr Mann tat unschuldig und zuckte demonstrativ mit den Schultern.

„Papa?", beharrte Rieke auf einer Erklärung.

„Ja, is halt so."

Rieke und Ida lachten spitz auf. Ihr Lachen klang so ähnlich, dass man sie daran auf Anhieb als Mutter und Tochter hätte identifizieren können.

„Und jetzt will Fiete die verklagen? Habt ihr der Polizei schon Bescheid gegeben?", fragte Ida Klaass.

„Nee, das verhält sich etwas anders …"

„Na, wie denn?" Rieke hob auffordernd ihr Kinn.

„Also, Jens und Torge kamen zu mir und baten mich um Hilfe. Noch vor Fiete."

„Du meinst, du vertrittst jetzt die beiden Arschgeigen, die die Alpakas geklaut haben, anstatt den Kerl, dem sie gehören, und den du schon seit Jahren kennst?"

„Jeder hat das Recht, vertreten zu werden."

„Ach, Werner", schimpfte Ida erbost, „erzähl doch nicht so'n Quark! Was bist'n du für'n Freund?"

„Ida, die kamen zu mir, bevor ich mit Fiete sprechen konnte. Die haben erzählt, dass es nicht so gemeint war, also mehr ein Streich oder ein Scherz, und dass sie dann irgendwie in Not geraten seien, als sie merkten, dass alle sie dafür verurteilen würden …"

„Ja, zu Recht. Nur mein Mann nicht. Der beschützt die beiden auch noch."

„Vertreten."

„Ach!" Wütend wandte sie sich ab. Auch Rieke hatte nur ein Kopfschütteln für ihren Vater übrig.

Werner blickte zu Sören. „Schönen Dank auch."

„Tut mir leid."

„Wenn ich eben noch mal nachfragen dürfte", meldete Elsa sich wieder zu Wort. „Diese Brüder klauen also die Alpakas, merken, das war nicht so toll, und kommen zu Ihnen. Wer hat denn dann den Fiete informiert?"

„Das war so: Die Jungs haben die Viecher in einer Nacht- und Nebelaktion von der Weide geholt. Die beiden sind Landmaschinenvertreter, besitzen aber keine Anhänger. Die mussten sie sich erst leihen. Als sie die wieder zurückbrachten, war wohl ‚n bisschen Schiete von den Tieren übrig geblieben. Der Kerl, von dem sie die Anhänger hatten, Jochen Reimers, ist stutzig geworden, denn das mit den Alpakas war hier ‚n großes Thema und stand in der Zeitung und so weiter. Jochen und Fiete haben beide Töchter, die zusammen diese komische brasilianische Kampf-Akrobatik machen. Wie heißt das noch?"

„Capoeira?", fragte Elsa.

„Ja, genau! Und beim nächsten Training erzählt er es dem Fiete natürlich. Und schon … peng … ist alles raus."

„Und wo sind die Alpakas?"

„Die sind noch in ihrem Besitz, es geht ihnen soweit ganz gut."

„Sagt der Alpaka-Experte", stichelte Ida aufgebracht.

„Aber warum weiß dann Fietes Frau noch nichts davon und die Polizei auch nicht?", bohrte Elsa weiter.

„Tja, das ist es ja, was mich beunruhigt. Fiete hat mir nur kurz zu verstehen gegeben, dass er weiß, dass ich die Seiters-Brüder vertrete und warum, mehr nicht."

„Und woher weiß er das nun wieder?", fragte Ida.

„Das kann ich mir eben auch nicht erklären."

Stille trat ein.

Werner Klaass rieb sich unwohl die Hände. Jetzt, da er es gesagt hatte, kam es ihm wohl noch unheimlicher vor als bisher schon.

„Wenn wir mal davon ausgehen, dass dieser Fiete jetzt berechtigterweise ziemlich sauer ist und Ihnen eins auswischen will", spann Elsa einfach mal drauflos, „könnte er derjenige sein, der Ihnen ein Totenheck vor die Tür gelegt hat. Aber die anderen beiden müssten dann doch eigentlich Jens und Torge Seiters kriegen, und nicht Ferdinand Dirks und Enno Sandvogel."

„Verstehe ich auch nicht", gab Werner zu. „Aber irgendwas heckt der Fiete aus."

„Er totenheckt was aus", scherzte Sören und gluckste amüsiert, wurde aber sofort wieder ernst, als er in die wenig belustigten Gesichter der anderen schaute.

Einen Moment lang sagte keiner mehr etwas.

„Wollen wir ‚n Schnaps trinken?", fragte Ida dann.

Es war sechzehn Uhr vierundzwanzig, als Elsa das Hotel betrat und in ihr Zimmer hinauflief. Vor ihrer Tür stand Astrid Stegmeier, die eben angeklopft hatte.

„Ach, Sie waren noch gar nicht wieder in Ihrem Zimmer?", sagte sie verdattert.

„Nein, es haben sich ganz neue Zusammenhänge aufgetan", erklärte Elsa.

„Sie meinen auf dem Revier?"

„Nicht nur da, aber im Prinzip schon."

„Haben Sie Ihre Aussage schon machen können?"

„Nein, der Kommissar wollte zunächst mit Herrn Dirks sprechen."

„Oh, aber der soll doch gleich mit uns die Probe machen …"

„Das klappt sicher alles. Wir rufen mal Frau Dirks an, die wird Näheres wissen", schlug Elsa vor und holte ihr Handy aus der Tasche.

„Wollen wir reingehen?“, fragte sie Astrid Stegmeier, die dankbar nickte, weil sie nicht so gern im dunklen Flur stand.

Astrid sah sich im Zimmer um, während Elsa einige Kleidungsstücke beiseite nahm und in die Tasche am Boden warf.

„Ja, hallo Frau Dirks, hier ist Elsa van Graaf. Wie sieht's denn aus, ist Ihr Mann schon wieder zu Hause?“

Sie hörte Frau Dirks einen Moment lang zu. „Prima, dann warten wir einfach hier. Geht's Ihnen besser? - Schön, dann bis gleich.“

„Was hatte Sie denn?“, fragte Astrid.

„Oh, wie sich herausstellte, hat ihr Mann einige finanzielle Probleme. Er ist kaufsüchtig. Das und die Morddrohung hat sie doch sehr mitgenommen.“

„Aha. Na, das geht uns ja nichts an. Kann er denn trotzdem zur Probe kommen?“

„Ja, sie holen uns hier um fünf vor fünf ab.“

„Sehr schön.“ Astrid lächelte zufrieden. „Wollen wir noch kurz über die Rede reden?“, fragte sie und musste lachen, weil es so albern klang.

„Gern, setzen Sie sich doch.“ Elsa bot ihr den Sessel an und nahm selbst auf dem Bett Platz.

„Ich habe noch ein paar Kürzungen vorgenommen. Ich verstehe, was Sie in den Passagen ausdrücken wollen, aber manchmal klingt es etwas zu pathetisch, wissen Sie, was ich meine?“

„Ich trage zu dick auf.“

„Exakt. Aber es sind nur wenige Stellen. Und das, was wir schon besprochen hatten. Sehen Sie hier …“

Astrid holte die Papierversion der Rede aus ihrer Tasche und reichte sie Elsa.

„Okay, ja“, sagte Elsa, als sie die Korrekturen überflog. „Soll ich Ihnen das noch mal sauber ausdrucken?“

„Geht denn das?“

„Sicher, das dauert nur ein paar Minuten. Ich habe einen tragbaren Drucker dabei.“ Sie sah auf die Uhr. „Vor dem Soundcheck ist es fertig.“

„Sie meinen die Technikprobe?“

„Exakt.“

Pünktlich um fünf Minuten vor fünf stand Roswita Dirks unten an der Rezeption und erwartete Elsa und Astrid.

„Mein Mann ist schon drüben und baut auf."

„Sehr schön."

„Ich habe bei der Gelegenheit auch gleich einen Tisch für heute Abend reserviert. Wenn Sie nichts dagegen haben, würden unsere Männer uns diesmal begleiten."

„Aber gern", erwiderte Astrid Stegmeier und strahlte.

Sie gingen über die Straße, stiegen die Treppe zum Friedhof hinauf und erreichten das Gemeindehaus bei einem plötzlichen Windstoß, der die Blätter von den Bäumen riss und ihre Jacken flattern ließ.

„Leider soll das Wetter morgen gar nicht gut werden", meinte Roswita im Vorflur. „Sturm und Regen. Es kamen schon ein paar kurzfristige Absagen deswegen."

„Aber es wird doch nicht komplett ins Wasser fallen, hoffe ich", sagte Astrid.

„Nein, nein, keine Angst, wir sind ja nichts aus Zucker hier in Ostfriesland. Mit Sturm und Regen können wir umgehen."

Sie betraten einen weiteren Flur, in dem sich an der linken Wand ein kleiner Tresen erstreckte. Gerade zu blickte man in eine Küche. Rechts führte eine offen stehende Tür in den Saal.

„Hier vorn wird morgen der Kuchen verkauft. Rechts im Saal kann man dann Kaffee und Tee bekommen und gemütlich sitzen. Kommen Sie."

„Verdammtes Blech", hörte man Ferdinand schon fluchen. Er kniete gleich links vor einer flachen Bühne, auf der rechts und links zwei alte Holzwagen gefüllt mit Stroh und in der Mitte ein Mikrofonständer platziert waren, und versuchte, zwei Kabel unter dem Holz zusammenzustecken. Sie traten zu ihm, doch er bemerkte sie nicht. Sein Hintern ragte vor einem der Wagen in die Höhe, und man hörte ihn stöhnen und ächzen. Astrid blickte aus Höflichkeit zu den Fenstern, die auf drei Seiten den Saal umgaben.

„Ferdi, was machst du denn da unten?"

„He?" Er blickte auf. „Ach, ihr seid's."

„Ich denke, das ist alles kabellos?"

„Ja, Bluetooth, aber Strom braucht's ja schon."

„Dauert es noch lange?"

„Nee, Frau Stegmeier, Sie können schon mal auf die Bühne gehen."

„Gern, vielen Dank." Astrid betrat die Holzbohlen, stellte sich hinter das Mikro und blickte sich im Saal um.

„So, fertig", sagte Ferdinand und stellte sich auf. „Ich hab Boxen in allen vier Ecken platziert."

Er ging zu Astrid und drückte einen Knopf am Mikrofon.

„So, jetzt können Sie."

Astrid pustete einmal gegen das Mikro, aber nichts war zu hören. „Test, Test, eins, zwei."

Die Lautsprecher blieben stumm.

„Düvel ook!", schimpfte Ferdinand und eilte zu der ersten Box links von der Bühne. „Noch mal, bitte!"

„Test, Test, eins, zwei", wiederholte Astrid ganz nah am Mikro.

Ferdinand kratzte sich ratlos am Kopf.

Elsa stand nahe an der Box auf der rechten Seite und inspizierte die Knopfleiste auf der Rückseite.

„Sind die über Ihr Handy verbunden?", fragte sie Ferdinand.

„Ja, wieso?" Er blickte auf sein Display.

„Können Sie Musik abspielen?"

Ferdinand tippte aufs Handy, und es erschallte „Life is live" von Opus. Eilig machte er die Musik wieder aus.

„Dann liegt's wohl am Mikro", sagte Elsa und ging zur Bühne.

Sie untersuchte es kurz.

„Ah ja, hier ist ein kleiner Knopf zum Connecten."

„Jetzt wird's angezeigt!", rief Ferdinand erleichtert.

„Versuchen Sie's noch mal", bat Elsa Astrid.

Die sagte: „Test", und ihre Stimme hallte laut in dem menschenleeren Raum wider.

„Funktioniert." Elsa grinste.

„Sie müssen auf jeden Fall da sein, wenn ich die Rede halte", sagte Astrid in das Mikro.

„Ja, um wieviel Uhr denn?“, rief Ferdinand zurück.

„Hatten Sie schon einen Zeitpunkt kommuniziert?“, fragte Astrid an Roswita Dirks gewandt.

„Natürlich, elf Uhr hatten wir gesagt. Um kurz vor elf ist der Gottesdienst zu Ende.“

„Prima. Um elf also.“

„Wie lange wird Ihre Rede ungefähr dauern?“

Astrid sah zu Elsa. Die wackelte abschätzend mit der Hand.

„Zehn, fünfzehn Minuten …“

„Gut, dann würde ich Sie, wenn das für Sie in Ordnung ist, zuerst kurz vorstellen und das Wort an Sie übergeben. Anschließend würde ich auch noch ein paar Hinweise auf das Kuchenbüffet und den Buchverkauf geben wollen.“

„So machen wir‘s“, willigte Astrid ein und klatschte in die Hände.

„Ja, wenn ich dann noch lebe“, sagte Ferdinand düster.

ZWÖLF

Beim Abendessen im Hotel herrschte eine bedrückte Stimmung. Alle schienen sich zurückzuhalten, wirkten angespannt und nervös. Während sie die Speisekarte studierten, sagte keiner ein Wort.

Elsa räusperte sich und setzte ein Lächeln auf. „Dieser Oberkommissar ist schon ein komischer Kauz, nicht wahr?"

„Was für eine Niete", platzte Enno Sandvogel heraus, als hätte er nur darauf gewartet, seinem Ärger Luft machen zu können.

„Waren Sie beide denn heute auch noch bei ihm?", fragte Elsa ihn und Werner Klaass.

„Ja, waren wir. Aber bei uns gibt es ja nichts zu berichten", meinte Werner Klaass, und Ferdinand Dirks sah beleidigt auf.

„Für morgen will er zwei Beamte abstellen, die sich hier auf dem Markt umsehen und sogar bei unserem Lauf mitmachen, um uns im Auge zu behalten", ergänzte Enno Sandvogel und schüttelte den Kopf.

„Was soll das bringen? Der Kerl kann überall sein", sagte Ferdinand. „Wenn er ein Gewehr hat, kann er von sonst wo auf uns schießen."

„Ach, Ferdi." Enno winkte ab. „Das glaubst du doch selbst nicht. So was wie ein Scharfschütze für dich, Werner und mich? Wer sind wir denn?"

„Fest steht nun mal, dass wir diese Dinger vor der Haustür hatten, und selbst der Kommissar denkt, dass das ernst gemeint ist."

„Genau, dieser Kasperclown." Enno verzog abschätzig den Mund.

„Jaa, prima, dann lauft doch einfach ins offene Messer."

„Lass uns doch. Du brauchst ja nicht mitlaufen", schlug Werner vor.

Ferdinands Blick streifte kurz Werners ausladenden Bauch. „Wenn ihr lauft, lauf ich auch“, sagte er leiser.

Frau Immensen kam zu ihnen an den Tisch und nahm die Bestellung auf. Die Damen wechselten das Thema und erzählten von den alten Zeiten in Uplengen. Zwei Jets der Bundeswehr waren vor Jahren hier abgestürzt und hatten den Ort in die Schlagzeilen und die Abendnachrichten gebracht. Danach verfielen sie in eine angeregte Diskussion über die wirtschaftliche Entwicklung der vergangenen Jahrzehnte. Seit die ehemals in Remels ansässige große Schuhfabrik und die Möbelfabrik geschlossen worden waren, konzentrierte sich die Region vor allem auf den Tourismus und die Verbesserung der verkehrstechnischen Anbindung.

Nach dem Essen wurde ein Schnäpschen bestellt. Aus einem wurden schnell zwei, drei und schließlich vier, und am Ende ließ Frau Immensen die Flasche einfach auf dem Tisch stehen. In erster Linie die drei Männer schenkten sich immer wieder nach. Elsa und Astrid hielten sich zurück. Gegen halb zwölf war der Gastraum längst verwaist und sie die einzigen Gäste im Restaurant. Draußen drückte der aufkommende Sturm immer stärker gegen die Scheiben.

„Na kommt, einen noch“, lallte Enno Sandvogel und hielt die Flasche hoch. „Vielleicht ist es unser letzter.“ Er lachte, und Werner Klaass fiel in das Gelächter ein. Ferdinand Dirks konnte nur gezwungen lächeln. Enno schenkte sich und seinen Freunden nach, hielt dann den Flaschenhals fragend über die Gläser von Elsa und Astrid. Astrid lehnte dankend ab.

„Einen letzten“, sagte Elsa und hob den Zeigefinger.

„So ist das richtig“, bekräftigte Enno und goss ein. „Ist nicht der beste Schnaps, aber das ändert sich auch bald. Also Prost!“

Sie tranken die Schnäpse, und Werner stellte sein Glas nachdenklich auf dem Tisch ab.

„Jetzt fällt mir etwas ein“, sagte er langsam, nun ebenfalls hörbar angetrunken.

„Portemonnaie vergessen?“ Ferdinand grinste.

„Nee, nee, ich meine …“ Er stockte.

„Na, spuck‘s schon aus, Anwalt“, forderte Enno ihn auf.

„Vielleicht gibt es ja doch jemanden, der einen Grund hätte.“ Er sah Enno und Ferdinand an, die beide sofort begriffen, wen er meinte.

„Komm, lass", meinte Enno, der plötzlich sehr ernst war, und winkte ab.

„Aber es ist … es könnte wichtig sein, ich meine … Er könnte es sein."

„Von wem redest du?", fragte Ida Klaass. Auch ihre Freundinnen beugten sich neugierig vor.

„Werner", sagte Ferdinand und schüttelte leicht den Kopf.

„Was zum Teufel geht hier vor, Männer? Mit euch stimmt doch was nicht", stellte Roswita Dirks fest. „Wenn es etwas gibt, dann redet endlich, verdammich."

Enno Sandvogel und Ferdinand Dirks senkten den Blick und starrten in ihre leeren Gläser. Werner Klaass drehte seins immer wieder in den Händen.

„Also, da war …"

„Halt die Klappe, Werner!", zischte Ferdinand wütend.

„Wieso verbietest du ihm den Mund?", wollte Roswita wissen, doch ihr Mann antwortete nicht.

„Wir haben etwas gemacht, das damit zu tun haben könnte", gab Werner flüsternd zu.

Ida schluckte laut. Ferdinand vergrub sein Gesicht in den Händen. Elsa und Astrid wechselten einen überraschten Blick.

Die Stimmung war auf das Äußerste gespannt, man konnte jedes noch so leise Geräusch vernehmen. Alle hingen an Werners Lippen.

„Es gab da doch mal diesen Mann, der hier lebte", begann er und räusperte sich. „Er … er war Künstler, Bildhauer."

Jetzt ging den Ehefrauen ein Licht auf. Ida nickte, weil sie wussten, von wem er sprach.

„Dieser Mann war einfach irgendwann in den Ort gekommen und lebte allein und zurückgezogen in einem Bauwagen im Wald. Kein Strom, kein fließend Wasser, er hauste da wie ein Einsiedler. Keine Ahnung, wer damit angefangen hatte, aber mit der Zeit versorgten ihn einige aus dem Dorf, brachten ihm Essen, Holz und so weiter. Das ging ein paar Jahre so, und aus Dankbarkeit schenkte er der Gemeinde bei seinem Weggang eine große Holzskulptur, die noch heute im Kirchturm in Stapel ausgestellt ist. Er nannte sie ‚Die Vertreibung aus dem Paradies'. Und das nicht ohne Grund."

Werner machte eine Pause und wappnete sich. „Was bis jetzt keiner wusste … wir waren es, die ihn aus dem Paradies vertrieben haben."

Ida, Tanja und Roswita verstanden nicht.

„Es tut mir leid", sagte Werner kleinlaut. „Aber Ferdi hatte damals den Verdacht, dass Rosi mit dem Mann ein Verhältnis hat."

Roswita Dirks gingen die Augen über. Ihr Mund stand offen. Sie war so geschockt, dass sie gar nichts sagen konnte. Ferdinand hatte den Blick abgewandt. Ennos Kiefer mahlten.

„Ferdi bat uns, ihm zu helfen. In einer Nacht, wir waren mächtig angetrunken, sind wir drei raus zu ihm und haben ihn quasi in seiner Hütte überfallen. Wir drohten damit, ihn zu töten, wenn er nicht aus dem Ort verschwinden würde."

„Was habt ihr?", flüsterte Ida. Roswita kamen die Tränen.

„Am nächsten Morgen war es uns allen peinlich, aber es war nun mal passiert, und wir verloren kein Wort mehr darüber. Zwei Wochen später schenkte er dem Bürgermeister die Skulptur und verschwand. Man hat nie wieder etwas von ihm gehört oder gesehen."

Die drei Frauen schauten ihre Männer an, als wären sie Fremde für sie.

Elsa wusste intuitiv, dass diese Enthüllung von Bedeutung für die die aktuellen Ereignisse war. Was Werner Klaass gesagt hatte, machte es logisch, und es betraf sie alle drei.

Ferdinand Dirks hob jetzt ganz langsam den Kopf, so als erwachte er nach und nach aus einer Trance. Sein Blick war klar, aber angsterfüllt. „Er ist zurückgekommen, um sich an uns zu rächen", sagte er schaudernd. „Natürlich. Er hat mit Holz gearbeitet, und jetzt haben wir jeder ein Totenheck im Vorgarten liegen!"

„Das ist doch Quatsch", schmetterte Enno ungehalten und schlug mit der flachen Hand auf den Tisch. „Der ist seit Jahren tot. Der liegt längst drei Meter unter der Erde."

„Dann ist es sein Geist, der umgeht und uns bedroht", flüsterte Ferdinand.

Alle sahen ihn an, als hätte er den Verstand verloren.

„Sach mal, der letzte Schnaps war wohl ‚n büsch'n viel für dich, was?", meinte Enno mit schwerer Zunge.

Roswita Dirks stand auf. Ihr Mann konnte ihr nur hilflos zusehen, er selbst rührte sich kein bisschen.

„Traurigerweise habe ich nun das Gefühl, mich rechtfertigen zu müssen", sagte sie erhobenen Hauptes. „Ich hatte keine Affäre mit ihm. Und ich schäme mich für euch drei."

Mit diesen Worten verließ sie den Raum. Ida Klaass und Tanja Sandvogel taten es ihr gleich, sodass Elsa und Astrid nun allein mit den Männern am Tisch saßen.

„Musstest du den ganzen alten Krempel wieder hervorholen und breittreten?" Enno sah Werner vorwurfsvoll an. „Ferdi hat schon genug Hacken am Ärger …" Er dachte kurz über seine Worte nach. „Ärger am Hacken, wollte ich sagen. Und jetzt kommst du mit den ollen Kamellen."

„Dafür wissen wir nun, mit wem wir es wahrscheinlich zu tun haben", sagte Elsa. „Es sei denn, dieser Künstler ist tatsächlich tot, dann bleibt alles genauso unklar wie zuvor."

Astrid und Elsa saßen noch eine Weile im Hinterzimmer, nachdem die Männer – leicht schwankend und mit hängenden Köpfen – nach Hause gegangen waren. Frau Immensen hatte eben die Gläser abgeräumt.

„Puh. Na, das war ja was", meinte Elsa.

„Alte Geheimnisse treten immer dann zutage, wenn man sie nicht gebrauchen kann", sagte Astrid. „Aber uns geht das ja glücklicherweise nichts an."

„Mit seinem Geständnis hat Herr Klaass sich bei seinen Freunden nicht gerade beliebt gemacht." Elsa lächelte müde.

„Es war aber das einzig Richtige. Es tut mir nur leid für die Damen, dass nun alles in unserem Beisein herauskam. Er hätte es auf dem Revier sagen sollen und nicht im Gasthaus."

„Für morgen ist mir jetzt noch mulmiger zumute als ohnehin schon", meinte Elsa. Sie versteckte ein Gähnen hinter ihrer Hand.

„Wir sollten schlafen gehen, damit wir morgen ausgeruht sind."

„Sie haben wie immer recht, Frau Stegmeier."

Die beiden erhoben sich und verließen das Hinterzimmer.

„Haben Sie den Hund eigentlich schon kennengelernt?", fragte Elsa.

„Welchen Hund?"

„Den Hotelhund."

Sie erreichten das dunkle Treppenhaus, von dem unten zwei private Türen abgingen. Die linke stand offen, sie führte in einen kleineren Flur, in dem Elsa zwei weitere Türen erkannte.

„Hier hab ich ihn gesehen."

„Gut, dass Sie mir das sagen, ich hätte mich zu Tode erschreckt, wenn ich ihm hier allein begegnet wäre."

„Der ist harmlos", sagte Elsa.

„Kein Cujo also?"

„Nein, eher ein Struppi."

Elsa fand den Lichtschalter, und sie stiegen in den ersten Stock hinauf. Astrid zog ihren Schlüssel aus der Tasche.

„So, dann wünsche ich Ihnen eine gute Nacht. Treffen wir uns morgen wieder um acht zum Frühstück?"

„Gern."

„Aber nach dem heutigen Erlebnis fahren Sie doch wohl nicht wieder auf dem Kanal?"

„Eigentlich wollte ich."

„Lassen Sie's. Das bringt am Ende nur Scherereien", sagte Astrid verschmitzt.

Elsa lächelte, wünschte ihrer Chefin eine gute Nacht und ging weiter den Flur entlang zu ihrem Zimmer. Sie schloss auf, trat ein, drückte die Tür hinter sich zu und lehnte sich dagegen. Ruhe. Endlich. Da ertönte der Klingelton ihres Handys, und sie schreckte hoch.

„Ja?", meldete sie sich atemlos.

„Mama?"

„Lisa. Was machst du, weißt du, wie spät es ist?"

„Keine Ahnung. Du, wir sind hier im Kindergarten, und Toni und Ben haben einen Verstärker und ‚n paar Boxen angeschlossen, da ist die Sicherung rausgeflogen. Weißt du, wo der Sicherungskasten ist?"

„Ich … ja, der ist am Abgang zum Keller. Links hinter der Tür."

„Supi, danke. Wie läuft's bei euch?"

„Ganz gut, wir … wir … doch, ganz gut, ja."

„Schön."

„Zu Hause ist alles in Ordnung?"

„Ja, wenn endlich wieder Licht ist. Ah, ich hab's."

Elsa vernahm ein Klicken, und dann jubelten ein paar Leute im Hintergrund laut auf.

„Aber nur proben, nicht saufen, kiffen und was man sonst noch so falsch machen kann. Das ist ein Kindergarten."

„Weiß ich doch, Mama. Ich muss jetzt wieder. Bis morgen!"

„Ja, bis morgen. Ich hab dich lieb."

Lisa hatte schon aufgelegt.

Elsa warf das Handy aufs Bett und sich hinterher. Sie drehte sich auf den Rücken und starrte an die Decke. Konnte es wirklich sein, dass dieser Bildhauer zurückgekommen war, um sich an den dreien zu rächen? Sie musste morgen den Namen des Mannes erfragen und mehr über ihn rausfinden. Natürlich hatte Astrid Stegmeier recht, das alles ging sie nichts an. Doch Elsas Neugier und Ehrgeiz waren längst geweckt. Ein wenig fühlte sie sich wie in einem Kurzurlaub, bei dem ein Krimidinner veranstaltet wurde. Ihre Familie hatte ihr so etwas mal zu Weihnachten geschenkt. Sie setzte sich auf und schaltete die Nachttischlampe an. Wenn sie jetzt noch ein wenig las, konnte sie vielleicht schneller einschlafen als mit all den Gedanken in ihrem Kopf.

Am Eselsohr in der Seite schlug sie das Buch auf und begann zu lesen. Nach etwa zehn Seiten vernahm sie ein Geräusch auf dem Flur, das ein bisschen wie ein Klopfen klang.

Sie hob erst den Kopf, um besser lauschen zu können, dann, als etwas raschelte, stand sie leise auf und schlich zu ihrer Zimmertür. Jetzt war nichts mehr zu hören. Vorsichtig legte sie ihre Hand auf die Klinke und drückte sie hinunter. Sie schob die Tür einen Spalt weit auf und linste in den dunklen Flur.

Der Schreck durchfuhr sie wie ein Stromstoß, als sie vor Astrids Zimmertür einen Schatten stehen sah.

Auf einmal rauschte der Puls in ihren Ohren, und sie schnappte nach Luft.

„Hey“, rief sie, ohne dass ihr bewusst war, was sie tat, und trat hinaus auf den Flur. Der Schatten erstarrte, dann floh die Person in Richtung Treppe. Elsa sprintete hinterher. Ihre Schritte klangen dumpf auf dem Teppich. Als sie um die Ecke bog, sah sie gerade noch den Kopf des Eindringlings im Dunkel der nach unten führenden Treppe verschwinden. Sie hastete nahezu blind die Stufen hinunter und fand sich im noch schwärzeren unteren Flur wieder. Nur durch die Milchglasscheibe des Hintereingangs drang Licht von einer Straßenlaterne herein. Wäre er durch diese Tür geflüchtet, hätte sie es gehört oder ihn sogar gesehen. Er musste also noch im Haus sein.

Langsam bewegte sie sich auf die Tür zu, die in den zweiten Flur führte, und öffnete sie. Hier gab es drei weitere Türen, zwei links und am Ende des Flurs. Alle waren geschlossen. Elsa drückte vorsichtig die erste Tür auf, die mit einem Quietschen den Weg freigab. Dahinter verbarg sich ein Putzraum mit hohen Holzregalen ringsum und Eimern, Besen und Staubsaugern in der Mitte. Sie schlich weiter zur zweiten Tür, hinter der sich eine Waschküche verbarg. An der rechten Wand standen vier Waschmaschinen und ineinander gestapelte weiße Körbe. Um an der Tür vorbei nach links zu sehen, musste Elsa einen Schritt vorwärts machen. Ihr Blick fiel auf drei Trockner mit geöffneten Luken, als plötzlich ein Schatten auf sie zusprang und ihre Stirn traf. Sie verspürte einen kurzen, heftigen Schmerz in ihrem Kopf und sah so etwas wie einen Lichtblitz vor ihren Augen. Dann wurde alles schwarz.

Elsa erwachte, als sie etwas Nasses in ihrem Gesicht spürte. Verschwommen konnte sie die Umrisse einer Hundeschnauze erkennen, die ihr Gesicht ableckte.

„Mmmh.“ Sie stöhnte und wollte den Kopf heben, doch ein heftiger Schmerz belehrte sie eines Besseren. „Schon gut, schon gut“, sagte sie matt, und der Hund setzte sich neben sie und bellte einmal laut. Elsa versuchte erneut, sich aufzurappeln, doch es gelang ihr nicht. Sie pustete angestrengt aus. Der Hund bellte wieder und wieder und wieder.

„Nun gib doch endlich mal Ruhe, Theo!“, rief eine Stimme, und irgendwo wurde eine Tür zugeschlagen.

Schritte ertönten. Elsa hob den Arm, um auf sich aufmerksam zu machen. Theo bellte erneut.

„Theo, Mensch!", zischte die Person, die nun den kleinen Flur betrat. Es war Frau Immensen. „Ach, du je! Was ist denn mit Ihnen?", fragte sie erschrocken, als sie Elsa entdeckte, die im Durchgang zur Waschküche auf dem Flurteppich lag.

„Mmmh", brummte Elsa und schmatzte benommen. „Ich … da … war ein Mann …"

„Was? Sind Sie verletzt? Geht es Ihnen gut?" Frau Immensen kniete sich neben sie.

„Mein Kopf …"

„Oh, Jesses, ja. Ich hole einen Krankenwagen, ja? Und was Kaltes."

„Ach, lassen Sie … ich brauch keinen Krankenwagen." Elsa stützte sich schwerfällig auf ihre Ellbogen und öffnete ihre Augen ganz weit, um die Wirtin besser sehen zu können.

„Ich rufe zumindest unseren Hausarzt. Moment …"

Frau Immensen rannte hinaus. Theo kam zurück und legte sich neben Elsa.

„Hallo? Was ist denn da unten los?", rief Astrid Stegmeier besorgt von oben.

„Aaah, nicht erschrecken, ich lieg hier so rum", antwortete Elsa schwach.

„Frau van Graaf?" Astrid eilte die Treppe hinunter. „Was ist, was haben Sie? Sind Sie gefallen?"

„Nein, da war ein Mann an Ihrer Tür."

„An meiner … was?"

„Ja, ich bin ihm gefolgt, und er hat mir eins übergezogen."

Astrid zog zischend die Luft ein, als sie die Beule an Elsas Stirn entdeckte.

Die Tür zu den Privaträumen der Wirtsleute sprang erneut auf, und Astrid fuhr zusammen.

„Ach, Frau Stegmeier", sagte Frau Immensen außer Atem. „Ihre Assistentin …"

„Ich hab schon gesehen."

„Der Arzt ist unterwegs. Hier, ich hab ein Kühlkissen." Sie legte Elsa das blaue Kissen auf die Stirn. „Wollen Sie sich irgendwo hinlegen?"

„Ist doch ganz schön hier im Flur", scherzte Elsa.

„Was ist denn das?" Astrid griff über Elsas Kopf hinweg und hielt eine Art

Holzknüppel in der Hand, mit einem Griff und einer runden verdickten Schlagfläche, ähnlich einem Flaschenbauch.

„Schätze, das Ding passt zu meiner Beule“, sagte Elsa.

„Jemand hat sie geschlagen?“ Frau Immensen war fassungslos. „Hier im Haus?“

„Ja, da war jemand an Frau Stegmeiers Tür“, wiederholte Elsa.

„Wann war das?“, fragte Astrid.

„Keine Ahnung, ich hab noch etwa ‚ne halbe Stunde gelesen. Also halb eins ungefähr.“

„Jetzt ist es kurz nach vier“, stellte Frau Immensen fest.

„Vier? Ach, du je!“, entfuhr es Elsa, die nicht glauben konnte, dass sie drei Stunden hier gelegen hatte.

„Kommen Sie, wir bringen Sie in den Gastraum“, sagte Frau Immensen, und sie und Astrid halfen Elsa auf die Beine.

„Geht‘s?“, erkundigte sich Astrid besorgt.

„Ja, ja.“

Als sie eben losgehen wollten, klopfte es an der Hintertür.

Die drei Frauen hielten erschrocken inne.

„Wer ist das?“, flüsterte Astrid, so als würde sie befürchten, dass der Täter zurückkam.

„Unser Hausarzt Dr. Jensen“, sagte Frau Immensen. „Hoffe ich.“

Sie schlich vorsichtig zur Tür. „Wer ist da?“, fragte sie ängstlich.

„Na. Wer schon? Du hast mich doch grad aus Bett geklingelt. Mach auf, is kalt.“

Sie drehte sich erleichtert um. „Der Arzt.“

Sie schloss die Tür auf und ließ ihn ein.

„War die Tür abgeschlossen?“, fragte Elsa verwundert.

„Äh, ja.“

„Moin“, sagte Dr. Jensen.

„Moin“, sagten Elsa und Astrid im Chor.

Er wandte sich an Frau Immensen. „Was ist hier los?“

„Wie ist er dann reingekommen?“, fragte Elsa.

„Ich bin soeben durch diese Tür gekommen, junge Frau. Sie sind wohl die Patientin?“

„Ja, aber sie meint den Kerl, der sie erschlagen hat", erklärte Frau Immensen.

„Erschlagen?"

„Nein, ge", sagte Astrid.

„Ge?"

„Ja, geschlagen."

„Korrekt", meinte Dr. Jensen. „Der Patient lebt, ist aber deutlich verwirrt. Und du auch", sagte er zu Frau Immensen. „Bringt sie in den Gastraum, ich schau's mir an."

Frau Immensen und Astrid stützten Elsa und führten sie ins Restaurant, wo sie sich auf eine Bank am Fenster setzte.

Dr. Jensen legte seinen Arztkoffer auf den Tisch und öffnete ihn. „Also, dann woll'n wir doch mal sehen …"

Er trug eine ausgewaschene Jeans, einen Schafwollpulli und ausgetretene blaue Clogs. Seine Haare standen in alle Richtungen ab.

„Hast du Schmerzen?", fragte er, ohne Elsa anzusehen.

Dass er seine Patienten duzte, war hier wohl so üblich, und er machte auch bei Fremden keine Ausnahme.

Elsa lächelte. „Ja."

„Wo?"

„Im Kopf."

„Was ist passiert?"

„Jemand hat mir dieses Ding da übern Schädel gezogen", sagte sie und deutete auf den Holzknüppel in Astrids Händen.

„Sie?", fragte Dr. Jensen an Astrid gewandt.

„Nein! Ich … ich bin …" Astrid war ganz perplex, dass sie verdächtigt wurde.

„Ein Mann", präzisierte Elsa.

Dr. Jensen sah sich suchend um. „Hier ist keiner."

„Nein, er ist geflüchtet."

„Ein Einbrecher?"

„Wahrscheinlich, ja. Ich hab ihn oben entdeckt und bis hier unten verfolgt. Und dann: boing!"

„Verstehe."

Er nahm eine kleine Taschenlampe, die er sich in den Mund steckte, und eine Lupe und tastete um die Beule herum ihre Stirn ab. „Tut das weh?"

„Ja."

„Und das?"

„Ja."

„Und hier?"

„Nein."

„Gut. Scheint nichts gebrochen zu sein. Hübsche Schwellung, aber das gibt sich wieder."

Jetzt leuchtete er mit der Lampe in Elsas rechtes Auge, hielt eine Hand davor und zog sie wieder weg, um ihre Pupillenreaktion zu testen.

„Eine Gehirnerschütterung haste auch nicht. Alles in Butter." Er warf Lampe und Lupe zurück in die Tasche und kramte eine Pillenpackung heraus. „Hier, eine nimmst du jetzt gleich. Die anderen zwei morgen. Dann bist du wieder wie neu. Die Beule kühlen, nicht zu lang, nicht zu kalt."

„Okay. Aber wie ist er hereingekommen, wenn die Tür abgeschlossen war?", fragte Elsa erneut und drückte eine Tablette heraus.

„Ich bin Arzt, kein Polizist."

„Ich meinte auch Frau Immensen."

„Ach so."

„Ich hab keine Ahnung, vorn ist auch zu", antwortete sie und verschwand im Flur, um ihre Behauptung zu überprüfen.

„Er muss aber herein- und ja auch wieder rausgekommen sein", meinte Astrid.

„Zeigen Sie mal", bat Dr. Jensen mit Blick auf den Schlägel und streckte die Hand aus.

„Was ist das überhaupt für'n Ding?", fragte Elsa.

„Sieht aus, wie ein Klüpfl."

„Klüpfl wie der Krimiautor?"

Er musterte Elsa mit medizinischer Genauigkeit. „Klüpfl wie Klüpfl. Das ist ein Holzhammer, ein Werkzeug. Künstler benutzen so was. Bildhauer, genauer gesagt."

Elsa und Astrid sahen sich erschrocken an.

„Vielleicht sollten wir jetzt mal die Polizei rufen“, meinte Astrid.

„Wenigstens eine, bei der der Verstand noch funktioniert“, sagte Dr. Jensen erleichtert.

Astrid beschloss, das einfach mal als Kompliment aufzufassen, und sah gütig über Jensens Art hinweg. „Frau Immensen“, rief sie.

„Hier!“ Sie kam zu ihnen zurückgelaufen.

„So, ich bin weg“, verkündete Jensen.

„Hinten im Wäschekeller war das Fenster offen“, berichtete Frau Immensen kurzatmig.

„Alles klar.“ Jetzt verstand Elsa, warum er dort hineingeflüchtet war.

„Könnten Sie bitte die Polizei anrufen?“, bat Astrid.

„Natürlich. Soll ich Theo anweisen, dass er so lange auf Sie aufpasst?“, fragte Frau Immensen.

„Theo ist Ihr Mann?“, fragte Astrid.

„Nein, mein Hund.“

DREIZEHN

Obermeister Voß-Hoss stand in Uniform vor Elsa, die sich das Kühlpad auf die Stirn drückte, und notierte ihre Aussage auf einem kleinen Notizblock. Astrid saß neben Elsa. Frau Immensen war in die Küche gegangen und klapperte dort mit Geschirr.

„Wie würden Sie den Mann beschreiben?", fragte Voß-Hoss und leckte seinen Bleistift an.

„Wie schon gesagt, ich habe nur einen Schatten gesehen, mehr nicht."

„Großer Schatten, kleiner Schatten, dicker oder dünner Schatten?"

„Ungefähr so groß wie ich. Richtiggehend dünn oder hager war er nicht. Alles, was ich sonst sagen kann, ist, dass er nicht langsam war."

„So, so." Voß-Hoss' drahtige Augenbrauen zuckten auf und ab, während er schrieb. „Schlug er mit rechts oder links zu?"

Elsa überlegte.

„Er kam von links hinter der Tür, meine Beule ist rechts, also müsste er mit links zugeschlagen haben."

„Linkshänder", sagte Voß-Hoss. „Das ist gut. Sonst noch was?"

„Ich glaube, das war's", sagte Elsa schulterzuckend.

„Schön, dann schau ich mir mal das Fenster an. Bis gleich."

Astrid sah auf die Uhr. „Lohnt sich wohl nicht mehr, ins Bett zu gehen. Ist gleich halb sechs."

„Kommen Sie mit auf den Kanal?", fragte Elsa augenzwinkernd.

Astrid lächelte und setzte sich auf, denn Frau Immensen kehrte soeben mit zwei dampfenden Tassen Kaffee zu ihnen zurück. „Wunderbar, danke sehr."

„Ich hab der Roswita Bescheid gesagt, sie wollte gleich kommen."

„Ach, das war doch nicht nötig", meinte Elsa und legte das Kühlpad, dessen Wirkung nachgelassen hatte, auf den Tisch.

„Da ist sie schon." Frau Immensen zeigte nach draußen, wo Roswita Dirks vom Fahrrad stieg und ihnen zuwinkte.

„Mein Gott, was ist denn bloß los hier?", fragte sie betroffen, als sie sich zu ihnen setzte. „Man kommt aus den Schreckensnachrichten ja gar nicht mehr raus. Sind Sie schwer verletzt?"

„Nein, nur ‚ne kleine Beule, nichts weiter."

„Und es war ein Dieb oder Einbrecher?"

„Was er wollte, wissen wir nicht. Aber er hat sich oben an Frau Stegmeiers Tür zu schaffen gemacht."

Astrid wirkte ratlos und schüttelte eingeschüchtert den Kopf. „Ich kann mir das nicht erklären."

„Ich weiß gar nicht, was ich sagen soll. Es tut mir so leid, dieser Besuch ist ja der reinste Horrortrip für Sie beide", entschuldigte sich Frau Dirks.

Das brachte Elsa und Astrid zum Lachen.

„Wenigstens ist es nicht langweilig bei Ihnen", meinte Astrid.

Voß-Hoss kam zurück in den Gastraum. „Moin, Rosi. Also, er hat von draußen das Gitter angehoben und ist durch den Schacht rein. Das Fenster war wohl gekippt, dann kann es leicht ausgehängt werden. War'n Kinderspiel reinzukommen", resümierte er.

„Und nu?", wollte Roswita wissen.

„Ich nehm dieses Ding da mit. Vielleicht kann Kommissar Lütsch es auf Fingerabdrücke untersuchen lassen. Ich kann das hier nicht machen. Helga?", rief er nach hinten, wo Frau Immensen bereits wieder in der Küche zugange war. „Hast du mal ‚nen Frischhaltebeutel für mich?"

Roswita beäugte den Gegenstand misstrauisch. „Was ist denn das für ein komischer Hammer?"

„Ein Klüpfl", sagte Elsa.

„Klüpfl?" Sie rümpfte die Nase. „Was Bayerisches?"

„Etwas, das ein Bildhauer benutzt", erklärte Astrid leise, fast mitfühlend.

„Oh nein“, hauchte Roswita Dirks und legte erschrocken die Hand auf den Mund.

Voß-Hoss hatte mit Oberkommissar Lütsch für acht Uhr dreißig ein Treffen in seinem Büro ausgemacht und Werner Klaass, Enno Sandvogel, Ferdinand Dirks und Elsa und Astrid gebeten, ebenfalls anwesend zu sein.

Elsa und Astrid waren noch mal auf ihre Zimmer gegangen und hatten unter der Obhut von Theo, den Frau Immensen ihnen als Schutz an die Seite gestellt beziehungsweise in den Flur gelegt hatte, geduscht, sich umgezogen und dann zusammen gefrühstückt. Die Straßen waren bereits mit Händlern, Gästen und Teilnehmern des Laufwettbewerbs gefüllt, als sie sich auf den Weg zu dem Treffen machten. Das Gelände einiger Supermärkte diente als Parkfläche für auswärtige Besucher.

Elsa und Astrid waren die Ersten in der Polizeistation. Genau wie gestern stand Lütsch allein am Fenster und starrte hinaus.

„Guten Morgen“, grüßte Astrid, die von Elsa schon so einiges über den Oberkommissar gehört hatte.

Lütsch drehte sich um, nahm sie in Augenschein, verzog den Mund und schob gleichzeitig seine Augenbrauen zusammen.

Da er nichts erwiderte, wiederholte Astrid ihren Gruß noch etwas nachdrücklicher. „Guten Morgen.“

Er nickte ihr zu.

„Moin“, sagte Elsa und verbarg ein Grinsen.

Ihre Chefin ließ nicht locker. „Astrid Stegmeier.“ Sie ging mit ausgestreckter Hand auf ihn zu. Er schlug ein, nickte aber weiterhin nur.

„Moin!“, sagten zwei Beamte, die auf einmal Schulter an Schulter hinter ihnen in der Tür standen. Dahinter versteckt war Voß-Hoss, den man nur erahnen konnte.

„Das sind Kommissar Reinders und Kommissar Siegbruch“, sagte der Dorfpolizist, von dem man nur den Zeigefinger sah, der wie von Geisterhand geführt über den Köpfen der Männer schwebte.

„Moin“, sagte Elsa. Astrid ging sogleich auch auf diese beiden zu und reichte ihnen die Hand.

„Astrid Stegmeier, guten Morgen.“

Big Ben begann zu läuten.

„Oh, da kommt der Rest“, sagte der unsichtbare Voß-Hoss und öffnete die Tür.

Reinders und Siegbruch platzierten sich mit hinter dem Rücken verschränkten Armen an der rechten Wand des Büros und harrten der Dinge, die da kamen.

Werner Klaass, Enno Sandvogel und Ferdinand Dirks betraten unsicher den Raum. Heute waren sie alle drei in Trainingsanzügen unterwegs.

„Moin“, sagten sie.

„Moin“, sagten Reinders und Siegbruch.

„Moin“, sagte Elsa.

„Guten Morgen“, sagte Astrid.

Lütsch sagte nichts.

Voß-Hoss stellte die beiden Beamten vor: „Das sind Kommissar Reinders und Kommissar Siegbruch. Dies sind Herr Dirks, Herr Sandvogel und Herr Klaass.“

Lütsch nahm Elsas Beule genauer in Augenschein und warf dann einen Blick auf den Schreibtisch, auf dem heute anstelle der Totenhecke der Tat-Klüpfl lag, in einem Klarsichtbeutel mit einem Pinguin in Mütze und Schal und fallenden Schneeflocken darauf.

„Mmh“, machte er.

Elsa sah zu Astrid und grinste.

„So, gibt es einen Plan für heute?“, fragte Astrid, weil sich von Lütsch so schnell keine Wortmeldung abzeichnete.

Voß-Hoss trat vor, straffte seinen kleinen Körper und richtete den Sitz seiner Hose. „Oberkommissar Lütsch hat bereits einen ausführlichen Bericht von mir erhalten und ist über den nächtlichen Angriff und Ihre Schilderungen des gestrigen Abends im Bilde. Ich habe mich außerdem nach dem Bildhauer erkundigt, der hier vor Jahren gelebt hat. Er hieß Gustaf Maria Zinntaler und kam gebürtig aus Sonthofen. Ob er noch lebt oder nicht, wird zurzeit noch ermittelt.“

„Den Namen hätt ich dir auch sagen können“, meinte Enno.

„Du und deine Kumpels, ihr seid mal lieber ganz still", raunzte Voß-Hoss und spielte damit wohl auf die Geschehnisse an, die Zinntaler dazu gebracht hatten, von hier wegzuziehen. „Die Kommissare Reinders und Siegbruch wurden für eure Sicherheit abgestellt", ergänzte er in geschäftsmäßigem Ton. „Sie werden euch heute den ganzen Tag über im Auge behalten, solange ihr euch in der Öffentlichkeit aufhaltet."

„Und beim Lauf?", wollte Ferdinand wissen.

„Daran werden sie ebenfalls teilnehmen."

Die drei Freunde musterten die beiden Beamten von oben bis unten. Sie waren schlank, sahen aber nicht wie Athleten aus.

„Können Sie laufen?", fragte Werner die beiden vorsichtig.

Reinders und Siegbruch sahen mit hochgezogenen Brauen auf seinen Bauch.

„Wir halten mit", entgegnete Siegbruch gelassen, und Reinders konnte ein Grinsen nicht unterdrücken.

„Warum sollten wir eigentlich bei diesem Treffen anwesend sein?", erkundigte sich Astrid etwas ungehalten.

„Das besprechen wir jetzt", sagte Voß-Hoss mit einem versichernden Blick zu Lütsch.

„Mmh."

„Wir ziehen uns um", sagte Kommissar Reinders an Enno Sandvogel, Ferdinand Dirks und Werner Klaass gewandt, „und dann kommen Sie mit uns."

Die fünf Männer verließen gemeinsam das Büro und schlossen die Tür hinter sich. Elsa und Astrid wandten sich Lütsch zu, der nun wieder sein Tablet hervorholte, etwas eintippte und die beiden dann prüfend ansah. Weil er noch immer nichts sagte, blickten sie zu Voß-Hoss, der ihnen aber nur stumm bedeutete, dass er nichts sagen konnte.

„Mmh."

„Ja?", fragte Astrid hoffnungsvoll.

„Er war an Ihrer Tür?", fragte Lütsch.

„Ja, anscheinend, selbst habe ich ihn aber nicht gesehen", antwortete sie, woraufhin Lütsch Elsa anschaute.

„Wenn es Zinntaler war ...", sagte er und verstummte wieder.

Elsa räusperte sich.

„Wenn er es war, dann wollte er Sie beseitigen."

„Mich?", fragte Astrid und legte erstaunt eine Hand auf ihre Brust.

Lütsch nickte zu Elsa hinüber.

„Mich?", fragte Elsa verständnislos. „Wieso?"

„Zeugin?"

„Er weiß vielleicht nicht, was Sie gesehen haben", mischte Voß-Hoss sich ein.

„Aber wieso wollte er dann zu mir?" Astrid war das noch ebenso wenig klar wie Elsa.

„Falsche Tür?" Lütsch rieb sich nachdenklich über das Kinn. „Wer hat reserviert?"

„Das war ich. Beide Zimmer auf meinen Namen", erklärte Astrid.

Lütsch hob die Hände, so als wollte er sagen, dass sie sich die Antwort soeben selbst gegeben hatte.

„Wo gehen Sie beide jetzt hin?", fragte Voß-Hoss.

„In die Kirche", antworte Astrid.

„Zum Lauf", sagte Elsa.

„Ach, ja?", erkundigte sich Astrid erstaunt.

„Also, wenn was passiert, dann da, wo die drei Männer sind."

„Aber Sie wollen ja eben nicht dorthin, wo was passieren kann, nachdem Sie nun auch gefährdet sind", sagte Voß-Hoss.

„Doch, will ich. Als Zuschauer kann man ihn doch vielleicht in der Menge entdecken, bevor etwas passiert."

„Ja. Aber nicht Sie."

„Sondern?"

„Ich."

„Sie gehen zum Lauf?"

„Nein."

„Sondern?"

„Dahin, wo Sie hingehen. Ich bin als Ihre Begleitung abgestellt."

Astrid sah zu Lütsch, denn das bedeutete wohl, dass er ihre Begleitperson war. Der Oberkommissar lächelte zuversichtlich.

„Aha“, sagte Elsa. „Ich gehe aber zum Lauf, also müssen Sie auch hingehen. Was gut ist. Vier Augen sehen mehr als zwei.“

Voß-Hoss sah fragend zu Lütsch, der aber nur die Lippen schürzte, als sei das in Ordnung.

„Na, dann. Die Aufwärmphase hat schon begonnen“, sagte Voß-Hoss ergeben und ließ Elsa den Vortritt.

„Ich gehe in die Kirche“, kündigte Astrid an und schaute über ihre Schulter, ob Lütsch ihr folgte.

Er tat es.

Elsa überquerte mit Voß-Hoss die Straße vor dem Hotel, und sie gingen einmal quer über die Oldtimerausstellung.

„Das ist der Wagen von Enno Sandvogel.“ Voß-Hoss zeigte mit dem Finger auf einen 67er Mercedes 280 SE Cabriolet in Schwarz. „Er will die Kiste verkaufen, Gott weiß, warum. So was verkauft man doch nicht, oder?“

„Bringt mit Sicherheit etwas Fülle in die Haushaltskasse“, sagte Elsa.

„Jaaa, schon, aber …“

„Wir müssen“, unterbrach ihn Elsa. Sie konnte auf einer größeren Fläche hinter dem Platz bereits eine Menschenmenge vor dem Start/Ziel-Bereich ausmachen, an dem sich die Teilnehmer versammelt hatten. Eine Lautsprecherstimme erzählte etwas über diesen und jenen Läufer. „Wissen Sie noch, wie der Mann aussah?“

„Wer?“

„Na, Zinntaler.“

„Ach, so … Ja, ich kann mich dunkel erinnern. Ist natürlich schon ’n paar Tage her.“

Elsa ließ ihren Blick über die Menge wandern. „Und unsere Opfer, haben Sie die schon irgendwo entdeckt?“

„Opfer, also bitte …“

„Naja, Sie wissen schon …“ Elsa zwinkerte ihm zu.

„Da hinten rechts in der Straße!“

Elsa sah in die angegebene Richtung. Werner Klaass, Enno Sandvogel und Ferdinand Dirks machten sich ein Stück abseits der Startlinie am Straßenrand warm. Sie trugen kurze Laufhosen und Trikots mit ihren Startnummern auf der Brust. Ferdinand hatte außerdem noch ein Stirnband und Schweißbänder angelegt. Eine grotesk große Fitnessarmbanduhr zierte sein linkes Handgelenk. Werner Klaass schien unter seinem Trikot eine Art Kompressionsshirt zu tragen, um seinen Bauch in Zaum zu halten. Auf einem Grünstreifen ihnen gegenüber dehnten sich Reinders und Siegbruch in weißen kurzen Laufhosen. Reinders war in einem roten, Siegbruch in einem gelben Trikot aufgelaufen. Auch sie hatten Startnummern.

„Tragen die beiden Waffen?", fragte Elsa neugierig.

„Nein, aber sie sind gut ausgebildete Judoka."

„Hoffentlich hilft's."

„... und heute mit stolzen zweiundneunzig Jahren der älteste Teilnehmer des Feldes", tönte die Lautsprecherstimme. „Bitte einen tosenden Applaus für unseren Hanno Bohns aus Stapel!"

Ein älterer Herr, den Elsa niemals auf über neunzig geschätzt hätte, trippelte locker vor der Startlinie auf und ab und winkte in die Menge, die für ihn klatschte, während der Kommentator des Laufs seine Vorstellung der Teilnehmer beendete und mit Begeisterung in der Stimme den Countdown einläutete.

„Nur noch vier Minuten und neununddreißig Sekunden bis zum Startschuss beim diesjährigen Herbstmarktlauf 2018!", quäkte es aus den Lautsprechern.

Astrid sah auf die Uhr. In vier Minuten würde der Gottesdienst beginnen. Die Kirche war brechend voll. Sie hatten nur deshalb noch zwei Plätze in der vorletzten Reihe bekommen, weil Roswita Dirks, die neben Ida Klaas und Tanja Sandvogel saß, sie für sie freigehalten hatte. Nur dass sie nicht mit Oberkommissar Lütsch als Astrids Begleiter, sondern mit Elsa gerechnet hatte.

Aufmerksam betrachtete Astrid die Menschen in den sie umgebenden Reihen. Obgleich sie den Bildhauer mit einiger Wahrscheinlichkeit an der Rennstrecke vermuteten, konnte er sich ebenso gut hier aufhalten. Jeder, der dem Anschein nach allein zum Gottesdienst erschienen war, konnte infrage kommen.

„Hatte dieser Zinntaler früher einen Bart?“, flüsterte sie Roswita zu.

„Ja, einen Vollbart, so flachsfarben.“

„Dann müsste er jetzt ohne auftauchen, um nicht gleich erkannt zu werden“, schlussfolgerte sie.

„Wahrscheinlich“, sagte Roswita und ließ ihren Blick nun ebenfalls über die Besucherreihen wandern.

Die Glocken der St. Martins Kirche läuteten laut und schwer. Die Pastorin betrat die Kanzel. Aller Augen waren auf sie gerichtet, nur die vier Damen in der vorletzten Reihe schauten ängstlich nach links und rechts, ob sie nicht jemand Verdächtiges entdeckten.

Der Schiedsrichter hielt die Startpistole senkrecht in die Luft und schaute dabei auf seine Armbanduhr. An einem Tisch, der vor einer Garage aufgebaut war, saß der Kommentator vor seinem Mikro und schaute ebenfalls auf die Uhr. Das Starterfeld stand dicht zusammen vor der weißen Linie und beugte sich vor.

„Noch acht, sieben, sechs, fünf, vier, drei, zwei, eins…“, sagte der Sprecher an, dann fiel der Schuss, und die Läufer rannten los.

Elsa suchte die Männer in der Menge und entdeckte sie schließlich im letzten Drittel. Sie liefen die Start/Ziel-Gerade entlang, dicht gefolgt von Reinders und Siegbruch, die sichtlich überrascht waren, wie schnell Enno, Ferdinand und sogar Werner den Lauf angingen. Nach fünfzig Metern bogen sie um die Ecke und liefen ins Wohngebiet hinein.

„Ich hab mir den Routenplan besorgt“, sagte Voß-Hoss. Er stieß Elsa mit dem Ellbogen an und wies auf den Ausdruck. „Jetzt sehen wir sie eine ganze Weile nicht. Aber wir können ihnen ein Stück entgegengehen und dort auf sie warten.“

„Gut, das machen wir.“

Elsa folgte Voß-Hoss durch die Menge hindurch und ins Wohngebiet hinein.

Alle fünfzig Meter hatten Streckenposten entlang der Route Aufstellung genommen, die den Läufern nicht nur die Richtung wiesen, sondern sie auch lautstark anfeuerten. Elsa und Voß-Voss blieben auf der Straße zum Friedhof und scannten mit ihren Blicken jeden Passanten und jedes Fenster, an dem sie vorbeikamen, auf irgendwelche verdächtigen Anzeichen. Doch die gab es nicht. Elsa blickte rüber zum Friedhofsgelände und hoffte inständig, dass heute nichts passieren würde, das einen von ihnen dorthin brachte.

Ferdinand sah sich immer wieder nach den beiden Beamten um, die ihnen keuchend folgten.

„Kannste dich mal konzentrieren?", fuhr Enno ihn an, der links neben ihm lief. Werner war ein paar Schritte vor den beiden.

„Die kommen kaum mit", maulte Ferdinand. „Dann nützen sie uns auch nichts."

„Es passiert sowieso nichts, du Schisshase", sagte Enno und spuckte neben sich auf die Straße.

Werner sah kurz über seine linke Schulter. „Hört auf zu quatschen, spart euren Atem!", wies er sie an.

„Kopf nach vorn, Anwalt!", rief Enno und grinste. „Alter Klugscheißer", ergänzte er leiser.

„Der Klugscheißer haut dir gleich ab, du lahme Ente", kam es von vorn zurück.

„Ich glaub, ich hab ‚n Fersensporn", ächzte Ferdinand.

„Ja, einen psychosomatischen." Enno lachte lauthals los und hielt sich sogleich die rechte Seite. „Au, ich glaub, ich hab mir was gezerrt."

„Gott, seid ihr ‚n paar Jammerlappen. Macht's hübsch da hinten!" Werner winkte und beschleunigte. Schon war er fünf, sechs Meter nach vorn gezogen. Das konnten die beiden nicht auf sich sitzen lassen und eilten hinterher, auch wenn sie Schmerzen hatten.

„Gegen den Dicken verlier ich nicht", keuchte Enno.

„Ist auch besser", hob Ferdinand an und schnappte nach Luft, „wenn wir zusammenbleiben."

Sie schlossen wieder auf, was Werner mit einem raschen Seitenblick registrierte.

„Drei auf einmal schafft er nicht", bekräftigte Ferdinand.

Enno grinste spitzbübisch. „Versteck dich hinter Werner, dann biste sicher."

„Wie lang noch?" Ferdinand war völlig aus der Puste.

„Nur noch fünf Kilometer, einen hast du schon, Ferdi!", rief Werner fröhlich, und Enno schlug ihm kumpelhaft auf die Schulter.

„Nicht dass du uns vor Erschöpfung stirbst."

Als der führende Läufer ihren Warteposten passierte, machten Elsa und Voß-Hoss sich auf den Rückweg zur Ziellinie. Sie teilten sich auf beide Straßenseiten auf und nahmen jede Person in Augenschein, der sie begegneten. Die meisten waren Familienangehörige derjenigen, die liefen. Sie wollten ihre Lieben anfeuern und hatten Tröten, Rasseln und natürlich Kameras dabei. Ein Mann jedoch war aus einem parkenden Auto gestiegen und schlenderte nun ein paar Meter vor Elsa auf der rechten Seite in Richtung Ziel. Er trug einen merkwürdig langen schwarzen Rucksack auf dem Rücken und hielt irgendetwas Metallenes in der linken Hand, das Elsa aber nicht genau identifizieren konnte. Sie legte einen Zahn zu.

Der junge Mann, er mochte in seinen Zwanzigern sein, versicherte sich mit einem kurzen Blick auf die Strecke, dass kein Läufer kam, und überquerte dann die Straße. Elsa sah zu Voß-Hoss hinüber, der in einer Einfahrt stehengeblieben war und eine offene Garage inspizierte, da beschleunigte der Mann mit dem Rucksack das Tempo, und sein linker Arm schwang nun bei jedem Schritt so weit zurück, dass Elsa ein massives Gewehr erkennen konnte. Es sah aus wie eine kleine Panzerfaust.

„Hey!", rief sie zu Voß-Hoss hinüber. „Hey, psst!"

Der Dorfpolizist hörte sie aber nicht.

„Hey, hallo!"

Er bemerkte sie nicht.

Elsa fand eine Eichel auf dem Boden, nahm sie und warf sie in Voß-Hoss' Richtung. Sie prallte gegen seinen Rücken.

Der Polizist fuhr wie von der Tarantel gestochen herum. Elsa winkte und deutete in Richtung des Mannes, der die letzte Biegung vor der Ziellinie fast erreicht hatte. Voß-Hoss verstand und trabte nun eilig hinter dem Verdächtigen her, der sich, auf dem Platz angekommen, einige Meter von den Zuschauern entfernt positionierte und das komische Gewehr in Anschlag nahm. Als Voß-Hoss das sah, stürmte er vor, eine Hand an der Dienstwaffe, war mit seinen kurzen Beinen aber so langsam, dass er von dem zweitplatzierten Läufer, der von hinten herangeprescht kam, überholt wurde. Dennoch rannte er unbeirrt auf den Mann mit der Minipanzerfaust zu. Der legte an, krümmte bereits seinen Finger am Abzug, da lief Voß-Hoss ungebremst in ihn hinein und warf ihn um. Voß-Hoss, der ebenfalls das Gleichgewicht verlor, fiel auf den Mann und drückte ihn geistesgegenwärtig auf den Boden. Elsa war unterdessen im Zickzack zwischen den Läufern hindurch auf die andere Straßenseite gerannt und kam ihm nun zur Hilfe.

„Verdammte Scheiße, was machen Sie denn?“, rief der junge Kerl wütend und erschrocken zugleich.

„Klappe, du bist festgenommen! Jetzt haben wir dich am Arsch, Kleiner“, fauchte Voß-Hoss derart aggressiv, dass Elsa überrascht stutzte.

„Warum das denn? Was wollen Sie von mir?“

„Du kranker Psychopath, das Spiel ist aus, komm hoch!“ Voß-Hoss hielt ihn im Polizeigriff. Die Waffe lag am Boden. „Wolltest sie gerade abknallen, was?“

„Ja, ist das verboten?“, schrie der junge Mann aufgebracht.

„Ob das …“ Voß-Hoss fehlten die Worte. „Wie krank bist du eigentlich? Oder spielst du hier den Dummen, um später auf unzurechnungsfähig zu plädieren?“

„Wovon reden Sie eigentlich?“, rief der Kerl verzweifelt.

„Wovon ich rede?“ Voß-Hoss drehte ihn wütend zu sich herum. „Davon rede ich!“

Er zeigte auf die Schusswaffe am Boden.

„Ich wusste nicht, dass das verboten ist“, jammerte der Festgenommene.

„Wie bitte?“, fuhr Voß-Hoss auf.

„Äh, Herr Voß-Hoss …" Elsa meinte, dieses Ding, das aussah, wie eine Panzerfaust, erkannt zu haben. „Ich glaub, das ist gar kein …"

„Lassen Sie ihn das erklären, Frau von … van … van … Was ist das?", fragte er und riss am Kragen des Mannes.

„Eine T-Shirt-Kanone."

„Mmmh?", machte Voß-Hoss nur. Inzwischen waren einige Passanten nähergekommen, die das Geschehen abseits der Laufstrecke interessanter fanden als den Ziellauf der Athleten.

„Das ist ‚ne T-Shirt-Kanone. Ich soll T-Shirts in die Menge schießen. Der ganze Rucksack ist voll davon."

Mit funkelnden Augen nahm Voß-Hoss den Rucksack ins Visier und griff hinein. Er zog ein fest zusammengerolltes Shirt heraus und faltete es auseinander. „I ♥ Uplengen!" stand darauf.

Voß-Hoss blickte wie zur Salzsäule erstarrt auf das Kleidungsstück. Elsa traute sich nicht, etwas zu sagen.

„Weitermachen", meinte Voß-Hoss dann, drückte dem Mann das Hemd gegen die Brust und ging.

„Mama, was ist das?", hörte Elsa da eine helle Stimme fragen und schaute nach unten, wo ein kleiner Junge die Kanone in die Hand nahm.

„Nicht!", rief die Mutter noch und stürzte auf ihn zu, da drückte er aber schon den Abzug, und mit einem dumpfen, hohlen Pfum! schoss ein zusammengerolltes T-Shirt aus dem Lauf der Kanone, während der Kleine vom Rückstoß umgeworfen wurde. Das T-Shirt flog in einem flachen Winkel auf die Laufstrecke und traf Kommissar Reinders, der mit seinem Kollegen Siegbruch immer noch hinter Werner, Enno und Ferdinand herlief, an der Schläfe, sodass er zur Seite kippte, gegen Siegbruch stieß und diesen mit sich riss. Benommen blieben beide liegen. Ferdinand Dirks und Enno Sandvogel hatten es bemerkt und hielten an.

„Jetzt ist es passiert!", rief Ferdinand entsetzt.

Obermeister Voß-Hoss, der gerade die Bahn überqueren wollte, war sofort zur Stelle und kümmerte sich um die beiden Kollegen. Er bekam Unterstützung vom ängstlich vor sich hinjammernden Ferdinand.

„Wer war das?“, fragte Enno und sah sich nach dem Schützen um.

Werner lief indes immer schneller werdend auf die Ziellinie zu.

„Und da, mit der Startnummer 347, kommt unser aller Anwalt Werner Klaass nach einer unglaublichen Leistung als Siebzehnter ins Ziel! Glückwunsch, Werner!“, sagte der Sprecher, und alles applaudierte.

Werner Klaass reckte siegreich die Faust in die Höhe und drehte sich triumphierend zu seinen Freunden um, die aber nicht mehr da waren.

Elsa und die Mutter des Kleinen halfen unterdessen dem Steppke hoch, der die T-Shirt-Kanone abgefeuert hatte.

„Wow, cooles Teil!“, freute er sich.

Enno Sandvogel entdeckte den Jungen, stupste Ferdinand an und deutete lachend auf den Schützen, während immer mehr Läufer an ihnen vorbeizogen. Dann wandte er sich dem Ziel zu und sah Werner dort in Siegerpose.

„Mensch, komm!“, rief er und sprintete los. Jetzt nahm auch Ferdinand die Beine in die Hand, um sich nicht die Blöße zu geben, hier als Letzter der drei anzukommen.

„Was ist, wo bleibt ihr denn?“, fragte Werner am Ende des kleinen Zieltunnels verständnislos.

„Wir mussten den Bullen helfen, die hat man umgeschossen!“, beschwerte sich Ferdinand.

„Was?“, entfuhr es Werner. Er blickte über die anderen Läufer hinweg zurück und sah die beiden auf der Straße liegen, während sich Voß-Hoss über sie beugte. „Aber wie? Sind sie …“

„Was, tot?“ Enno wischte sich den Schweiß von der Stirn. „Nee, die Kugel war aus Baumwolle.“

VIERZEHN

Reinders und Siegbruch saßen wie zwei Schuljungen mit aufgeschürften Knien auf der Treppe der Volksbank und drückten sich Kühlpads an die Schläfen, während zwei Sanitäter ihre Wunden mit Sprühpflaster versorgten. Elsa und Obermeister Voß-Hoss und standen bei ihnen.

„Geht's?", fragte Voß-Hoss.

„Ist nur ‚ne Fleischwunde", antwortete Siegbruch.

Elsa lachte leise. „Männer."

Sie ließ die Polizisten allein und ging durch die Menge zu einem Wagen, an dem Rieke Klaass-Scheibner und ihr Mann Kuchen für die Teilnehmer ausgaben. Werner Klaass, Enno Sandvogel und Ferdinand Dirks standen davor, aßen jeder ein Stück Käsekuchen und nippten zwischendurch an ihren Wasserflaschen.

„Möchten Sie auch eins?", fragte Rieke.

„Nein danke. Alles für die Athleten." Elsa zwinkerte ihr zu.

„So, wie Sie das sagen, klingt es irgendwie ironisch", sagte Werner Klaass, dessen Gesicht ein frisches, glänzendes Rot angenommen hatte.

„Nein, nein, bei Olympia haben wir auch tonnenweise Kuchen gegessen", entgegnete Elsa ernst.

„Sie nimmt dich aufn Arm, Anwalt", tönte Enno mit vollem Mund.

„Vielen Dank, Einstein."

„Können die beiden denn weitermachen?", erkundigte sich Ferdinand mit einem besorgten Blick auf die Beamten.

„Ich denke schon, wenn sie die Zähne zusammenbeißen …"

„Mir gefällt nicht, dass wir schon wieder völlig ungeschützt sind. Hier könnte jederzeit jemand mit ‚ner Waffe auf uns losgehen“, regte Ferdinand sich auf und schmiss seinen leeren Pappteller zwei Zentimeter am Mülleimer vorbei. Als er ihn wieder aufgehoben und richtig entsorgt hatte, stand plötzlich Obermeister Voß-Hoss vor ihm. Reinders und Siegbruch näherten sich humpelnd.

„Und was jetzt?“, wollte Enno wissen.

„Wo wollt ihr denn als Nächstes hingehen?“, fragte Voß-Hoss.

„Also, traditionell gehen wir nach dem Lauf immer zum Getränkewagen an der Oldtimerausstellung“, erklärte Werner. „Enno hat da außerdem ein Auto stehen.“

„In Ordnung. Aber bleibt dort“, sagte Voß-Hoss.

„Da können wir Sie am besten im Auge behalten“, fügte Siegbruch hinzu.

„Ich muss jetzt ins Gemeindehaus“, sagte Elsa. „Und Herr Dirks müsste mich begleiten.“

„Ach, ja …“ Ferdinand war wenig begeistert.

„Ich komme mit Ihnen“, sagte Voß-Hoss entschieden. „Die Kommissare Reinders und Siegbruch werden mit zum Getränkewagen gehen und sich als Touristen ausgeben. Ich werde mich später auch dort aufhalten und den Platz sowie die Hauptstraße observieren.“

Die fünf Sportler wollten sich zunächst in der Dienststelle umziehen und humpelten mit Obermeister Voß-Hoss davon, während Elsa allein ins Gemeindezentrum vorging, das sich nach dem Ende des Gottesdienstes nun nach und nach mit Besuchern füllte.

Vor dem Kuchenbüffet hatte sich eine respektable Schlange gebildet, und Elsa hätte sich auch gern dort eingereiht, um von diesen herrlichen Torten zu kosten, doch sie suchte zunächst nach ihrer Chefin und fand sie zusammen mit Frau Dirks und Oberkommissar Lütsch am hinteren Teil der Bühne.

„Da sind Sie ja“, sagte Astrid erfreut und auch ein wenig erleichtert. „Ist alles gut gelaufen?“

Frau Dirks sah sich suchend um. „Kommt mein Mann auch?“

„Es ist … naja, es gab einen kleinen Zwischenfall“, erklärte Elsa mit einem Seitenblick zu Oberkommissar Lütsch, „der sich aber schon erledigt hat.“

Näher wollte sie das nicht ausführen, um Lütschs Kollegen nicht der Lächerlichkeit preiszugeben.

„Was denn für ein Zwischenfall?“, wollte Roswita Dirks wissen. „Hat es mit meinem Mann zu tun, sind die drei also tatsächlich gefährdet?“

„Nein, es hat nur die beiden Kommissare erwischt.“

„Erwischt? Inwiefern?“, mischte Lütsch sich nun ein.

„Sie sind mit einer T-Shirt-Kanone aus dem Rennen geschossen worden.“

„Was?“ Roswita Dirks lachte unverhohlen los und schämte sich sogleich dafür. Sie errötete unter Lütschs strengem Blick.

„Klären Sie mich jetzt bitte über dies hier auf?“, bat der Oberkommissar ernst und vollführte mit gespreizten Fingern eine kreisende Bewegung über der Bühne, um ihnen gestisch zu bedeuten, dass er den Ablauf der Rede meinte.

Frau Dirks kam der Aufforderung nach, und Astrid fügte an, dass zum Beginn nur noch einer fehlen würde. Herr Dirks.

Sie warteten noch einige Minuten. Roswita Dirks bekam es bereits mit der Angst zu tun, da sahen sie durchs Fenster, wie Ferdinand Dirks von Voß-Hoss, der nun trotz des schlechten Wetters eine Sonnenbrille trug, zum Gemeindehaus eskortiert wurde. Der Dorfpolizist benahm sich wie einer dieser Prominenten-Bodyguards, nur dass er eineinhalb Köpfe kleiner war als sein Klient.

„Er gefällt sich in der Rolle des Beschützers.“ Elsa musste schmunzeln, und die beiden Damen stimmten ihr amüsiert nickend zu.

„So, kann losgehen“, sagte Ferdinand, als er sie erreicht hatte. Auch hier im Saal scannte Voß-Hoss hinter seinen verspiegelten Brillengläsern mit strenger Miene den gesamten Raum.

„Na, endlich mal was los hier, was, Tamme?“, neckte ihn Roswita Dirks, und er setzte wenig begeistert die Brille ab.

„Gehen Sie wieder rüber“, befahl Lütsch, „ich rufe Sie dann.“

„Aye, Aye, äh … ei… eine gute Idee. Bis dann.“ Er zog von dannen.

Sie bereiteten alles für die Rede vor, und Lütsch und Elsa bezogen links und rechts der Bühne Position, um das Publikum im Auge zu behalten. Der Saal war mit um die einhundertzwanzig Besuchern gefüllt, die größtenteils noch an den Tischen saßen und den Kuchen genossen.

Der Vorstand der Landfrauen betrat mit Astrid die Bühne und stellte sich hinter ihr und Roswita Dirks auf. Ferdinand Dirks zog in der linken Raumecke die technischen Fäden mit seinem Handy. Seine Frau trat vor, testete kurz das Mikro, das entgegen ihren Erwartungen funktionierte, und sorgte zunächst für Ruhe im Saal, ehe sie ein paar einleitende Sätze sprach und Astrid Stegmeier vorstellte.

Es gab großen Applaus, als Roswita das Wort an die Präsidentin übergab. Elsa musste zugeben, dass sie, auch wenn sie hier nicht im Rampenlicht stand, doch nervös und gespannt war, wie ihre Rede bei den Menschen aus Uplengen ankommen würde.

„Sehr geehrte Damen und Herren, liebe Bewohner von Uplengen, liebe Landfrauen", begann Astrid.

Elsa schlug das Herz bis zum Hals. Sie versuchte sich abzulenken, indem sie jede einzelne Person genau betrachtete. Wie sie dort saßen und zuhörten. Wenn man genau hinsah, konnte man ihre Einstellung an den Gesichtern erkennen. Man konnte sehen, wie interessiert sie waren, wie hoffnungsvoll, wie gelangweilt manche, wie erwartungsvoll die anderen. Ebenso meinte Elsa, es erkennen zu können, falls dort jemand saß, der ganz andere Interessen vertrat - nämlich die, einen anderen Menschen zu töten. Ja, man musste es dieser Person ansehen können, sie musste sich zwangsläufig von der breiten Masse abheben. Aber, was, wenn es so war? Was, wenn sie den Täter vor dem Anschlag identifizierte? Sollte sie ihn ansprechen, angreifen, Oberkommissar Lütsch Bescheid geben?

„... sich diese Frauen auf eine weite Reise gemacht in ein Land, in dem nichts so ist wie hier. In dem bittere Armut herrscht, und das mitten in Europa", führte Astrid aus.

Elsa sah hinüber zu Ferdinand Dirks, dessen Gesicht vom Widerschein des Handydisplays bläulich angestrahlt wurde. Hatten die drei Männer es ihm zu verdanken, dass sie jetzt in dieser Situation steckten?

War es seine unbegründete Eifersucht gewesen, die einen von der Gesellschaft abgewendeten Künstler nun dazu brachte, Rache an ihnen zu nehmen? War er der tragische Held in dieser Geschichte?

„… und darum möchte ich die Landfrauen von Uplengen heute für ihren Mut, ihr soziales Engagement und noch etwas anderes auszeichnen, das sie sich in ihrem ohnehin schon schweren und mühsamen Alltag zusätzlich erarbeitet und bewahrt haben, und das ist Haltung."

Als Astrid Stegmeier dieses Wort aussprach, spürte Elsa – und damit war sie nicht die Einzige –, wie wichtig dieser Begriff für die Präsidentin des Landfrauenverbandes war. Haltung war etwas, das ihr sehr imponierte, es war etwas, das sie auch von sich selbst erwartete und wofür sie nicht nur in ihrem Berufsleben einstand. Und so, wie sie dort auf der Bühne stand und die ehrenden Worte sprach, bewies sie genau das.

Lauter Applaus brandete auf, und Elsa sah, wie sich ein Herr um die fünfzig am Kopfende eines Tisches ins Jackett griff und etwas herausziehen wollte. Sein Gesichtsausdruck war verbissen und glich in keiner Weise dem Ausdruck der Menschen um ihn herum. War er es? Zog er jetzt eine Waffe? Elsa machte einen Schritt nach vorn. Sie sah sich schon in die Schussbahn springen, um Astrid Stegmeier zu schützen. Doch im nächsten Augenblick hielt der Mann keine Waffe, sondern ein Taschentuch in der Hand, in das er herzhaft hineinnieste.

Erleichtert ließ Elsa die Schultern sinken. Fehlalarm. Genau wie vorhin auch. Es summierte sich langsam.

Während Elsa und Astrid Stegmeier nach der Rede noch mit den Landfrauen und Oberkommissar Lütsch im Gemeindehaus blieben, kehrte Ferdinand Dirks in Begleitung des telefonisch herbeigerufenen und nun wieder sonnenbebrillten Obermeisters Voß-Hoss zu seinen Freunden zurück. Werner Klaass und Enno Sandvogel saßen wie jedes Jahr am Getränkewagen an der Oldtimerausstellung und tranken Bier und Pingel. Reinders und Siegbruch standen ihnen in bäuerlicher Tarnkleidung gegenüber – oder jedenfalls trugen sie das, was sie dafür hielten, nämlich Jeans, Karohemden und Trekkingschuhe. Sie lehnten sich auf den Tresen und tranken alkoholfreies Bier. Zur Tarnung gehörte natürlich, dass man so tat, als kenne man sich nicht und habe nichts miteinander zu tun, weshalb Reinders und Siegbruch betont beiläufig ständig zu ihnen rüberlinsten.

„Warum hast du uns keinen Kuchen mitgebracht?“, moserte Enno und trank einen Schluck Bier.

„Wir hatten doch schon, außerdem essen wir hier immer Bratwurst“, verteidigte sich Ferdinand.

„Stimmt“, gab Enno zu. „Machste mal drei Brat, Nelly?“

Nele Bruns, die junge Frau hinter dem Tresen, die dort zusammen mit Jens Janßen seit Jahren für Ausschank und Grill zuständig war, nickte. „Dreimal Brat“, wiederholte sie.

„Zweimal grün, einmal rot“, sagte Werner.

Sie zählte drei Pappen vom Stapel ab und nahm die große Senfflasche zur Hand. „Zweimal grün, einmal rot“, wiederholte sie.

„Einmal ohne Brot“, fügte Werner noch hinzu.

„Einmal ohne Brot.“ Sie hantierte weiter.

„Und dreimal umsonst“, meinte Enno.

„Dreimal …“ Sie merkte, dass sie gerade auf den Arm genommen wurde, und schüttelte grinsend den Kopf. Mit der Zange nahm sie routiniert drei Würstchen vom Grill und legte sie auf die Pappen. „So, dreimal Brat vom Vortag“, sagte sie und servierte den Imbiss.

Enno freute sich über den frechen Konter, er biss lachend in seine Wurst.

„Gibt's schon Interessenten für den Mercedes?“, fragte Werner und deutete mit der Nasenspitze rüber zu Ennos Oldtimer.

„Hast du mein Handy klingeln hören? Wir sehen doch jeden Interessenten live vor unserer Nase.“

Jens Janßen trat zu ihnen. „Hey, Werner, hab gehört, du bist Siebzehnter geworden“, sagte er.

„Jou, noch meilenweit vor den beiden hier“, entgegnete Werner stolz und klopfte Enno auf den Rücken. „Machst du uns noch mal ‚ne Runde?“

„Dieser Buick da interessiert mich ungemein“, sagte Enno mit festem Blick auf ein riesiges rotes Cabriolet mit chromglänzendem Kühler. Werner und Ferdinand bewunderten den amerikanischen Wagen, während Jens ein Tablett mit ihren Gedecken vor Werner abstellte und gleich kassierte.

„Damit könnten wir ‚ne schöne Spritztour durch die Gegend machen“, schwärmte Ferdinand.

„Wir würden in dem Ding sicher gut aussehen“, meinte Enno und schnalzte anerkennend mit der Zunge.

„Wenn du deinen Mercedes verkaufst, kannst du ja den nehmen“, sagte Werner und stellte die Biere und die mit Zucker versehenen Schnäpse vor sie hin. Synchron rührten sie ihren Pingel um und träumten davon, in diesem herrlichen Cabriolet durch die Weltgeschichte zu gleiten.

„Na dann. Prost“, sagte Ferdinand, und sie stießen die Gläser aneinander.

„Es spricht doch eigentlich nichts dagegen, sich mal reinzusetzen“, sagte Werner, nachdem sie den Schnaps hinuntergekippt hatten.

„Nee, Anwalt, ganz und gar nicht.“ Enno stand auf, bedeutete seinen Freunden, ihm zu folgen, und ging zur Motorhaube des Buick. Ein Schild mit der Typenangabe und dem dezenten Hinweis „Unverkäuflich“ hing im Fenster. Es war ein 1958er Buick 756 Cabrio mit weißen Ledersitzen, Weißwandreifen und einem fantastischen Kühlergrill.

„Na, los, setzen wir uns rein“, forderte Enno die beiden anderen auf und steuerte die Fahrerseite an. Ferdinand sprang sofort auf die andere Seite, sodass Werner auf der Rückbank Platz nehmen musste.

„Der Kerl mit dem Filzhut ist, glaube ich, der Besitzer“, sagte Ferdinand und blickte zum Pförtnerhäuschen, in dem die Miete für die Stellplätze kassiert wurde. Dort stand ein Mann in den Siebzigern mit dunkler Cordhose, weißem Leinenhemd und einem schwarzen Filzhut mit schmaler Krempe.

Enno winkte fröhlich den beiden Kommissaren zu, die besorgt zu ihnen herüberstarrten, sich dann aber sofort abwandten.

„Geile Karre“, meinte Ferdinand.

„Kann man sich dran gewöhnen.“ Werner Klaass breitete die Arme aus, legte sie auf der Rücklehne ab und lächelte genüsslich.

„Wollen wir mal fragen, ob wir ihn anlassen dürfen?“ Ferdinand stieß auf. „Ups, ‚tschuldigung.“

„Oooh, lass mal, mir ist grad nicht so gut …“, sagte Enno und leckte sich die Lippen.

„So viel ham wir doch gar nicht getrunken." Ferdinand fasste sich an den Bauch und verzog das Gesicht.

„Werner? Wie sieht's bei dir aus?", fragte Enno mit Blick in den Rückspiegel.

Werner pustete unwohl aus „Hab so'n büsch'n Schwindel und Übelkeit", lallte er.

„Kommt, lass uns aussteigen." Enno suchte fahrig mit einer Hand nach dem Griff. Er rutschte ab und sackte mit der Stirn auf die Mitte des Lenkrads.

„En—no", murmelte Ferdinand schwach und kippte zur Seite, gegen seinen Freund.

Werner saß immer noch mit ausgebreiteten Armen auf der Rückbank, blinzelte benommen und wurde dann ebenfalls ohnmächtig. Sein Kopf fiel nach hinten, und sein Mund blieb offen stehen.

Elsa und Roswita halfen ein wenig beim Verkauf der Bücher und beobachteten, wie Astrid Stegmeier sich angeregt mit den Menschen aus dem Ort unterhielt. Sie hatte sich an einen der Tische gesetzt und hörte den Frauen zu, die von sich und ihrer Arbeit erzählten.

„Das kann sie wirklich gut", meinte Roswita Dirks.

„Ja, weil sie ehrlich interessiert ist. Der persönliche Kontakt ist ihr sehr wichtig. Aus dem Grund bin ich ja auch dabei."

„Sie machen das übrigens auch sehr gut", sagte Roswita.

„Es macht mir ja auch sehr viel Spaß mit Ihnen."

„Wenn das mit unseren Männern nicht passiert wäre, hätten wir noch viel mehr Spaß haben können, das ist alles ein bisschen unglücklich gelaufen." Sie blickte betreten zu Boden. Elsa berührte sie an der Schulter.

„Was kann es für einen Krimifan wie mich denn Besseres geben als so einen Besuch? Ein Thriller ist langweiliger als die Realität bei Ihnen."

Sie brachte Roswita Dirks damit zum Lachen. Eine kleine Träne hatte sich in ihr Auge gestohlen. Sie wischte sie eilig weg. „Hoffen wir mal, dass es den Männern gut geht", meinte sie.

Der Mann mit dem Filzhut ging federnden Schrittes auf seinen 58er Buick zu. Entgegen der Wettervorhersage regnete es immer noch nicht, aber der Wind nahm zu, und es war nicht besonders warm. Dennoch trug er nur sein weißes Leinenhemd, dessen Knöpfe am Bauch unter einiger Spannung standen.

Werner Klaas, Enno Sandvogel und Ferdinand Dirks okkupierten immer noch halb sitzend, halb liegend und vor allem ohne Bewusstsein das Cabrio.

„So, meine Herren, der Spaß hat jetzt ein Ende. Aufwachen und aussteigen!“, befahl er und steckte beide Daumen in den Gürtel seiner Hose.

Die drei Männer rührten sich nicht.

Er beugte sich zum Fahrerfenster hinunter und sah die drei wenig begeistert an. „Hört mal, ihr Vögel, verarschen kann ich mich allein. Schlaft euern Rausch verdammt noch mal zu Hause aus, und nicht in meinem Neunzigtausend-Dollar-Auto.“

Keine Reaktion. Werner saß weiterhin mit offenem Mund und zurückgelegtem Kopf auf dem Rücksitz, während Ferdinand gegen Enno gelehnt war und Ennos Gesicht auf dem Lenkrad lag.

„Hey, ihr Arschgeigen!“

Der Mann mit dem Filzhut richtete sich verärgert auf und öffnete die Fahrertür. Reinders und Siegbruch waren inzwischen neugierig geworden und reckten beunruhigt die Hälse.

„Haaalloooo!“, rief der Buickbesitzer laut ins Auto hinein.

Reinders und Siegbruch gingen zu ihm.

„Was ist denn los, können wir helfen?“

„Na, diese Kerle hier schlafen ihren Rausch in meinem Auto aus und sind nicht mehr wachzukriegen.“

Die beiden Beamten sahen sich irritiert an, denn ihrer Meinung nach hatten die Männer längst nicht genug getrunken, um einer Ohnmacht nahe zu sein. Siegbruch ging zur Fahrerseite, Reinders öffnete die Beifahrertür.

„Herr Dirks!“ Reinders tippte Ferdinand an.

„Herr Sandvogel?“ Siegbruch klopfte Enno auf die Schulter. Als der nicht reagierte, richtete er sich auf. „Die sind ja vollkommen weggetreten“, sagte er zu Reinders, der Ferdinand Dirks kurzerhand an der Jacke packte und zu sich herüberzog. Schlaff hing sein Kopf nach vorn.

Reinders fühlte Ferdinands Puls.

„Was ist denn hier los?", fragte Voß-Hoss ganz außer Atem. Er war im Laufschritt zu ihnen geeilt und zog an seinem verrutschten Hosenbund.

„Ohnmächtig, alle drei", gab Siegbruch zu verstehen.

„Der hier lebt noch", sagte Reinders und hob ein Augenlid. Es war nur das Weiße des Augapfels zu sehen. „Rufen Sie einen Krankenwagen", instruierte er Voß-Hoss und ging nach hinten, um Werner Klaass' Zustand zu überprüfen.

„Was läuft denn hier für'n Film?", fragte der Mann mit dem Filzhut und rieb sich ratlos die Stirn.

Rieke hatte den Buchverkauf übernommen, damit sie eine Pause machen konnten, und so saßen Astrid und Elsa nun mit Ida Klaas, Tanja Sandvogel, Roswita Dirks und Frau Siedentop an einem Tisch. Jede von ihnen hatte ein riesiges Stück Torte auf den Teller.

„Wir möchten uns noch mal ganz herzlich für Ihr Kommen und die netten Worte bedanken und uns für die Unannehmlichkeiten entschuldigen", sagte Roswita Dirks im Namen des gesamten Vorstands und hob ihre Kaffeetasse. Sie stießen mit ihren Tassen an und prosteten sich zu.

„Vielen Dank für Ihre Einladung ins wunderschöne Uplengen", sagte Astrid. „Und jetzt freuen wir uns auf Ihre fantastischen Torten."

„Darf ich schon?" Elsa lauerte bereits mit der Gabel in der Hand. Alle lachten und griffen ebenfalls zum Besteck.

„Sehr gern, legen Sie los", bat Frau Siedentop.

Elsa teilte ein Stück von ihrer Blaubeersahnetorte ab und hob es zum Mund. In dem Moment trat Oberkommissar Lütsch an ihren Tisch.

„Entschuldigen Sie bitte die Störung, aber Sie müssen leider mit mir mitkommen. Drüben auf dem Oldtimermarkt ist etwas vorgefallen."

Elsa rannte vorneweg, Roswita Dirks, Ida Klaass und Tanja Sandvogel hinterher.

Sogar Oberkommissar Lütsch folgte im Laufschritt. Nur Astrid Stegmeier ging, das aber, so schnell sie konnte.

Um den Buick hatte sich eine Menschentraube gebildet. Im selben Moment, in dem sie ankamen, fuhr von links ein Krankenwagen rückwärts auf den Platz, dann ein weiterer vorwärts von rechts.

Voß-Hoss bemühte sich, die Schaulustigen von dem Oldtimer zu entfernen.

„Leute, hier gibt‘s nichts zu sehen, geht nach Hause, macht Platz!“, rief er und schob einige Festbesucher mit seinen kurzen Armen zur Seite.

„Was ist passiert?“, fragte Elsa und blickte durch die Frontscheibe in den Wagen. Die Frauen der Männer drängten sich neben sie.

„Wir wissen es nicht genau“, sagte Reinders. „Sie sind in den Wagen gestiegen, und kurze Zeit später waren sie alle ohnmächtig.“

Endlich machte die Menge Platz für die ankommenden Sanitäter.

„Lief der Motor denn?“, fragte Elsa. „Könnten sie von den Abgasen …“

„Nein, der Motor war aus. Sie haben die ganze Zeit dort gesessen und sind dann ins Auto eingestiegen. Das war alles“, berichtete Siegbruch.

„Mmh“, machte Lütsch.

Die Frauen der Männer konnten gar nichts sagen. Sie sahen nur verzweifelt zu, wie das, was eben noch eine überaus theoretische Bedrohung gewesen war, aus heiterem Himmel bittere Realität wurde. Die Sanitäter zogen ihre Männer aus dem Wagen und legten sie auf die Tragen. Es sah ernst aus.

„Weiß jemand, was diese Männer gegessen oder getrunken haben?“, fragte der Notarzt die Umstehenden.

Reinders und Siegbruch berichteten, dass alle drei Bier, Schnaps und je eine Bratwurst zu sich genommen hätten.

„Dort drüben an diesem Stand“, erklärte Reinders und deutete auf den Wagen, in dem Jens Janßen und Nele Bruns besorgt zu ihnen herüberschauten. „Aber andere waren auch dort, und denen ist nichts passiert.“

„Moment!“ Jetzt meldete sich Lütsch zu Wort. Er arbeitete sich zu dem Notarzt durch, zeigte ihm seine Polizeimarke und erklärte ihm sehr leise, sodass keiner mithören konnte, die Situation.

Roswita hielt es auf ihrem Platz nicht mehr aus. Sie lief zu ihrem Mann und nahm seine Hand. Ihre Freundinnen wollten nun auch nicht länger warten.

„Es wird alles wieder gut, Bärchen“, sagte Tanja Sandvogel zu Enno. „Alles wird wieder gut.“

Dann schoben die Sanitäter die Tragen fort und beförderten sie in die Krankenwagen.

Die Ehefrauen fanden wieder zueinander und hielten sich an den Händen.

„Es ist wirklich ernst“, flüsterte Tanja ängstlich. „Ich hab ihn Bärchen genannt, und er hat nichts gesagt.“

FÜNFZEHN

Ida Klaas, Tanja Sandvogel und Roswita Dirks waren gemeinsam nach Leer ins Krankenhaus gefahren. Elsa und Astrid saßen ungeduldig und geschockt im Gastraum des Hotels und warteten auf einen Anruf von ihnen oder einem der Beamten, die versprochen hatten, Bescheid zu geben, wie es den Männern ging und was ihnen überhaupt widerfahren war.

Draußen hatte es angefangen zu regnen. Der Sturm wurde immer heftiger, und die Zahl der Herbstmarktbesucher lichtete sich.

„Ich habe das alles unterschätzt, muss ich zu meiner Schande gestehen", sagte Astrid nachdenklich, ein Glas Wasser in den Händen. „Ich hätte nicht gedacht, dass tatsächlich etwas passiert, dass derjenige diese Drohung wirklich ernst gemeint hat."

„Es ist auch schwer zu begreifen, weil es so … so gar nicht in unsere Welt passt. Dieses Totenheck ist wie ein Ding aus einer anderen Galaxie", sagte Elsa. Sie rieb sich über die Beule an ihrer Stirn. „Die Polizei muss diesen Zinntaler aber doch identifizieren und finden können. So schwer kann das nicht sein."

„Er ist vielleicht immer noch einer, der ohne festen Wohnsitz wie ein Nomade lebt", gab Astrid zu bedenken.

„Ja, aber er ist hier. Bestimmt erkennt ihn jemand trotz der Zeit, die inzwischen vergangen ist."

„Er könnte sich wieder irgendwo draußen in den Wäldern aufhalten."

„Ja, wir sollten womöglich etwas herumfahren und hier nicht so tatenlos rumsitzen."

Oberkommissar Lütsch betrat das Restaurant. Er kam mit versteinerter Miene zu ihnen und setzte sich wortlos an den Tisch.

„Und, haben Sie schon etwas erfahren?"

„Mmh."

„Etwas genauer vielleicht?", fragte Astrid.

Er atmete lange aus und verschränkte sorgfältig die Finger ineinander. „Die Ärzte haben bei allen drei Männern die gleichen Symptome festgestellt und gehen von einer Vergiftung aus", berichtete er. „Ihnen wurden die Mägen ausgepumpt, Blut wurde entnommen. Die endgültige Diagnose steht noch aus."

„Vergiftet?", wiederholte Astrid. „Aber wie?"

„Etwas war in dem Auto oder am Getränkewagen", dachte Elsa laut nach.

„Möglich, ja", bestätigte Lütsch.

„Oder in den Trinkflaschen bei Laufwettbewerb. Im Kuchen, der hinterher ausgegeben wurde."

Lütsch holte sein Tablet hervor und tippte diese Vorschläge ein. „Das sind gute Anhaltspunkte, danke. Ich werde das prüfen lassen."

„Wenn es irgendwas davon war, muss jemand es ausschließlich bei den dreien manipuliert haben. Sonst wären noch viel mehr Menschen erkrankt."

„Auch das ist richtig. Bitte erinnern Sie sich, mit wem die drei Opfer Kontakt hatten und wann sie allein waren. Alles ist relevant für uns."

„Naja, seit heute Morgen im Polizeibüro standen doch alle ständig unter Beobachtung. Es war immer jemand dabei. Außer in dem kurzen Moment, als man Herrn Reinders mit dem T-Shirt angeschossen hat und er und Herr Siegbruch zu Boden gingen."

„Könnten Sie bei den Damen nachfragen, ob es eventuell jemanden gibt, der den Auftrag hatte, während des Laufs Aufnahmen zu machen?"

„Natürlich", sagte Elsa, die das für eine sehr gute Idee hielt.

„Haben Sie schon etwas über diesen Zinntaler rausfinden können?", wollte Astrid wissen.

„Bis jetzt noch nicht."

Enttäuscht senkte sie den Blick.

„Ich weiß, dass Sie wegen letzter Nacht verängstigt sind", begann Lütsch.

„Aber ich möchte Sie bitten, noch eine weitere Nacht hierzubleiben, auch wenn Sie heute eigentlich nach Hause fahren wollten."

Beide nickten, ohne etwas zu sagen. Astrid kam die Verlängerung ihres Aufenthalts nicht nur terminlich ungelegen, man sah ihr auch deutlich an, dass sie Angst hatte. Elsa hingegen war froh, denn so konnte sie noch länger dabei sein und das Rätsel um den Anschlag weiterhin lüften helfen. Soweit ihr das möglich war.

„Wir wären ohnehin geblieben", sagte Astrid sehr zu Elsas Überraschung. „In dieser Situation können wir die Damen nicht allein lassen."

Elsa lächelte ihr vertrauensvoll zu. „Wir fahren jetzt los und sehen uns nach diesem Zinntaler um", sagte sie entschlossen.

„Sie sollten sich besser zurückhalten und hier in Sicherheit bleiben."

„Sicherheit? Ich will Morgen nicht wieder mit so einer Beule am Schädel aufwachen." Sie drehte ihren Kopf leicht in Lütschs Richtung, damit die Verletzung besser zu sehen war.

„Ich habe mit Frau Immensen gesprochen", entgegnete er. „Sie bekommen zwei andere Zimmer. Keiner außer mir und den Besitzern des Gasthofs weiß, wo Sie wohnen."

„Danke, das wissen wir zu schätzen", meinte Astrid.

Lütsch erhob sich. „Ich muss jetzt nach Leer. Machen Sie keine Dummheiten."

„Ich werde nicht mitkommen", sagte Astrid zu Elsa.

„Das dachte ich mir schon. Sie müssen sich auf das Treffen mit dem Landwirtschaftsminister am Mittwoch vorbereiten."

„Richtig. Was auch bedeutet, dass wir spätestens übermorgen abreisen müssen. Diesen Termin kann ich nicht absagen."

Elsa sah auf die Uhr. Es war kurz nach vier. Damit blieb für heute nicht mehr viel Zeit. „Ist gut. Ich mache mich allein auf den Weg. Wir sehen uns zum Abendessen wieder?"

„Ja, wie wäre es mit halb acht?"

„Bis dahin bin ich längst wieder da."

Elsa hatte keinen Plan, wohin sie sinnvollerweise fahren könnte. Sie orientierte sich einfach an den Strecken, die sie am ersten Tag mit den Damen vom Vorstand gefahren war. Auf jeden Fall wollte sie sich die Skulptur von Zinntaler einmal genauer anschauen. Vielleicht konnte man daran irgendetwas festmachen, das ihn mit den Drohungen in Form von Totenhecks in Verbindung brachte.

Da sie bei der ersten Fahrt zumeist Schleichwege gefahren waren, verlor Elsa sich bald hoffnungslos in der Weite der verlassen daliegenden Felder und musste ihr Navi zu Hilfe nehmen. Hier draußen gab es Ecken, an denen den ganzen Tag über außer dem Bauern, dem das Feld gehörte, kein Mensch vorbeikam. Es wäre bestimmt ein Leichtes, sich hier irgendwo zu verstecken und für einige Tage unentdeckt zu bleiben. Die Wallhecken gaben einem dazu noch einen guten Sichtschutz.

Nach zwanzig Minuten Fahrt über verwaiste, schlecht befestigte Wege erreichte sie die alte Schule in Stapel und lenkte den Camper auf den Parkplatz. Niemand war hier. Der Himmel hatte sich verdunkelt, und der Regen fiel nun in grauen Schleiern, vom Wind getrieben, herab. Elsa stieg aus und lief zum Glockenturm der Kirche, in dem unten eine Art Schaufenster die Skulptur ausstellte. Sie wischte mit dem Ärmel über die regennasse Scheibe, um besser sehen zu können.

Es war eine imposante mannshohe Arbeit aus Holz, die aus drei Teilen bestand. Sie ging näher heran und betrachtete die Details. Da huschte die Spiegelung eines Schemens über die Scheibe, und Elsa fuhr erschrocken herum. Doch sie war allein. Nur ihr Camper stand im Regen. Sie lief zur Straße und sah nach links und rechts, aber auch hier war weit und breit keine Menschenseele. Was sie jedoch entdeckte, war ein verfallenes Haus mit einem von einem umgestürzten Baum eingeschlagenen Dach. Da drin könnte man sich durchaus verstecken, dachte sie.

Elsa zog den Reisverschluss ihrer Jacke bis ganz nach oben und ging nach links. An der Kreuzung musste sie noch die Straße überqueren, um zu dem Gemäuer zu gelangen, und betrat schließlich einen von Gras bewachsenen Hof, in dem sich große Pfützen angesammelt hatten.

Der Baum, der das Dach durchschlagen hatte, war bereits komplett entblättert und grau. Er war mit Sicherheit schon im letzten oder vorletzten Jahr einem Sturm erlegen. Bei dem Gebäude handelte es sich wohl früher mal um einen Stall, vermutete Elsa, ging nach rechts, um die Hausecke herum, und fand dort den noch intakten Eingang in Form einer grünen Tür. Sie lag nicht im Schloss, man konnte sie einfach aufdrücken. Allerdings konnte Elsa von hier nicht sehen, ob sie dort drinnen womöglich jemand erwartete. Sie ging daher weiter nach links, wo der Baumstamm das Mauerwerk zum Einsturz gebracht und die Baumkrone den Großteil des Daches eingerissen hatte. Wenn sie sich jetzt auf die Zehenspitzen stellte, konnte sie in die Ruine hineinsehen.

Sie konnte gemauerte Boxen erkennen. Strohreste lagen verstreut herum und verbreiteten einen schimmeligen Geruch. Es gab einen kleinen Heuboden, der ebenfalls beschädigt war und wie eine hölzerne Zunge herunterhing. Elsa bog einen Ast zur Seite und kletterte über den Mauerrest ins Haus. Dicke Tropfen fielen von den nackten Ästen des toten Baums auf den Betonfußboden. Unter den eisernen Abflussgittern gurgelte es leise. Die ersten drei Boxen waren völlig zerstört. Steine und Ziegel lagen herum. Die übrigen Boxen, es waren vier, verschwanden fast im Schatten des noch intakten Dachabschnitts. Durch die kleinen, mit Gittern versehenen Fenster drang kaum Licht ein. Elsa ging langsam weiter. Es knirschte unter ihren Sohlen.

Die erste Box war leer. Die nächste und übernächste auch. Doch in der letzten sah sie im Halbdunkel etwas auf dem Boden liegen. Es war nicht genau zu erkennen, was es war, also schaltete sie die Taschenlampe an ihrem Handy ein und leuchtete damit die Box aus. In der linken Ecke lag eine verdreckte Matratze mit einer alten verfilzten Wolldecke darauf. Zigarettenschachteln, Bierflaschen und Süßigkeiten-Verpackungen lagen daneben. Und es gab eine kleine Feuerstelle, in der alte Asche und noch nicht verbrannte Holzreste lagen. Der Geruch von Schimmel nahm immer mehr zu. Elsa war nicht der Ansicht, dass dieses Lager in letzter Zeit benutzt worden war. Sie ging dennoch in die Hocke, um vielleicht noch andere, weniger auffällige Hinweise zu entdecken, die wichtig sein konnten.

Hinter der Feuerstelle lag etwas Grünes. Im Entengang tappte sie näher und streckte die Hand danach aus. Es war ein Küchenmesser, das mit Rostflecken überzogen war. Konnte damit die Schrift in das Holz geschnitzt worden sein? Elsa verbog die Klinge. Sie war zu weich. Zum Schnitzen war dieses Messer nicht geeignet. Sie ließ es fallen und dachte nach. Theoretisch wäre das hier ein sicherer Ort, an dem Zinntaler unbemerkt sein Lager hätte aufschlagen können. Hier war er vor Blicken und dem Wetter geschützt, abseits des Hauptortes, in einem Gemäuer, das niemanden mehr interessierte, und in direkter Nähe zu seinem Kunstwerk, das schräg gegenüber ausgestellt war. Ob die Nähe zur Skulptur tatsächlich so wichtig für ihn war, dass er diesen Ort als Versteck wählte, konnte sie allerdings nicht mit Sicherheit sagen. Es sah jedenfalls nicht danach aus.

Elsas Handy klingelte und erschreckte sie so sehr, dass sie fast nach hinten umgekippt wäre. Sie musste sich mit einem Arm an der Wand abstützen, bevor sie das Handy herausholen konnte.

„Ja?"

„Frau van Graaf? Lütsch", meldete sich der Oberkommissar aus Leer.

„Ach ja", sagte Elsa nur.

„Die Analyseergebnisse sind da."

„Das ging ja schnell."

„Es war eindeutig Arsen."

„Arsen?"

„Ja, Arsen."

„So wie in ‚Arsen und Spitzenhäubchen'? Arsen?"

„Arsen, ja."

„Das gibt's doch nicht."

„Doch."

„Und wie haben sie es zu sich genommen?"

„Das wissen wir nicht. Ich wollte Sie nur kurz informieren. Auch damit Sie nichts zu sich nehmen, von dem Sie nicht wissen, woher es stammt."

„Gut, danke."

„Wiederhörn." Er legte auf.

Elsa atmete tief durch und schaltete ihr Handy auf lautlos. „Arsen", flüsterte sie und stand auf.

Als sie sich umdrehte, stand ein schwarzer Schatten in der Tür. Sie sah die Umrisse eines Mannes, der eine Axt hielt. Hinter ihm prasselte der Regen vom Himmel.

Ein spitzer Schrei entfuhr Elsas Kehle, und diesmal ließ sie vor Schreck ihr ihr Handy fallen.

„Was tun Sie hier?", fragte der Mann missmutig.

„Herr … Herr Zinntaler?"

Der Mann machte einen Schritt in den Stall hinein. Seine schweren Stiefel verursachten dumpfe Geräusche auf dem Beton.

„Ich heiße Boltenhagen. Und das ist mein Haus."

„Oh", sagte Elsa.

„Ja, oh", wiederholte er drohend. „Was tun Sie hier? Haben Sie hier übernachtet? Sind Sie das immer?"

Elsa blickte irritiert zum Schlaflager und wieder zu ihm. „Ich? Nein, sehe ich so aus?"

Boltenhagen musterte sie von oben bis unten. Dann kam er noch einen Schritt näher und richtete die Axt auf sie. „Moment mal, sind Sie nicht … sind Sie nicht die Assistentin von Frau Stegmeier?"

„Äh, ja, die bin ich."

„Ach du Schiete! Das tut mir leid, ich wollte Sie nicht erschrecken", entschuldigte er sich und stellte die Axt zur Seite. „Ich hab Sie im Gemeindehaus gesehen."

„Richtig, da war ich heute."

„Und was machen Sie jetzt hier bei mir?", fragte er völlig perplex.

„Ich … ich … suche nach einem Mann, und ich dachte, das hier könnte vielleicht sein Lager sein."

„Boltenhagen", sagte er und streckte ihr die Hand hin.

„Van Graaf." Sie schüttelte seine Hand.

„Was denn für ein Mann?"

„Ein gewisser Zinntaler."

„Zinntaler, der Bildhauer?" Er deutete mit seinem Daumen über die Schulter in Richtung Glockenturm.

„Genau der."

„Der ist doch schon seit Jahren weg. Und hier war der nie." Er deutete auf die Matratze. „Da sind Sie völlig aufm Holzweg."

„Sieht so aus", entgegnete Elsa enttäuscht.

„Keine Ahnung, wer hier immer campiert, aber schnappen würde ich das Bürschchen schon gern", meinte er und kratzte sich ungehalten am Dreitagebart.

„Tut mir leid, dass ich einfach hier eingedrungen bin. Ich wusste nicht, dass das Ihr Besitz ist. Ich hatte vermutet, es steht einfach leer."

„Ist doch kein Problem. Woll'n Sie ,n Tee?"

„Ach, wissen Sie was? Ich nehme gern einen."

Zufrieden nahm Boltenhagen seine Axt und warf sie sich über die Schulter. Gemeinsam schlenderten sie, von den ausladenden Kronen halbwegs vor dem Regen geschützt, an einer Baumreihe vorbei, hinter der ein Wohnhaus stand, das Elsa von der Straße aus nicht hatte sehen können.

„Maus, ich hab hohen Besuch mitgebracht!", rief Boltenhagen ins Haus hinein.

„Wieder deine Fußballfreunde, was?", schallte es zurück. „Wollt ihr Tee, oder soll ich euch gleich ein Bier aufmachen?"

Boltenhagen grinste Elsa an. „Sie ist ein Schatz", sagte er und eilte voraus in die Küche. „Ich würde sagen, Tee, die Frau van Graaf ist da", informierte er seine Frau, während Elsa brav im Flur wartete.

„Natürlich, und Florian Silbereisen kommt nachher und bringt Erdbeerkuchen mit", entgegnete sie und trat in den Flur.

„Nicht der Silbereisen. Nur ich", sagte Elsa.

Frau Boltenhagen fiel die Kinnlade herunter. „Ach du je! Eike, warum hast du denn nichts gesagt?"

Sie wischte sich die Hände an der Hose ab.

„Also, ich hab doch …", stammelte er.

„Guten Tag, Frau van Graaf. Das ist aber nett, dass Sie uns besuchen." Sie lächelte nervös.

„Hallo“, sagte Elsa. „Ihr Mann hat mich drüben im Stall erwischt.“

„Er hat was?“

„In dem kaputten, dem mit dem eingestürzten Dach. Ich hab dort etwas gesucht. Jemanden, genauer gesagt.“

„In unserm Stall? Dem kaputten? Ich versteh gar nichts mehr.“

Elsa erklärte ihr in Ruhe, was auf dem Fest passiert war, und dass sie, nachdem sie letzte Nacht von dem mutmaßlichen Täter angegriffen worden war, irgendwie daran mitarbeiten wollte, den Fall aufzuklären.

„Dass es so was überhaupt bei uns gibt“, sagte Frau Boltenhagen, als sie zusammen im Wohnzimmer saßen. Sie schüttelte besorgt den Kopf. „Ein Giftanschlag.“

„Und warum suchen Sie dann nach Zinntaler?“, erkundigte sich Herr Boltenhagen.

„Das ist … darüber darf ich nicht sprechen“, sagte sie. „Er gehört wohl zu den wenigen Leuten, die mit Herrn Klaass, Herrn Sandvogel oder Herrn Dirks Streit gehabt haben, und nach denen suchen wir. Natürlich müssen sie auch auf dem Herbstmarkt gewesen sein.“

„Also, der Bruno war da, den hab ich gesehen“, sagte Herr Boltenhagen nachdenklich.

„Bruno? Wer ist das, und inwiefern hatte er Ärger mit den dreien?“

„Bruno Sütjers. Wohnt gegenüber von uns. Der hat sich vor zwei, drei Wochen mit'm Ferdi in die Haare gekriegt. Wollten sich richtig moppen, die beiden.“

„Aber warum?“

„Na, der Ferdi ist ja schon seit Jahren Boßel-Champion. Und beim letzten Wettkampf hat der Bruno den Ferdi beschuldigt, betrogen zu haben. Er soll nur gewonnen haben, weil er eine mapilunier… manipulierte Kugel benutzte. Angeblich.“

„Und stimmte das?“

„Ich weiß nur, dass der Ferdi seine Kugel beim Vereinspräsidium abgeben musste. Was dabei rausgekommen ist, weiß ich nicht.“

„Aber das ist doch schon eine ganze Menge. Ich denke, ich mache mich mal auf den Rückweg. Wir sind noch zum Abendessen verabredet.“

„Sie und der Ferdi?“, fragte Boltenhagen erstaunt.
„Nein, ich und Frau Stegmeier.“
„Ach so, na klar.“
Elsa bedankte sich für den Tee und winkte zum Abschied, als sie das Gelände verließ und in Richtung ihres Wagens ging. Allerdings nagte es an ihr, dass dieser Sütjers direkt gegenüber wohnte. Wenn sie schon mal hier war, konnte sie sich doch auch persönlich ein Bild von ihm machen. Sie sah auf die Uhr. Es war kurz nach sechs. Ein weiterer Besuch wäre gut machbar.
Nach ein paar Minuten, die sie außer Sichtweite gewartet hatte, ging sie schnurstracks auf die Eingangstür des Hauses zu.
Der Vorgarten war sehr gepflegt und akkurat und geometrisch angeordnet. Der Weg aus Steinplatten, der zum Haus führte, war gesäumt von exakt geschnittenen sattgrünen Rasenrechtecken in nahezu englischer Perfektion. Von kleinen Bonsaibäumchen bewachsene Kiesbeete bildeten eine schmale Abgrenzung zum Haus hin. Nirgendwo lag ein Erdkrumen oder ein Sandkorn herum. Alles sah aus wie im Katalog.
Elsa klingelte, und kurze Zeit später kam ein Mann an die Tür. Er trug ein rot-weiß gestreiftes Oberhemd und beäugte sie mit einer kühlen Distanz.
„Ja, bitte?“
„Herr Sütjers, mein Name ist Elsa van Graaf, in bin die Assistentin von Frau Stegmeier, der Landfrauenpräsidentin.“
„Und?“
„Ich habe gerade erfahren, dass Sie behauptet haben, Herr Dirks hätte beim Boßelwettkampf betrogen.“
„Hat er ja auch. Aber was hat das mit Ihnen zu tun?“
„Darf ich kurz reinkommen, hier draußen kann ich das schlecht erklären“, sagte Elsa, deren Haar inzwischen so nass war, dass sich Tropfen bildeten und zu Boden fielen.
„Aber meine Frau ist nicht da“, erklärte er.
„Das macht nichts. Ich möchte ja mit Ihnen sprechen.“
„Von wo kommen Sie, sagten Sie?“
„Von der Bundesgeschäftsstelle des Landfrauenverbands in Berlin.“

„Na schön“, willigte er schließlich ein und hielt die Tür auf.

Elsa trat ein und tropfte in den Flur. Ihre Jacke war an den Schultern ganz durchnässt.

„’N Handtuch?“

„Das wäre sehr nett.“

Er öffnete die Tür zum Gästebad und zog ein blaues Handtuch aus einem Regal.

„Bitte sehr. Ich versteh aber immer noch nicht, warum Sie nach mir und Herrn Dirks fragen.“

„Tja, wissen Sie, auf Herrn Dirks und zwei seiner Freunde wurde heute auf dem Herbstmarkt ein Giftanschlag verübt. Sie haben vielleicht schon davon gehört?“

„Nein. Meine Frau ist noch auf dem Herbstmarkt.“

„Ich habe in den letzten Tagen beruflich mit den dreien zu tun gehabt und frage mich jetzt, wer ihnen das angetan haben könnte.“

Elsa trocknete ihre Zöpfe.

„Ach, und Sie meinen, weil ich mit Ferdis Betrügereien ein Problem habe, bin ich das mit dem Gift gewesen?“

„Das nicht, aber ich wollte mehr darüber erfahren, um mir ein Bild zu machen.“

„Ist so was nicht normalerweise die Aufgabe der Polizei?“

„Sie haben recht, aber ich bin nun mal sehr neugierig.“

„Und das reicht schon?“

Man hörte ein Auto vorfahren, ein Motor wurde abgestellt.

„Ah, da kommt meine Frau.“ Er ging zur Tür und öffnete sie. „Renate, wusstest du, dass man Ferdi umbringen wollte?“, rief er ihr entgegen.

„Könnten Sie vielleicht etwas leiser schreien?“, bat Elsa verlegen.

„Wir sind aufm Land. In zwei Minuten weiß hier jeder alles“, entgegnete er sorglos.

Frau Sütjers eilte durch den Vorgarten zum Eingang. Zum Schutz vor dem Regen hielt sie sich eine Tortenbox über den Kopf. „Nicht nur Ferdi, auch Werner Klaass und Enno saßen im Auto“, sagte sie.

„War‘s ein Autounfall, ich denke, es war Gift?“,

„Ja, nein, sie …“ Erst jetzt bemerkte sie Elsa und erstarrte. „Bruno. Da steht ja eine Frau.“

„Ich weiß. Das ist eine vom Landfrauenverband“, meinte er.

„Hallo, ich bin Elsa van Graaf“, sagte Elsa und reichte ihr die Hand.

Frau Sütjers Augen wurden immer größer. „Frau van Graaf, es tut mir leid … ich wusste nicht … Bruno!“, fuhr sie ihren Mann wütend an. Der zuckte zurück. „Das ist Frau van Graaf, die Assistentin von Frau Stegmeier!“

„Ach so?“

„Mensch“, schimpfte sie und gab ihm einen Klaps auf den Arm.

„Ihr Mann war so nett, mir was zum Abtrocknen zu geben“, sagte Elsa und präsentierte das Handtuch. „Das Wetter spielt ja heute gar nicht mit.“

„Da haben Sie leider recht. Kann ich Ihnen etwas anbieten, einen Tee, ja?“

Elsa hatte zwar eben erst Tee getrunken, aber sie wollte nicht unhöflich erscheinen. „Gern.“

Sie gingen in die Küche, wo Elsa gebeten wurde, am Esstisch Platz zu nehmen.

„Frau Graaf wollte wissen, was mit mir und Ferdi beim Boßeln gewesen ist“, sagte Herr Sütjers.

„Bitte?“

„So ungefähr ging‘ mir auch, aber Frau Graaf …“

„Van Graaf, Bruno!“

„Frau van Graaf ist wohl sehr neugierig.“

„Bruno!“

„Da hat er absolut recht“, sprang Elsa ihm bei. „Und ich bin im Kontakt mit Herrn und Frau Dirks und der Polizei. Daher rührt mein gesteigertes Interesse.“

„Oh Gott, und Sie denken jetzt, weil Bruno …“ Frau Sütjers hielt entsetzt inne, der Wasserkocher, dessen Inhalt sie gerade in die Teekanne schütten wollte, verharrte in der Luft.

„Woher denn. Ich wollte nur wissen, was vorgefallen ist, mehr nicht.“

„Also schön.“ Herr Sütjers setzte sich gegenüber von Elsa an den Tisch und hob seinen Zeigefinger. „Der Kerl ist seit Jahren Boßel-Champion, obwohl er ’ne Technik wie‘n Kamelzüchter hat.“

„Bruno!“

„Ja, ‚tschuldigung. Ich hab mich jedenfalls immer gefragt, wie er das macht, dass seine Kugel so unglaublich weit laufen kann. Und neulich, bei seinem dritten Wurf an dem Tag, steh ich am Rand und schau ihm so'n büsch'n auf die Finger. Und wie's der Teufel will, rollt seine Kugel genau in die Einfahrt, in der ich stehe. Ich nehm das Ding hoch und merke sofort, dass da irgendwo ein Gewicht drin sein muss."

„Sind das nicht Metallkugeln?", fragte Elsa.

„Gibt es auch, aber wir boßeln hier mit Holz. Es gibt genaue Richtlinien, wie schwer und wie groß die Kugeln sein dürfen. Der Ferdi muss seine nach dem Wiegen ausgetauscht haben. Ich bin also zur Turnierleitung, und jetzt hat sich ein Untersuchungsausschuss gebildet."

„Untersuchungsausschuss? Das klingt nach viel Aufwand."

„Boßeln ist ‚ne ernste Sache", sagte Herr Sütjers nachdrücklich und beugte sich vor. „Und es müssen ja unabhängige Leute sein, die das prüfen. Wenn Enno oder Werner im Ausschuss säßen, hätte ich nicht viel Vertrauen in die Aufklärung, Sie wissen, was ich meine." Er zog sein linkes unteres Augenlid nach unten.

Elsa nickte eifrig. „Gut, dann bedanke ich mich für Ihre Offenheit und den Tee. Ich muss jetzt los."

„Wir haben uns sehr gefreut, dass Sie uns besucht haben", sagte Frau Sütjers und stand auf. „Also, Sie und Frau Stegmeier hier in Uplengen, meine ich. Und dass Sie bei uns persönlich waren, freut uns natürlich auch." Sie lächelte verlegen, weil ihr Mann anscheinend nicht der Meinung war.

„Das ist nett, danke."

Elsa verließ das Haus und trat erneut in den Regen hinaus. Ihre Jacke war kalt und nass, und sie fror, sodass sie im Camper die Heizung auf die höchste Stufe stellte. Sie warf noch einen letzten Blick auf die Skulptur hinter dem Glasfenster und fuhr dann auf die Landstraße.

Während der Fahrt war sie so in Gedanken, dass sie vergaß, darauf zu achten, so zu fahren, wie sie gekommen war, und am Ende hatte sie sich wieder so sehr verfranzt, dass sie das Navi nutzen musste. Es war kurz nach sieben, als sie an einem ihr bekannten Haus vorbeikam und abrupt auf die Bremse drückte. Ihr blieben noch etwa fünfundzwanzig Minuten bis zum Abendessen.

„Ach, was soll's", sagte sie und stieg aus. Sie lief die Einfahrt hoch und betrat den Hofeingang. Cujo kam alarmiert aus dem Stall gelaufen, wurde aber sofort langsamer, als er sie erkannte. Er legte seine Ohren an und kam schwanzwedelnd auf sie zu.

„Hallo, mein Kleiner." Sie ging in die Hocke und streichelte ihm kräftig den Kopf, was er sehr genoss.

„Wer sind Sie?", fragte da eine tiefe Stimme, und Elsa blickte auf. Vor ihr im Regen stand ein kräftiger Mann in einem schwarzen Fleece-Pulli, Jeans, Stiefeln und einer Baseball-Cap.

„Moin", sagte sie und erhob sich. „Ich bin Elsa van Graaf. Ich habe neulich mit Ihrer Frau gesprochen, Ines. Meine Chefin und ich sind vom Landfrauenverband in Berlin zu Besuch."

„Aha", sagte er wenig beeindruckt und blickte fast enttäuscht zu seinem Hund, der sich brav neben Elsa setzte und sie anschaute.

„Ihre Frau hatte uns die Alpakas gezeigt, sehr schöne Tiere, wirklich."

„Ja, und?" Er schien nicht sehr offen für ein Gespräch zu sein.

„Fünf Alpakas sind Ihnen gestohlen worden, richtig?" Sie wischte sich den Regen aus dem Gesicht.

„Was wollen Sie?"

„Nun, ich habe mich nur gefragt, warum Ihre Frau noch nicht weiß, wer die Tiere gestohlen hat, Sie aber schon."

Jetzt regte sich etwas in seinem Gesicht. Seine Augen verengten sich zu Schlitzen, und er bewegte sich lauernd auf Elsa zu. „Wie bitte?"

„Ich finde es merkwürdig, dass Sie Ihre Frau nicht in Kenntnis setzen, obwohl Sie es bereits wissen. Und zur Polizei sind Sie bis jetzt auch nicht gegangen. Nur Werner Klaass haben Sie … sagen wir mal, angesprochen. Und jetzt liegt er im Krankenhaus."

Er kam noch näher, seine Haltung wurde immer geduckter. „Verschwinden Sie", sagte er verbissen und pustete die Regentropfen von seiner Lippe, so als spuckte er aus.

Cujo begann zu knurren.

„Komm her!", befahl er dem Hund und zeigte an seine linke Seite.

Doch Cujo knurrte weiter und regte sich nicht. „Sie gehen jetzt“, sagte er zu Elsa und streckte ihr drohend den Zeigefinger entgegen.

„Wovon spricht sie da, Fiete?“ Die Alpaka-Züchterin trat aus dem Schatten des Stalls in den Regen hinaus und sah ihren Mann scharf an.

„Hallo Ines“, grüßte Elsa sie. „Ich hatte ja versprochen, dass ich rausfinde, wer Ihre Tiere gestohlen hat. Es waren die Seiters-Brüder aus Detern. Und Ihr Mann weiß das schon eine Weile.“

„Fiete?“

„Schatz, hör zu, ich wollte es dir ja sagen …“

„Aber?“

„Aber ich dachte, es wäre nicht gut für dich, wenn du …“

„Nicht gut für mich?“ Sie kam näher.

„Haben Sie das von Werner Klaass und den beiden anderen gehört?“, fragte Elsa.

„Ja, das spricht sich schnell rum“, antwortete Ines, ohne dabei ihre Augen von ihrem Mann zu lassen. „Wie geht's ihnen?“

„Nicht gut, sie haben eine Arsenvergiftung.“

„Sie glauben doch nicht im Ernst, dass ich etwas damit zu tun habe?“, fragte Fiete empört.

„Warum sprechen Sie dann nicht mit Ihrer Frau oder der Polizei, sondern lassen Werner Klaass nur wissen, dass Sie es wissen?“

„Ich frag mich, was Sie das angeht? Verlassen Sie endlich mein Grundstück!“ Er wies mit ausgestrecktem Arm zur Straße.

„Bitte entschuldigen Sie das Benehmen meines Mannes, Frau van Graaf, aber es ist besser, Sie gehen jetzt. Wir haben etwas zu besprechen.“

Elsa widersprach nicht. Sie winkte kurz zum Abschied, ehe sie sich umdrehte und ging. Cujo begleitete sie noch bis zum Gehweg, blieb dann stehen und sah ihr traurig hinterher, als sie abfuhr.

SECHZEHN

Astrid Stegmeier blickte auf ihre Uhr, als Elsa den Gastraum betrat.

„Ich bin zu spät, tut mir leid", sagte Elsa und zog ihre Jacke aus.

„Sie sind vor allem völlig durchnässt. Ich dachte, Sie wären mit dem Auto unterwegs gewesen?"

„War ich auch, aber der Fiete mit den Alpakas wollte mich nicht ins Haus einladen."

„Wollten Sie nicht nach diesem Zinntaler suchen?"

„Das wollte ich, und es haben sich ein paar interessante Dinge aufgetan."

Frau Immensen kam zu ihnen an den Tisch, und sie bestellten die Getränke und auch gleich das Essen.

„Mir scheint, Sie haben Ihr Augenmerk inzwischen sehr auf diese Unglücksfälle gerichtet", meinte Astrid mit einer Mischung aus Belustigung und Unzufriedenheit.

„Ach, Sie wissen es ja noch gar nicht. Die Männer sind mit Arsen vergiftet worden", informierte Elsa sie.

„Ach du liebe Güte."

„Genau. Und ich habe neue Verdächtige gefunden, bei denen allerdings nicht alles stimmig ist. Das stärkste Motiv hat immer noch unser Bildhauer. Schon wegen des Klüpfels und meiner Beule."

„Aber ihn konnten Sie nicht finden."

„Nein. Seine Skulptur habe ich mir angesehen. Kein kleines Kunstwerk, er wird viel Zeit dafür gebraucht haben. Es ist in Teilen sehr feingliedrig."

„Was bedeutet?"

„Was bedeutet, dass er vermutlich nicht nur die zwei, drei Wochen daran gearbeitet hat, die zwischen der Drohung der Männer und seiner Abreise lagen, sondern länger."

„Das spräche dann aber doch gegen ihn als Täter."

„Es gibt einfach kein vollständig plausibles Szenario. Und was auch noch fehlt für einen Mordversuch ist die Gelegenheit. Wem war es heute überhaupt möglich, die drei zu vergiften? Sie waren rund um die Uhr in Begleitung.

„Eigentlich gab es nur beim Lauf, beim anschließenden Kuchenessen und beim Getränkestand auf dem Oldtimermarkt eine Chance dazu", zählte Astrid auf.

„Beim Kuchenstand hätten nur Rieke und Sören genau diese Kuchenstücke vergiften können. Aber die beiden würde ich ausschließen. Bleiben die Getränkeausgabe beim Lauf und der Bierwagen. Ich muss wissen, wer da gearbeitet hat", meinte Elsa.

„Sie haben ja frei heute Abend und können tun und lassen, was Sie möchten, aber jetzt essen wir erst mal."

Elsa hatte sich bereits während des Essens einen kleinen Plan zurechtgelegt, wie sie weiter vorgehen wollte.

„Frau van Graaf, seien Sie doch vernünftig und gehen Sie jetzt ins Bett", bat Astrid, nachdem sie vom Tisch aufgestanden waren. „Lesen Sie Ihr Buch weiter, ruhen Sie sich aus."

Elsa lächelte entschuldigend.

„Ah, ich seh schon. Muss ich mitkommen, um auf Sie aufzupassen?"

„Frau Stegmeier, Sie sind sehr freundlich, aber ich kann prima auf mich selbst aufpassen."

„Na schön. Ich gehe nach oben. Hoffentlich sehen wir uns morgen zum Frühstück."

„Bestimmt. Gute Nacht", wünschte Elsa und ging nach vorn an den Tresen, wo zwei ältere Herren an gegenüberliegenden Seiten der Bar auf Hockern saßen und Bier tranken.

„Moin", grüßte Elsa.

„Moin", sagten beide gleichzeitig.

„Frau Immensen?", rief sie, und die Besitzerin kam aus der Küche. „Ja?"

„Können Sie mir sagen, wer den Getränkestand beim Herbstlauf betreut hat und wer am Bierstand war?"

„Sicher. Das Wasser haben Ernst und Kirsten Hinrichs verteilt, die haben einen Getränkemarkt", antwortete sie.

„Am Bierwagen steht immer der Jens Janßen mit dieser …" Der Alte links am Tresen suchte nach dem Namen.

„Nele", rief der auf der rechten Seite über den Tresen hinweg. „Nele Bruns."

„Ah ja", sagte der erste daraufhin.

„Genau", sagte Frau Immensen.

„Haben Sie wohl etwas zum Schreiben?", fragte Elsa und notierte sich die Namen. „Vielen Dank. Schönen Abend noch, die Herren."

„Jou, dir auch", sagte der rechte.

„Mach's gut", sagte der linke.

Elsa telefonierte mit Rieke, die ihr erzählte, dass die Frauen gerade auf dem Weg nach Hause waren, um ein paar Sachen für ihre Männer zu packen.

„Ach, und mein Vater ist wieder ansprechbar", sagte sie leise, aber erleichtert.

„Wirklich? Das freut mich, Rieke. Wie geht's ihm?"

„Den Umständen entsprechend gut. Die Ärzte meinen, dass er das Gift aufgrund seines Körpergewichts schneller abbauen konnte."

„Das sind gute Nachrichten. Darf ich gleich mal vorbeikommen?"

„Sicher, wir sind zu Hause."

Elsa legte auf und fuhr umgehend zu den Klaassens. Als Rieke die Tür öffnete, nahm sie sie sogleich in den Arm. Auch Ida Klaass fiel Elsa um den Hals. Sören hielt sich zwar zurück, man sah ihm seine Freude und Erleichterung aber ebenfalls an.

„Wir werden heute Nacht hierbleiben, Roswita und Tanja fahren wieder ins Krankenhaus und übernachten dort", sagte Ida.

Elsa war es unangenehm, in dieser Situation nachzufragen, aber sie tat es dennoch. „Sagt mal, kannte Werner jemanden vom Bierstand näher, Nele Bruns oder Jens Janßen?"

„Nee, nur vom Bierstand jedes Jahr“, sagte Sören grinsend.

„Und das Ehepaar von der Getränkeausgabe beim Lauf?“

„Wir kaufen hin und wieder da ein“, sagte Ida.

„Gab es jemals Probleme mit denen?“, wollte Elsa wissen.

„Meinst du, die haben etwas damit zu tun?“ Rieke mochte das nicht glauben.

„Sie hätten die Gelegenheit dazu gehabt. Vorausgesetzt, dass das Arsen mit der Nahrung aufgenommen wurde. Nur an diesen beiden Stellen hätte jemand das Gift in ein Getränk oder etwas zu essen mischen können.“

Keiner der drei schien sich das vorstellen zu können.

„Nein, es muss jemand anders gewesen sein“, widersprach Ida. „Es war bestimmt Zinntaler. Wenn sie das damals wirklich gemacht haben …“

„Zum Glück werden sie im Krankenhaus bewacht“, sagte Sören.

Ida klatschte in die Hände. „Kommt Kinder, wir packen rasch das Nötigste ein, damit Roswita nicht lange warten muss, wenn sie sie holen kommt.“

„Macht das, ich fahre wieder“, sagte Elsa.

„Tasche oder Koffer?“, fragte Sören.

„Tasche. Ist im Keller.“

„Was ist mit Papas Aktentasche?“, wollte Rieke wissen.

„Die will er haben. Dann langweilt er sich wenigstens nicht.“

„Na gut.“ Rieke nahm den ledernen Aktenkoffer, der seitlich neben dem kleinen Schränkchen im Flur stand. Der Deckel klappte auf, und alle Papiere ergossen sich auf den Flurboden. „Scheiße“, sagte sie.

„Ich helf dir.“ Elsa kniete sich hin und klaubte die Papiere und Umschläge auf. „Oh, guck mal“, sagte sie überrascht und reichte Rieke einen DIN-A4-Umschlag, in dessen Adressfeld als Absender Enno Sandvogels Name stand.

„Sieht offiziell aus“, meinte Rieke und lugte neugierig in das bereits geöffnete Kuvert. Mit zwei Fingern zog sie einen kleinen Stapel Blätter heraus und las. Ihre Augen wurden immer größer. „Das gibt’s doch nicht“, hauchte sie und zeigte Elsa, was sie gefunden hatte.

„Scheidungspapiere“, sagte Elsa.

Rieke legte erschrocken eine Hand über den Mund. „Hätten wir bloß nicht reingeguckt“, flüsterte sie. Elsa überlegte einen Moment.

„Aber … wenn dein Vater davon wusste, wusste Ferdinand Dirks es vielleicht auch“, sagte sie abwesend.

„He, was macht ihr da?“, fragte Sören, der mit der Reisetasche aus dem Keller kam.

„Nichts, ich muss jetzt los.“ Elsa stand auf. „Macht's gut, versucht, etwas zu schlafen. Wir sehen uns morgen.“

Zurück im Camper brauchte Elsa einen Augenblick, um im Geiste alles zu ordnen. Was bedeutete das für den Fall? Bedeutete es überhaupt etwas? Enno Sandvogel wollte sich von seiner Frau scheiden lassen. Eine Drohung und ein Mordversuch könnten vor diesem Hintergrund etwas bedeuten, wenn sie davon gewusst hatte. Was durchaus möglich war. Und das implizierte, dass Tanja Sandvogel die Täterin sein könnte.

Elsa ließ den Motor an. Sie musste zu Tanja fahren und das überprüfen. Doch als sie vor dem Haus hielt, waren alle Lichter gelöscht. Elsa klingelte, aber Tanja Sandvogel musste wohl schon die Klinik gefahren sein. Sollte sie Kommissar Lütsch von ihrer Beobachtung in Kenntnis setzen? Wenn sie für alles verantwortlich war, dann waren die drei Männer extrem gefährdet. Ihr würde man arglos Zutritt zu den Krankenzimmern gewähren.

Elsa, so sehr sie auch an die Unschuld von Frau Sandvogel glaubte, wollte kein unnötiges Risiko eingehen und informierte Lütsch, noch ehe sie zu Roswita Dirks weiterfuhr. Als sie das Ende der Straße und das Haus der Dirks fast erreicht hatte, fiel ihr ein großer schwarzer Pick-up auf, der direkt vor der Tür stand. Abgaswolken waberten vor den Rücklichtern, der Motor lief. Dann entdeckte Elsa einen schwarz gekleideten Mann, der am Briefkasten hantierte und anschließend schleunigst wieder im Wagen verschwand. Er fuhr los und bog an der nächsten Ecke nach links ab.

Elsa hielt und sprang aus dem Wagen. Überall im Haus brannte Licht, und noch ehe Elsa klingeln konnte, wurde die Tür geöffnet.

„Frau van Graaf, kommen Sie rein“, sagte Roswita Dirks eilig und schloss hinter ihr zu.

„Da war gerade jemand bei Ihnen am Briefkasten. Bisschen spät für den Briefträger“, meinte Elsa.

„Ich weiß, die sind schon dreimal hier ums Haus gefahren."

„Wer sind die?"

„Was weiß ich? Ich kenne die nicht."

Elsa ärgerte sich, weil sie sich die Automarke und das Kennzeichen nicht gemerkt hatte.

„Schauen Sie doch mal im Briefkasten nach."

Roswita blieb ängstlich stehen.

„Geben Sie mir den Schlüssel", sagte Elsa sanft und streckte die Hand aus.

Elsa ging hinaus und öffnete den Kasten, in dem einige Briefe und Werbemagazine lagen. Außerdem zwei Umschläge in DIN-A4-Größe.

„Hier." Elsa übergab Roswita die Post.

„Die sind beide an meinen Mann adressiert. Ein Absender ist nicht zu erkennen." Roswita riss den ersten Umschlag auf und zog die Papiere heraus.

„Und?", fragte Elsa, als sie sah, dass sie besorgt die Stirn in Falten legte.

„Das ist von einer Immobilienfirma. Anscheinend … oh Gott … Ich glaube, Ferdi hat ein Haus gekauft!" Sie sah Elsa entsetzt an.

Elsa stellte sich neben sie und las das Anschreiben durch. Tatsächlich, es ging um den Erwerb eines Hauses. Es handelte sich um einen sogenannten Gulfhof, ein riesiges Gebäude.

„Wofür? Was will er damit?", fragte Elsa.

„Wie will er das bezahlen? Wie will er das denn nur bezahlen?" Roswita wurde immer lauter, Tränen schossen ihr in die Augen. „Er ruiniert uns völlig."

„Das eben kann aber nicht der Makler gewesen sein", sagte Elsa, und kaum hatte sie die Worte ausgesprochen, hörte man das tiefe, tuckernde Röhren des Pick-ups, der zurückkehrte.

Beide horchten auf.

„Was ist da drin?" Elsa zeigte auf den zweiten Umschlag.

Roswita zerriss mit zittrigen Fingern das Papier und holte eine Rechnung in Höhe von über fünfzehntausend Euro heraus. Der Gläubiger war eine Firma mit dem Namen „pro-tec-technology" mit Sitz in Kaluga.

Das Motorgeräusch ließ die Scheibe in der Küche erzittern. Elsa blickte hinaus und sah den Wagen einfach nur dastehen.

Es war ein Dodge Ram mit abgedunkelten Scheiben.

„Was machen wir denn jetzt?", piepste Roswita verängstigt.

„Wir lassen uns das nicht gefallen", sagte Elsa wütend, nahm aus einem Krug auf der Arbeitsplatte einen Fleischhammer aus Stahl und ging hinaus.

„Aber Frau van Graaf, was tun Sie denn da?", hob Roswita an, konnte sie aber nicht mehr aufhalten. Mit energischen Schritten ging Elsa auf das Fahrzeug zu.

„Hey!", rief sie wütend und hob den Hammer. Kurz bevor sie den Wagen erreicht hatte, röhrte der Motor auf, die Reifen quietschten, und der Wagen schoss drei Meter nach vorn, wurde aber sofort wieder abgebremst.

Elsa sah dem Manöver kommentarlos zu, folgte dem Dodge an seinen neuen Standort und holte erneut aus. Diesmal machte sie einen schnellen letzten Schritt nach vorn und schlug zu, doch der Wagen war schneller und fuhr erneut ein Stück vor. Elsa ließ sich davon nicht beirren und machte weiter. Diesmal fuhr der Wagen gleich an und hielt sicheren Abstand zu Elsa, die jetzt allerdings ihre athletischen Fähigkeiten ausspielte. Sie wechselte in den Sprint, womit der Fahrer nicht rechnete. Elsa erwischte die hintere Ladeklappe, streifte sie aber nur. Der Dodge beschleunigte, und Elsa rannte wie der Teufel hinterher.

Die Straße verlief nun in den Kiefernwald hinein. Hohe Laternen beleuchteten den Asphalt gelblich, jedoch nur bis hinter eine leichte Linkskurve. Ab hier war alles dunkel. Der Pick-up gab Gas und wurde von der Dunkelheit verschluckt. Nur die roten Rücklichter waren noch zu sehen. Irgendwo ganz weit hinten hörte Elsa Roswita Dirks rufen. Aber sie lief unbeirrt weiter. Der Pick-up schien eine Linkskurve zu beschreiben, die Rücklichter verschwanden so plötzlich, als seien sie vom Erdboden verschluckt worden. Nach weiteren zwanzig Metern erkannte Elsa, dass sie auf eine Haltestelle für Schulbusse zuhielt. Die Straße verlief auf der linken Seite in einer Schleife um eine bewaldete Insel herum, auf der das hölzerne Wartehäuschen stand. Dahinter erhob sich hinter Bäumen und Büschen schemenhaft das weiße kubische Schulgebäude des Ortes.

Der Dodge wartete mit ausgeschalteten Lichtern etwa zehn Meter hinter der Haltestelle. Elsa blieb stehen, den Hammer fest umklammernd.

Ihr war klar, noch bevor der Wagen anfuhr, das nun sie zur Gejagten wurde. Der Motor brüllte auf wie ein Löwe, und die Reifen drehten durch. Er fuhr jetzt direkt auf sie zu und schaltete die Lichter ein. Elsa warf sich herum und lief, so schnell sie konnte. Sie wusste, dass sie dem Wagen einfach nur ausweichen und in den Wald laufen müsste, um zu entkommen, doch sie war ganz allein. Der oder die Männer könnte ihr folgen, und dann hätte sie schlechte Karten. Sie musste es so weit wie möglich zum Wohngebiet schaffen. Doch der Dodge kam so schnell näher, dass dieses Vorhaben aussichtslos war. Kurz bevor er sie erreichte, schlug sie einen Haken nach links und rannte in den Wald hinein. Der Wagen bremste scharf, und zwei Autotüren wurden geöffnet.

Elsa verschwendete keine Zeit damit, sich umzudrehen. Sie musste sich auf den Weg durch das Unterholz konzentrieren. Im Dunkeln konnte sie kaum erkennen, wo sie hinlief. Aber sie hörte Schritte hinter sich.

Hinter dem vergleichsweise dicken Stamm einer Kiefer hielt sie an und versteckte sich. Vorsichtig lugte sie um den Stamm herum und sah zwei Männer. Sie bahnten sich einen Weg durch die Äste und das Gestrüpp hindurch und blickten sich suchend um. Langsam kamen sie immer näher. Elsa atmete so leise wie möglich durch den Mund und hob den Hammer, um im Ernstfall damit zuschlagen zu können.

„Wo bist du? Komm raus!", rief einer der Männer, und die beiden blieben stehen. Sie warteten auf eine Reaktion von ihr. Als nichts geschah, lachte der Kerl wütend auf. „Sag deinem Mann, er soll bezahlen. Ansonsten kommen wir zurück. Bezahlen!"

Nach einem kurzen Wortwechsel, der zu leise war, um den Inhalt zu verstehen, drehten sie um und gingen zu ihrem Wagen zurück. Erst als Elsa hörte, wie der Motor des Dodge angelassen wurde und sie davonfuhren, entspannte sie sich wieder und ließ pustend die Luft aus ihren Lungen entweichen.

Erschöpft tapste sie zurück zur Straße. Kaum hatte sie wieder Asphalt unter den Füßen, kam ein Auto um die Kurve auf was Wartehäuschen zugefahren, und zwei Scheinwerfer erfassten sie. Freund oder Feind? Drohend hob sie den Hammer über ihren Kopf und wartete. Der Wagen kam näher und hielt in etwa zehn Metern Entfernung. Erst als sie Lichter gelöscht wurden und nur noch das Standlicht brannte, erkannte sie, dass es sich um einen Polizeiwagen handelte. Voß-Hoss stieg aus und kam mit beruhigend ausgestreckten Händen auf sie zu. Unter seiner Uniformhose und der offenen Jacke trug er einen gestreiften Pyjama.

„Frau van Graaf, ganz ruhig, ich bin es."

„Haben Sie ihn?", fragte Elsa und ließ den Hammer sinken.

„Wen?"

„Na, den Pick-up!"

„Pick-up? Ich glaub, ich hab noch ,n Snickers im Wagen." Er tastete seine Taschen ab.

„Den Wagen! Den schwarzen Dodge Pick-up!", rief sie ungehalten.

„Äh, nein, ich hab keinen Wagen gesehen, keinen schwarzen …"

Entkräftet fielen ihre Schultern herab. „Na los, fahren Sie mich zu Roswita Dirks", sagte sie und ging zur Beifahrerseite des Dienstwagens.

„Sie haben da einen Fleischhammer in der Hand", sagte Voß-Hoss verunsichert.

„Ja, was dagegen?" Das klang zickiger, als beabsichtigt.

„Nein, nein, alles prima, sehr schön, klasse. Ich bringe Sie."

„Gott sei Dank!", rief Roswita, die auf der Straße stand und wartete, als Elsa aus dem Wagen stieg. „Sind Sie verletzt?"

„Nein, alles in Ordnung", beeilte sich Elsa zu sagen. „Die wollten Ihnen nur Angst machen. Sie möchten, dass die Rechnung bezahlt wird."

„Welche Rechnung denn?", fragte Voß-Hoss und kam zu ihnen.

„Ist er nicht hier vorbeigekommen?", fragte Elsa Roswita.

„Nein, aber da hinten kann man links fahren und kommt auch auf die Hauptstraße."

„Alles klar."

Elsa saß in Gedanken versunken vor einer Tasse dampfenden Tees im Büro von Voß-Hoss und wartete auf Kommissar Lütsch, der sich angekündigt hatte. Es war elf Uhr abends. Sie hatte immer noch Laubreste im Haar, und auch an ihrem Pullover hafteten noch Überbleibsel von ihrem Ausflug in den Wald.

Voß-Hoss flitzte suchend durch die anderen Räume und öffnete Türen und Schränke.

„Herr Voß-Hoss, könnte ich mal Ihren PC benutzen?", rief sie.

„Sicher!"

„Sie müssten sich nur einloggen, der PC ist doch bestimmt gesichert."

„Natürlich, ja", rief er zurück und kam herbeigeeilt.

„Was machen Sie denn da?", fragte sie.

„Ich hatte nur etwas gesucht. Ein Trostpflaster für Ihre Unannehmlichkeiten." Er legte ihr vorsichtig ein Pick-up neben die Teetasse.

Elsa lachte laut und ein wenig gerührt auf. „Ach, Sie sind ja nett, Herr Voß-Hoss. Danke!"

„Hat mich ehrlich beeindruckt, wie Sie der Roswita da zu Hilfe geeilt sind."

„Danke", sagte Elsa, erstaunt über Voß-Hoss' Gefühlregung.

Die Big-Ben-Melodie ertönte. Voß-Hoss drückte den Summer. Er ging Lütsch entgegen und reichte ihm die Hand. „Moin", grüßte er.

Lütsch kam näher, nahm sich einen Stuhl und setzte sich zu Elsa.

„Moin", sagte sie grinsend.

„Moin."

Voß-Hoss schleppte einen weiteren Stuhl heran und nahm mit gespannter Miene ebenfalls Platz.

„Ich habe gute Nachrichten", sagte Lütsch ruhig. „Herr Dirks und Herr Sandvogel sind nun auch auf dem Weg der Besserung. Beide sind wieder ansprechbar."

„Oh, das ist toll, sehr gut", sagte Elsa.

„Und Sie?"

„Ja?"

„Sie haben zwei verdächtige Personen mit dem Hammer verfolgt?", konkretisierte er, und Elsa meinte, so etwas wie Belustigung in seinen Augen aufblitzen zu sehen.

„Einem Fleischhammer, genau genommen", sagte sie, und tatsächlich zog Lütsch den Mund zu einem Lächeln breit.

„Gibt es noch Tee?", fragte er seinen Kollegen.

„Na, klar, mach ich." Voß-Hoss sprang eifrig auf und kam mit einer Kanne und zwei weiteren Tassen zurück.

„Haben Sie einen der Männer erkennen können?", fragte Lütsch Elsa.

„Nein, es war zu dunkel."

„Könnte einer von ihnen derjenige gewesen sein, den Sie bereits im Hotel verfolgt haben?"

„Das kann ich nicht sagen. Beide Male habe ich nur Schatten gesehen."

„Mmh."

Er nahm Kandis, und Voß-Hoss schenkte den dampfenden Tee ein. Es knackte. Lütsch griff zur Sahne und goss sie dazu, blickte kurz in die Tasse und trank dann einen Schluck.

„Was hat es mit dieser Immobilie auf sich, die Herr Dirks gekauft hat?", wollte er nun von Voß-Hoss wissen.

„Er hat in Rußland einen Gulfhof gekauft."

„In Russland?"

„Ja, aber in dem nördlich von Wiesmoor", präzisierte Elsa und lächelte amüsiert. „Wie ich erfahren habe, gibt es hier bei Ihnen auch ein Neuengland. Sie sind ganz schön international."

„In Neuengland wohnt meine Schwester", sagte Voß-Hoss erfreut.

„Und weiter?", fragte Lütsch.

„Naja, wie wir den Unterlagen entnehmen konnten, hat Herr Dirks die Immobilie zusammen mit Herrn Sandvogel erstanden. Das Ganze lief über die hiesige Volksbank als Kreditgeber für eine Firma namens Moorig GmbH. Herr Dirks und Herr Sandvogel sind die Inhaber", berichtete Voß-Hoss eifrig.

„Mmh."

„Und Frau Dirks hatte keine Ahnung. Weder von der Firma noch von der Immobilie", sagte Elsa.

„Arbeitet die Tochter von Herrn Klaass nicht in der Bank?", fragte Lütsch.

„Genau, Sie ist die Filialleiterin. Ich will gleich morgen früh mit ihr darüber reden“, erwiderte Elsa.

„Sie?“

„Ich, ja. Also, Sie könnten das natürlich auch tun, aber ich habe einen ganz guten Draht zu ihr.“

„Aber inwieweit könnte das mit unserem Fall zu tun haben?“, wollte er wissen.

„Das möchte ich herausfinden. Ich habe übrigens auch noch andere Informationen, die relevant sein könnten.“

„Mmh?“

„Ich will mal ganz von vorn beginnen“, sagte Elsa, lehnte sich zurück und begann mit ihrem Bericht vom Tage. „Ich wollte mich, wie Sie ja wissen, nach dem Bildhauer Zinntaler umsehen und herausfinden, ob er vielleicht hier in der Gegend campiert.“

Lütsch nickte und nippte an seinem Tee.

„Ich fuhr also raus zur alten Schule in Stapel, um mir die Skulptur anzuschauen. Dabei entdeckte ich ein verfallenes Gebäude, in dem tatsächlich jemand eine Art Lager aufgeschlagen hatte. Matratze, Feuerstelle, Essensreste, ein Messer. Es sah aber nicht so aus, als hätte dort kürzlich jemand übernachtet.“ Sie machte eine kurze Pause, um zu signalisieren, dass nun ein neuer Abschnitt begann. „Dann überraschte mich dort drinnen der Besitzer des Stalls, ein Herr Boltenhagen.“

Voß-Hoss nickte, weil er Boltenhagen kannte.

„Er und seine Frau erzählten mir, dass Ferdinand Dirks auf einem Boßelturnier Streit mit jemandem hatte. Dabei sei es zu Handgreiflichkeiten gekommen.“

Lütsch rückte interessiert immer näher, verwundert darüber, was Elsa alles vortrug.

„Dieser Herr Sütjers …“, fuhr Elsa fort, wurde jedoch mit einer Handbewegung von Lütsch gestoppt.

„Moment, das muss ich mir mal alles notieren.“

Er stellte seine Tasse ab, legte sein Tablet auf den Tisch und öffnete ein Dokument.

„Bitte“, forderte er sie auf.

„Dieser Herr Sütjers hatte Herrn Dirks beschuldigt, beim Boßelturnier betrogen zu haben. Der Vorwurf lautet, er habe seine Kugel manipuliert. Sie wurde konfisziert, und es hat sich ein extra gebildeter Untersuchungsausschuss des Falls angenommen. Herr Sütjers beteuerte aber seine Unschuld, was den Giftanschlag anging.“

„Haben Sie den auch noch getroffen?“, fragte Lütsch.

„Er wohnt zufällig direkt gegenüber von den Boltenhagens.“

„Mmh. Weiter, bitte.“

„Ich wollte anschließend ins Hotel zurückfahren, kam aber zufällig am Hof der Frau vorbei, die die Alpakas züchtet. Fiete und Ines, den Nachnamen kenne ich nicht.

„Geerdes heißen die“, sagte Voß-Hoss.

„Was haben denn die Alpakas damit zu tun?“ Kommissar Lütsch klimperte irritiert mit den Augenlidern.

„Nun, es sind ja vor einiger Zeit fünf der Tiere gestohlen worden“, erläuterte Elsa.

„Jetzt sagen Sie nicht, Herr Dirks, Herr Sandvogel und Herr Klaass hätten die geklaut“, spottete Lütsch.

„Nein, aber Herr Klaass weiß, wer es gewesen ist. Und Herr Geerdes weiß es auch.“

„Warum weiß ich dann nichts davon?“, fragte Voß-Hoss aufgebracht und richtete sich auf.

„Das ist der Knackpunkt“, entgegnete Elsa. „Herr Geerdes hat es nicht mal seiner Frau gesagt. Was er außerdem weiß, ist, dass Herr Klaass die Diebe vertritt. Und dass er das weiß, ließ er ihn wissen.“

„Was? Wer weiß jetzt was?“, entfuhr es dem überforderten Voß-Hoss.

„Verstehe“, sagte Lütsch.

„Es sieht so aus, als wolle dieser Geerdes das auf eigene Faust erledigen.“

„Jetzt nicht mehr, denn ich hab seine Frau ins Bild gesetzt. Die war wenig begeistert.“

„Mmh. Kommt noch was?“, fragte Lütsch.

„Von mir nicht", meinte Elsa. „Ach doch, wenn Sie mir eben Zugang zu dem PC verschaffen würden, Herr Voß-Hoss, dann sage ich Ihnen noch schnell, was diese Firma von Herrn Dirks und Herrn Sandvogel produziert."

„Ja, gut." Voß-Hoss gab seine Passwörter ein und machte dann Platz für Elsa. Die tippte den Namen der Firma und suchte auf dem Bildschirm nach passenden Informationen.

„Hier, die Homepage befindet sich noch im Aufbau, aber im Impressum steht Moorig GmbH, Destillerie und Likörfabrik."

„Schnaps?", fragte Voß-Hoss.

„Scheint so. Von der Bank könnten wir vielleicht mehr darüber erfahren", sagte Elsa. „Und wie sieht's bei Ihnen aus? Haben Sie etwas rausfinden können, Herr Lütsch?"

„Mmh", machte er nur und blickte an die Decke.

Elsa nahm mit einem freundlichen Blick zu Voß-Hoss den Pick-up und öffnete die Verpackung.

„Wir haben den Fotografen ausfindig gemacht, der die offiziellen Bilder für den Lauf gemacht hat. Sie brauchen also nicht mehr … Die drei Totenhecks sind noch zur Untersuchung im Labor. Es ist Wochenende … Aber bei dem Klüpfl sind wir weitergekommen."

Unwillkürlich fasste sich Elsa an die Stirn.

„Es ist, wie schon festgestellt wurde, ein Bildhauer-Klüpfl aus Weißbuche, konisch, mit einem Durchmesser von hundertzehn Millimetern. Er wiegt knapp sechshundert Gramm. Ein solches Instrument bekommt man nur in speziellen Läden oder im Internet. Der Klüpfl ist nicht lackiert oder geölt und quasi neu. Er weist allerdings gewisse Schlagstellen auf."

„Eine ganz bestimmt", sagte Elsa und grinste schief.

„Die Herstellerfirma nennt sich Rosenmüller und Söhne, produziert in Zwickau und hat einen Onlineshop."

„Mmh", sagte Elsa mal zur Abwechslung.

Lütsch blickte auf. „Was meinen Sie mit ‚Mmh'?"

Elsa wunderte sich, weil diese Frage ausgerechnet von ihm kam.

„Das machen Sie ständig!", gab sie sogleich zurück.

„Ich?“

„Ja, Sie. Ständig sagen Sie ‚Mmh‘. Jetzt sage ich einmal ‚Mmh‘, und Sie fragen mich, was ich mit ‚Mmh‘ meine?“

„Und was meinen Sie?“

Elsa atmete schnaubend aus. „Ich meine, dass das unbestimmt klingt. Dieser Klüpfl könnte jedem gehören. Die Hersteller-Info hilft uns wenig weiter.“

„Mmh.“

„Sehen Sie? Schon wieder!“, sagte sie und zeigte mit dem Finger auf Lütsch.

„Was?“

„Na, das ‚Mmh‘!“

„Ach ja?“ Er und sah zu Voß-Hoss, der zustimmend nickte. „Mmh“, machte er erneut und war über sich selbst erschrocken. „Sie haben recht!“

„Ja“, sagte Elsa ganz selbstverständlich.

Er öffnete den Mund, wahrscheinlich um wieder ein „Mmh“ verlauten zu lassen, und schloss ihn gleich wieder.

„Dann“, begann er vorsichtig, „wären da noch die Getränkeausgabe beim Lauf und der Bierwagen vom Herbstmarkt. Wir haben mit den Verkäufern gesprochen und Proben der verkauften Getränke und Lebensmittel genommen.“

„Sie meinen Frau Bruns, Herrn Janßen und das Ehepaar Hinrichs?“

„Ja, genau. Haben Sie mit denen etwa auch schon Kontakt gehabt?“

„Nein, da sind Sie mir zuvorgekommen. Was kam heraus?“

„Leider sehr wenig. Die Herrschaften kannten einander nur vom Sehen. Die Proben waren alle negativ. Es kommt manchmal vor, dass, wenn Bier mit arsenkontaminiertem Wasser gebraut wird, danach auch höhere Dosen Arsen im Bier selbst zu finden sind, aber nicht so bei diesen Proben.“

„Das war ja zu erwarten“, sagte Elsa enttäuscht.

„Die Suche nach Herrn Zinntaler stagniert ebenfalls. Er lebt zwar noch, aber im Moment scheint keiner zu wissen, wo er sich aufhält. Das letzte Mal ist er im Raum Gießen aufgetaucht. Dort hat er ähnlich wie hier in einem Waldgebiet gehaust. Das ist jetzt anderthalb Jahre her.“

„Irgendwo ist immer ein Haken“, sagte Elsa nachdenklich. „Aber sein Motiv ist immer noch das stärkste, und es betrifft alle drei, nicht nur einen von ihnen.“

„Gut, trotzdem schlage ich vor, dass Sie jetzt mal ins Bett gehen und versuchen zu schlafen. Es ist schon spät." Er sah auf seine Armbanduhr.

„Könnten Sie veranlassen, dass ich die Männer im Krankenhaus besuchen darf? Wie ich hörte, werden sie bewacht."

„Das ist kein Problem", entgegnete Lütsch. „Sie müssen sich nur bei den Kollegen ausweisen können."

„Okay, vielen Dank."

Für heute verabschiedeten sie sich. Lütsch fuhr nach Leer, Voß-Hoss kehrte zurück in sein Bett, aus dem Roswita Dirks ihn vorhin rausgeklingelt hatte, und Elsa fuhr nicht ins Hotel, sondern ins Klinikum in Leer.

Sie ging zur Rezeption und bat darum, sie anzumelden. Der Herr, der dort saß, telefonierte mit der Station, und nach Rücksprache mit den Beamten durfte Elsa auf die Station kommen. Sie wurde von einem Polizisten in zivil in Empfang genommen, der sie zum Zimmer begleitete.

„Oberkommissar Lütsch meinte, dass sie morgen kämen", sagte er erstaunt.

„Es ist aber dringend, ich kann nicht warten."

„Zu welchem der drei Männer möchten Sie denn?"

„Liegen sie nicht zusammen?"

„Nein, erst ab Morgen."

„Okay. Ich möchte mit Herrn Sandvogel sprechen."

„Dann bitte hier entlang", sagte er und deutete nach rechts. „Seine Frau ist noch bei ihm", fügte er leise hinzu, als sie vor der Tür standen, und ließ Elsa anklopfen.

Sie drückte vorsichtig die Klinke nach unten und schob die Tür auf. Enno Sandvogel lag in einem Einzelzimmer. Die Lichtleiste über dem Bett brannte schwach. Tanja Sandvogel war auf einem Stuhl neben dem Kopfende eingeschlafen. Ihr Mann schlief ebenfalls, mit hochgefahrenem Kopfteil. Elsa ging zu ihm und berührte ihn an der Schulter. Müde schlug Enno die Augen auf und war sofort wach, als er sie erkannte. Elsa legte einen Finger über ihren Mund, um anzuzeigen, dass er leise sein sollte, und wies auf seine Frau.

„Können Sie gehen?", flüsterte sie.

„Ja."

Sie bedeutete ihm mitzukommen, und er stand leise auf. Elsa ging einfach ins Badezimmer, und Enno folgte ihr irritiert.

„Was ist, ist was passiert?“, fragte er besorgt.

„Nichts. Ich muss nur mit Ihnen sprechen.“ Sie schloss die Tür. „Herr Sandvogel, es freut mich, dass es Ihnen wieder besser geht. Aber es ist immer noch nicht geklärt, wer diesen Anschlag auf Ihr Leben verübt hat.“

„Is mir klar“, erwiderte er. „Lütsch war ja auch schon hier. Was wollen Sie denn noch?“

„Nun, ich bin mir darüber im Klaren, dass das etwas Privates ist, aber wir fanden durch Zufall bei Herrn Klaass den Scheidungsantrag“, sagte sie.

Er stöhnte verzweifelt auf. „Was … was soll das jetzt? Das geht keinen was an.“

„Nun, wenn Sie sich scheiden lassen wollen, und Herr Klaass weiß das, liegt die Vermutung nahe, dass Herr Dirks es auch weiß. Sie drei sind die besten Freunde.“

„Und?“

„Wenn Ihre Frau, auf welchem Wege auch immer, dahintergekommen ist, hätte sie ein Motiv, Sie zu töten.“

„Bitte? Meine Frau?“ Er sprach viel zu laut, und Elsa legte hastig den Finger über ihre Lippen. „Das ist doch Unsinn“, zischte er leiser, aber nicht weniger wütend.

„Herr Sandvogel, könnte es denn sein, dass Ihre Frau Wind davon bekommen hat? Hat Sie sich verändert in letzter Zeit?“

„Nein, hat sie nicht, sie ist wie immer, Herrgott. Sie weiß es nicht.“

„Wollen Sie das denn wirklich durchziehen? Sind Sie ganz sicher?“, fragte Elsa sanfter.

Er wandte seinen Blick ab und rieb sich ratlos, wie es schien, über den Mund. „Ich hab alles satt, verstehen Sie? Unser ganzes Leben, so wie es ist. Ich hab’s satt, ich will was Neues anfangen.“

„Ohne Ihre Frau?“

„Ja, Sie würde niemals … Sie würde es nicht verstehen.“

„Dass Sie eine Firma gegründet haben?“, hakte Elsa nach.

Seine Augen wurden groß. „Woher …"
„Sie wollen mit einer Destillerie und Herrn Dirks als Partner neu anfangen?"
„Ja."
„Ist das eine gute Idee? Herr Dirks hat finanzielle Probleme", gab sie zu bedenken.
„Und genau die lösen wir damit", entgegnete er. „Wir schlagen zwei Fliegen mit einer Klappe. Ich bekomme meinen Neuanfang, mache endlich das Geld, das ich verdiene, und Ferdi rettet sich aus seiner Schuldenmisere."
„Glauben Sie, dass das funktioniert?"
„Ja, wir werden Moorschnaps herstellen, auf ganz traditionelle Art. Das Konzept ist einzigartig und wird der absolute Renner. Wir haben schon ganz viele Interessenten."
„Und Ihre Frau?"
„Ach, sie würde das nicht wollen. Sie liebt die Schafe und dieses Leben, aber ich will das nicht mehr. Ich will …" Er verstummte und ließ den Kopf hängen.
„Sie liebt Sie", sagte Elsa. „Sie war die ganze Zeit an Ihrer Seite."
„Ich weiß", sagte er mit veränderter Stimme. Er klang jetzt zugänglicher. „Ich weiß."
Wie ein Häufchen Elend stand er vor ihr. Sie klopfte ihm aufmunternd auf die Schulter. „Gehen Sie zu ihr", sagte sie. „Und Sie sind sicher, dass sie es nicht weiß?"
Er nickte betrübt.
„Na, gehen Sie schon."
Elsa öffnete die Tür. Tanja Sandvogel saß immer noch zusammengesunken da und schlief tief und fest.
Enno Sandvogel schlich zu seinem Bett und legte sich ganz leise wieder hinein. Elsa lächelte ihm aufmunternd zu und verließ das Zimmer.
Der Beamte wartete draußen. Er musterte Elsa misstrauisch. „Darf ich fragen, was Sie da drin gemacht haben?"
Elsa sah ihn keck an. „Nein, dürfen Sie nicht."

SIEBZEHN

Auf der Rückfahrt ärgerte sich Elsa über sich selbst. Sie hatte vergessen, eine Frage zu stellen, die nicht ganz unwichtig war, nämlich die, wer noch alles von dem Kredit und der Destillerie wusste. Aber das würde sie nun verschieben müssen. Vielleicht konnte sie es ja auch morgen mit Rieke klären. Jetzt hatte sie noch etwas anderes vor. Etwas, das nur indirekt mit dem Fall zu tun hatte. Sie nahm die Abfahrt Filsum und lenkte den Camper in Richtung Detern.

Das Betriebsgelände der Firma Seiters war ein weitläufiges Areal in der Nähe der Autobahnabfahrt. In einer eigenen kleinen Abfahrt fuhr man einen kleinen Hügel hinunter, auf einen Kreisel um eine begrünte Insel zu, von dem ein schmaler weißer Weg zu einem von zu Quadern geschnittenen Hecken eingefassten Parkplatz führte. Hinter der Insel erhob sich ein großes Gebäude, dessen gesamte Front aus Glas bestand. Auf einer daran anschließenden, einem Golfplatz ähnelnden Rasenfläche waren die Maschinen ausgestellt. Jede hatte eine eigene, mit weißem Stein gepflasterte Stellfläche.

Elsa sah sich alles mit Argusaugen an und hielt schließlich auf Höhe eines Oldtimer-Traktors. Sie stieg aus und entdeckte die Kameras, die die Ausstellungsfläche absicherten. Betont entspannt ging sie zur Eingangstür des Glasgebäudes. Sie fand auf Anhieb, was sie suchte. In der rechten oberen Ecke war ein kleiner blauer Aufkleber mit der Notrufnummer angebracht. Elsa holte ihr Handy heraus und wählte die Nummer. Es dauerte eine Weile, bis jemand abhob.

„Seiters?“, meldete sich eine verschlafene, raue Stimme.

„Herr Seiters? Mein Name ist van Graaf, ich bin hier an Ihrem Verkaufsgebäude, und es brennt.“

„Was?“

„Ihr Verkaufsgebäude brennt. Die Feuerwehr ist schon hier. Ich wollte Sie nur informieren.“

„Was?“

„Ihr Verkaufsge…“

„Das habe ich verstanden, was ist denn da los?“, schrie er in den Hörer.

„Soll ich es noch mal wiederholen?“, fragte Elsa.

„Nein, ich komme!“

Elsa lächelte und lehnte sich lässig gegen die Tür. Es vergingen kaum vier Minuten, da hörte sie entfernt Reifen quietschen und Motorgeräusche, die schnell näherkamen. Ein druckvolles Röhren verriet, dass Herr Seiters einen Sportwagen fuhr. Dann schoss ein roter, niedriger Bolide über die Kuppe. Ein Alfa Romeo 4c stoppte direkt vor Elsa, und kaum stand er, klappte die Tür auf, und ein junger Mann sprang heraus. Er trug Jeans, ein T-Shirt mit silbernem Totenkopf und schwarze Cowboystiefeln. Mit weit aufgerissenen Augen und völlig außer Atem starrte er auf das Gebäude.

„He? Was jetzt, wo ist das Feuer?“, rief er schrill.

Elsa stieß sich von der Tür ab und ging auf ihn zu.

„Wo ist die Feuerwehr, wo ist das Feuer?“

„Wo sind die Alpakas?“

„Was? Wovon redest du, Mann?“

„Alpakas. Wo sind sie?“, wiederholte Elsa freundlich.

„Wer bist du?“, rief er, und seine Stimme überschlug sich.

„Wenn du‘s nicht sagst, weiß es morgen jeder hier in der Gegend. Dann kannst du dir mal ausrechnen, wie viele Menschen noch zu euch kommen, um ein paar dämlichen Dieben überteuerte Landmaschinen abzukaufen.“

„Was willst du?“

„Hast du was an den Ohren?“ Sie ging einen Schritt auf ihn zu.

Seiters schluckte.

„Na? Fällt's dir wieder ein? Ich komme gerade von Werner, er hat mir alles erzählt."

„Der ist im Krankenhaus, Mann."

„Ja, aber er ist wieder wach. Und Fiete und Ines wissen auch Bescheid."

„Die Alte stand vorhin auch schon bei uns vor der Tür."

„Ach? Und?"

„Na, nichts und. Hab einfach das Tor nicht aufgemacht."

„Der Polizei musst du aber das Tor aufmachen."

Das traf ihn. Er wurde etwas kleiner, so schien es.

„Na, wo denn nun? Draußen sind sie mit Sicherheit nicht. Habt ihr einen netten Stall gefunden?"

Er ließ den Kopf hängen.

„Bei meinem Vater in der Werkstatt", gab er schweren Herzens zu.

„Klasse, dann fahr mal vor. Ich folge dir einfach."

Sie ging unter seinem fassungslosen Blick zu ihrem VW-Bus und öffnete die Tür. „Und nicht zu zügig, ich fahre einen Camper", rief sie.

Sie fuhren zur Nordwestseite des Ortes, wo eine Villa im Finka-Stil inmitten einer Oase von Obstbäumen stand. Der Alfa Romeo hielt auf dem weißen Kies vor dem Haus. Elsa fuhr noch ein Stück weiter und parkte vor ihm.

„Ich mag ja diese Tiny Houses", sagte sie. „Wo geht's rein?"

Er stapfte auf sie zu und zog seine Schlüssel aus der Tasche.

„Welcher der Brüder bist du eigentlich?", fragte sie.

Er stoppte und sah sie fast beleidigt an.

„Jens."

„Moin, Jens."

„Moin."

Er ging voraus und schloss auf.

„Torge!", brüllte er, kaum dass er einen Schritt ins Haus gemacht hatte.

„Bist du irre, mich um diese Zeit zu wecken?", kam es nach einer Schrecksekunde ebenso laut von oben zurück.

„Hallo!“, rief Elsa.

Pause.

„Wer war das?“, rief Torge.

„Das … komm runter!“, schrie Jens.

Torge tauchte in Fußballshorts und zerknittertem T-Shirt oben am Treppenabsatz auf und beugte sich vor, damit er sie sehen konnte.

„Alter, wer ist das?“, fragte er verständnislos.

Die beiden sahen sich auffallend ähnlich, fand Elsa, fast wie Zwillinge.

„Elsa van Graaf“, sagte sie. „Ich hole die Alpakas ab.“

„Hast du verkauft, Jens?“ Sein Blick klärte sich, und er kam herunter.

„Nein, ich nehm sie für umsonst mit.“ Elsa grinste künstlich.

„Was redet die da?“

„Ja, Mann, die hat mit Werner und Fiete gesprochen und will jetzt die Viecher mitnehmen.“

„No way, Alter.“

„Und ob“, sagte Elsa. „Ihr seid geliefert, Jungs. Wenn ihr mir die Tiere nicht sofort gebt, rück ich hier mit ‚ner ganzen Armada bewaffneter Leute an.“

„Hat die ‚n Rad ab?“ Torges Stimme wurde immer höher.

Jens ging jetzt in Richtung Küche und von da aus zu einer Hintertür. Torge tappte wie ein folgsamer Hund hinterher, Elsa folgte schlendernd.

„Wo wohnen eure Eltern, auch hier?“

„Über der Garage“, sagte Jens.

„Ach so, na klar. Ich kenn das zwar nur andersrum, aber ihr macht das schon richtig.“

Jens schloss auf und führte sie in den Garten. Von der steingefliesten Terrasse, die eins zu eins den Grundriss eines ganzen Hauses hätte darstellen können, ging es über zwei Stufen einen seichten Hügel hinab. Rechts flankierte ein kleiner Wasserlauf den Weg bis zu einem Teich, der von hohen Gräsern und Findlingen eingeschlossen wurde. Dann folgte eine große Rasenfläche mit Ausblick auf eine dahinterliegende Weide, und ganz links in der hinteren Ecke des Grundstücks stand eine hübsche Holzhütte.

„Da drin“, sagte Jens.

„Das ist die Werkstatt eures Vaters?“

Elsa ging darauf zu, während Torge seinen Bruder am Arm festhielt und sie leise miteinander tuschelten.

„Hey, Flüstern is nich!“, sagte Elsa streng, und die beiden klappten ihre Münder zu. Sie sahen aus wie kleine Lausbuben, die man beim Kuchenklau erwischt hatte. „Macht auf“, befahl sie.

Jens suchte den passenden Schlüssel an seinem Bund und öffnete dann die Tür. Der Raum maß vielleicht fünfzehn Quadratmeter und war innen auf Kopfhöhe von Regalen umschlossen, die mit Unmengen von Werkzeug bestückt waren. Linker Hand stand eine schwere hölzerne Werkbank mit Bohrstativen und eisernen Klemmen. Und in der Mitte drängten sich fünf Alpakas mit wachsam aufgerichteten Hälsen und ängstlichen Augen dicht aneinander.

„Gibt's ja nicht“, sagte Elsa. „Und das lassen eure Eltern euch durchgehen?“

„Die sind auf einer Kreuzfahrt im Mittelmeer“, sagte Jens.

„Aaah, verstehe. Die Buben haben sturmfreie Bude.“

Elsa machte einen vorsichtigen Schritt in den Werkraum hinein. „Hallo, ihr Hübschen. Jetzt fahren wir alle nach Hause, was haltet ihr davon?“

Sie wartete geduldig, bis die Alpakas Interesse an ihr fanden und an ihr zu schnüffeln begannen. Mit einem Auge behielt Elsa dabei die Seiters-Brüder im Blick, damit sie sie nicht einschlossen. Was aber gar nicht weiter schlimm gewesen wäre, wenn man es genau betrachtete. Bei dem Werkzeug hier drin wäre sie in knapp einer Minute wieder draußen. Da entdeckte sie etwas an der Wand, das ihr sehr bekannt vorkam. Dort hingen Klüpfl in verschiedenen Formen und Größen. Und genau einer in der Reihe fehlte.

Ein Alpaka drückte seinen Hals gegen Elsas Bauch, und sie begann es abwesend zu streicheln.

„Sagt mal“, begann Elsa im Plauderton, „wieso fehlt hier ein Klüpfl?“

„Was will sie denn jetzt?“, fragte Torge nervös, und beide Brüder linsten um den Türrahmen, um sehen zu können, was sie meinte. Elsa hielt mit einem Arm das Alpaka und deutete mit dem anderen auf die Wand.

„Da fehlt ein Klüpfl“, wiederholte sie.

„Ja, und?“

„Wo ist der?“

„Woher sollen wir das wissen? Gehört uns nicht“, sagte Torge.

Elsa musterte die beiden jungen Männer nachdrücklich. „Hat mir einer von euch die Beule verpasst?“

Die beiden blickten sie nur fragend an.

Elsa lächelte. „Einer von euch beiden Komikern war im Hotel. Na, wer war‘s? Jens oder du, Torge?“

Die Alpakas wurden mit den beiden Männern im Raum allmählich nervös, sie liefen aufgeregt umher.

„Schon gut, das finde ich noch raus. Jetzt kümmere ich mich erst mal um die Tierchen.“

Elsa scheuchte die beiden Männer mit einer Handbewegung hinaus. Als sie den Raum verließ, folgten ihr die Tiere.

„Kann ich einfach außen herumgehen? Dann muss ich nicht mit ihnen durchs Wohnzimmer.“

Jens nickte und schaute sich um, ob sie von irgendjemandem gesehen werden konnten.

Elsa führte die Alpakas durch den gesamten Garten und rechts an der Garage vorbei auf den Hof.

„Na, kommt“, lockte sie, bis die Tiere ihren Camper erreicht hatten, und öffnete die Seitentür. Sie stieg hinein, und schon folgte ihr das erste Tier. Und dann das nächste und das nächste, bis alle fünf im Camper standen. Elsa kletterte hinterher, zog die Tür von innen zu, sah noch mal kurz zu den Seiters-Brüdern und setzte sich dann ans Steuer.

Sehr vorsichtig, damit keins der Alpakas ins Straucheln geriet, fuhr sie an und verließ den Hof im Schritttempo.

„Wir sehen uns noch“, beschied sie Jens und Torge durch das heruntergekurbelte Seitenfenster. „Tschüs!“

Elsa erreichte den Hof von Ines und Fiete Geerdes um Punkt zwei Uhr in der Nacht.

Als sie den Motor abstellte, hörte sie auch schon Cujo, der das Haus zusammenbellte.

Sie wandte sich den Alpakas zu und sah, dass einige auf den Boden gemacht hatten.

„Naja, eine kleine Grundreinigung wird wohl nötig sein“, meinte sie und gesellte sich zu ihnen.

Jetzt drangen Stimmen aus dem Haus.

„Cujo!“, schrie Fiete wütend. „Gott, dieser verdammte Köter!“

„Was hat er denn?“, hörte Elsa Ines rufen.

Sie wartete noch einen Moment.

Das Licht über der Tür ging an. Cujo bellte und bellte.

Die Tür wurde geöffnet, und Ines und Fiete erschienen in ihren Schlafsachen im Türrahmen über der „Wellkimmen“-Matte.

Elsa öffnete die Schiebetür und hüpfte hinaus.

„Moin“, sagte sie und grinste.

„Sie!“ Fiete hob drohend seinen Zeigefinger.

„Halt, bevor Sie mich missverstehen, möchte ich Ihnen etwas zurückgeben“, sagte sie. „Ich denke, das kürzt die Sache ein wenig ab.“

Elsa winkte die Tiere aus ihrem Camper heraus, und den Geerdes‘ entgleisten die Gesichtszüge.

„Nee, ne?“, hauchte Ines.

Die Alpakas merkten, dass sie wieder zu Hause waren, sie liefen auf die beiden zu und aufgeregt weiter in Richtung Stall.

Mit offenen Mündern glotzten Ines und Fiete Elsa an und bekamen kein Wort mehr heraus.

„Würden Sie mir noch eine Sache beantworten?“, bat Elsa Fiete freundlich.

Er stand nur da und glotzte sie an.

„Woher wussten Sie, dass Herr Klaass die Seiters-Brüder vertritt?“

Da Fiete Geerdes keine Anstalten machte zu antworten, übernahm seine Frau das für ihn.

„Frau Oelker, die Sekretärin von Werner Klaass, ist seine Patentante …“

„Ah, verstehe. Ist spät, ich fahr jetzt mal“, sagte Elsa und zwinkerte ihr zu. Sie warf die Tür zu und schwang sich auf ihren Sitz. „Tschüs!“

Dann fuhr sie rückwärts vom Hof und ließ Ines und Fiete staunend zurück.

Der Wecker klingelte um halb sieben. Elsa duschte ausgiebig und ging zum Frühstück hinunter.

Astrid saß bereits am Tisch und faltete gerade ihre Serviette auseinander.

„Frau Stegmeier, Sie sind schon wach? Guten Morgen."

„Guten Morgen. Ja, ich hab so schlecht geschlafen. Ich bekam die ganz Nacht kein Auge zu, weil ich mir solche Sorgen um unsere Frauen und ihre Männer mache."

„Aber es gibt gute Nachrichten. Herr Dirks und Herr Sandvogel sind auch wieder bei Bewusstsein und auf dem Weg der Besserung."

„Na, Gott sei Dank!", sagte Astrid und blickte nach oben, als betete sie zu Gott.

„Kommissar Lütsch hat mich gestern Abend noch ins Bild gesetzt."

„Haben Sie denn gut geschlafen?"

Elsa schmunzelte amüsiert. „Nicht viel, muss ich gestehen. Es ist gestern noch einiges passiert."

Während sie frühstückten, berichtete Elsa der nun ebenfalls aus dem Staunen nicht mehr rauskommenden Astrid Stegmeier ihre Erlebnisse der letzten Nacht.

„Jetzt würde ich gleich zu Frau Klaass fahren. Sie und Rieke sind über Nacht hiergeblieben."

„Dann möchte ich Sie gern begleiten", sagte Astrid.

So fuhren sie zu zweit zum Hause Klaass und klingelten an der Tür. Ida Klaass öffnete, man sah ihr die Sorgen und Strapazen der letzten Tage deutlich an.

Als sie eintraten, kam Rieke von oben herunter.

„Moin, das ist ja nett, dass Sie kommen", sagte sie.

„Moin, Rieke", sagte Elsa. „Können wir beide kurz sprechen?"

„Klar, lass uns in die Küche gehen, Mama und Frau Stegmeier können ja im Wohnzimmer Platz nehmen."

Rieke zog die Küchentür ran, sodass sie unter vier Augen reden konnten.

„Ich hab heut mal hier geschlafen. Meine Mutter war so ängstlich. Was war denn gestern noch bei Roswita los?"

„Ich hab erst mal eine ganz andere Frage", sagte Elsa leise.

„Ja?" Rieke lauschte neugierig.

„Ich habe gestern erfahren, dass Ferdinand Dirks und Enno Sandvogel mit einem Kredit der Volksbank eine Immobilie gekauft haben."

Rieke wurde ernst und zog sich ein wenig zurück.

„Ja", sagte sie nur.

„Wusstest du etwas davon?"

„Die beiden werden von einem meiner Mitarbeiter betreut, aber große Kredite wie dieser gehen natürlich auch über meinen Schreibtisch."

„Darf ich fragen, warum dein Vater nicht mit von der Partie ist? Ich dachte, sie sind beste Freunde und machen alles gemeinsam?"

„Naja", sagte sie mit Besorgnis in den Augen und atmete tief ein. „Das dachte ich auch. Aber mein Vater ahnt davon nichts. Weißt du, die anderen beiden nehmen ihn oft auf den Arm, weil er eben so ist, wie er ist. Ganz genau, und immer muss alles akkurat und nach Plan laufen. Enno und Ferdi sind da ganz anders. Ich hab meinem Vater nichts davon gesagt, weil ich ihn nicht verletzen wollte. Es geht mich ja auch gar nichts an, aber ich denke, er wäre schon traurig, wenn er erfährt, dass sie ihn außen vor gelassen haben."

„Verstehe", sagte Elsa.

Einen Augenblick lang schwiegen beide.

„Eine Schnapsbrennerei als Geschäftsidee, die beide retten soll", meinte Elsa dann wenig überzeugt.

„Schnaps wird hier schon gern getrunken", erwiderte Rieke.

„Weiß deine Mutter davon?"

„Keine Ahnung."

„Okay, lass uns rübergehen", schlug Elsa vor, und sie gingen ins Wohnzimmer, wo Astrid Stegmeier und Ida Klaass vor dem Schrank standen und die Kristalle bewunderten."

„Und der hier ist aus Rumänien, den hat Werner gekauft, als wir mit unseren Landfrauen dort waren. Mein Gott, wie schnell die einstauben", sagte Ida und pustete gegen den Kristall.

„Frau Klaass?"

„Ja?"

„Ich wollte Ihnen noch ein paar Fragen stellen bezüglich der Seiters-Brüder. Kennen Sie die?"

„Naja, was heißt kennen …"

„Wie würden Sie die beiden einschätzen? Sind das eher ruhige, fleißige junge Männer, oder schlagen die auch mal über die Stränge?"

„Zwei verwöhnte, minderbemittelte Machos mit Hang zu schnellen Autos, Partys und schnellem Geld", sagte Rieke.

„Ja, doch, so kann man das ausdrücken", stimmte ihre Mutter zu. „Das trifft es sogar ziemlich genau."

„Wieso, was haben die denn mit der Sache zu tun?", fragte Rieke.

„Das verstehe ich auch noch nicht", entgegnete Elsa. „Aber ich glaube, dass einer von beiden derjenige war, der mich im Hotel niedergeschlagen hat."

„Der mit dem Klüpfl?", fragte Astrid erstaunt.

„Genau der."

„Wie kommen Sie denn darauf?"

„Ich war mit Jens und Torge in der Werkstatt ihres Vaters", erzählte Elsa.

„Sie waren dort?", fragte Ida.

„Weshalb denn?", wollte Rieke wissen.

„Wegen der Alpakas, aber das ist eine andere Geschichte. Jedenfalls fehlte in dieser Werkstatt ein Klüpfl, wo eigentlich einer hängen sollte."

„Das gibt's doch nicht", entfuhr es Rieke.

„Hat Ihr Mann Ihnen vielleicht noch mehr über diesen Alpaka-Fall erzählt? Hat er die Brüder unter Druck gesetzt oder ihnen gedroht, sie anzuzeigen?"

Ida Klaas fuhr sich mit der rechten Hand, in der sie den Kristall hielt, über die Stirn und leckte sich die Lippen.

„Mama, ist alles okay?"

„Ja, ja. Also, mir hat er nichts weiter erzählt. Ich weiß nur das, was Sie wissen, und …" Sie schwankte.

„Mama?"

„Schon gut, mir ist gerade nur ‚n bisschen komisch …"

„Willst du dich setzen?"

„Lass nur, ich ...“ Doch weiter kam sie nicht. Ida Klaas sackte in sich zusammen und kippte nach links weg. Mit einem dumpfen Schlag landete sie hinter Astrid Stegmeier auf dem Wohnzimmerteppich.

„Oh, Gott“, sagte Astrid erschrocken. Rieke stürzte an ihr vorbei und kniete sich neben ihre Mutter. Elsa war auf der anderen Seite zur Stelle.

„Mama? Mama, was ist, was hast du?“ Rieke nahm ihr Gesicht in beide Hände. Ihre Mutter verdrehte die Augen und stöhnte abwesend.

„Was hat sie nur?“ Astrid kramte aufgeregt in ihrer Handtasche. „Soll ich einen Krankenwagen rufen?“

„Ja, machen Sie das“, sagte Elsa.

„Es war einfach zu viel Stress“, meinte Rieke verzweifelt.

„Sie muss wach bleiben.“ Elsa tätschelte ihre Wange.

Zehn Minuten später kam der Krankenwagen und brachte Ida Klaass ins Krankenhaus nach Leer. Sie informierten den Notarzt, dass ihr Mann bereits mit einer Arsenvergiftung in der Klinik lag.

„Ich fahre hinterher“, sagte Rieke aufgeregt, als der Wagen mit Blaulicht davonfuhr.

„Natürlich. Aber versuch, ruhig zu bleiben, es wird schon alles gutgehen“, sagte Elsa.

Rieke sprang in ihren Wagen und folgte dem Krankentransport.

Elsa und Astrid blieben allein zurück. Sie atmeten tief durch und pusteten beide lautstark die Luft aus.

„Puh, das hört ja gar nicht auf. Was ist denn hier nur los?“, fragte Elsa.

„Hoffentlich schafft sie es“, sagte Astrid betreten.

Sie blickten zum Haus. Die Haustür stand noch offen.

„Kommen Sie, wir räumen rasch ein wenig auf“, entschied Astrid und ging vor ins Haus.

Der Frühstückstisch war noch für Rieke gedeckt. Elsa und Astrid räumten gemeinsam ab, stellten Geschirr und Besteck an seinen Platz zurück und verstauten Käse und Marmelade im Kühlschrank. Im Wohnzimmer hob Elsa den Kristall, der noch am Boden lag, auf und platzierte ihn wieder zwischen den anderen.

„So, ich glaube, wir haben alles", sagte sie.

„Gut. Jetzt heißt es abwarten."

Elsas Handy klingelte. Sie sah nur eine Nummer, aber keinen Namen auf dem Display.

„Van Graaf?", meldete sie sich.

„Oh, hallo Frau van Graaf. Hier spricht Herr Kupferpfennig von der Bundesgeschäftsstelle in Berlin."

Elsa lächelte Astrid an und machte große Augen. „Herr Kupferpfennig", tönte sie. „Schön, Sie zu hören, wie geht es Ihnen?"

„Gut, danke. Ich möchte Sie nicht stören, aber ich hätte da eventuell eine kleine Frage an Frau Stegmeier."

„Ach, Sie möchten Frau Stegmeier sprechen", wiederholte Elsa laut, woraufhin Astrid vehement den Kopf schüttelte. „Da muss ich Sie leider enttäuschen, sie ist gerade in einer Besprechung mit dem Bürgermeister."

„Oh, ach so, dann vergessen Sie bitte mein Anliegen. Es sei denn … Vielleicht könnten Sie mir weiterhelfen?"

„Aber gern doch", entgegnete Elsa schmunzelnd.

„Ich bin mitten in einer Bewerbung und habe nun folgende Frage vorliegen: Die laut Statistik gesündesten Einwohner Europas leben in der Region: A: Ostfriesland, B: Tirol, C: Stettiner Haff oder D: Algarve."

„Tja, Herr Kupferpfennig, ich weiß es leider nicht, würde aber entweder auf Tirol oder Algarve tippen."

„Und was davon?"

„Algarve?"

„Gut, ich versuche es. Vielen Dank."

„Gern. Auf Wiederhören." Elsa legte auf.

„Was wollte er?", fragte Astrid sofort.

„Eine seiner Fragen. Nicht weiter wichtig."

„Warum ruft er deswegen an?"

„Er mag Sie, Frau Stegmeier."

„Bitte, Frau van Graaf!"

„Sie haben gefragt."

„Aber doch nicht für solch eine Antwort."

„Wo leben die gesündesten Menschen Europas, was schätzen Sie?", fragte Elsa.

„Na, was die Lebenserwartung angeht, auf jeden Fall nicht hier", antwortete Astrid Stegmeier.

ACHTZEHN

Elsa und Astrid hatten sich darauf geeinigt, zunächst im Hotel ihre Sachen zu packen und anschließend nach Leer ins Klinikum zu fahren, um die drei Männer und nun auch Ida Klaass zu besuchen. Im Anschluss wollten sie dann die Heimreise antreten.

Elsa musste eigentlich nur ihre Badezimmerartikel in der Tasche verstauen, und sie war fertig. Für einen Moment legte sie sich aufs Bett und dachte noch mal über den Fall nach, vor allem die Frage nach der Rolle der Seiters-Brüder beschäftigte sie. Gab es einen Zwist zwischen ihnen und Werner Klaass? Hatte er dabei vielleicht Enno und Ferdinand als Unterstützer an seiner Seite? Doch wenn ja, wie hatte Elsa die Pläne der Brüder durchkreuzt, dass sie hier im Hotel auftauchen mussten? Und was war mit Zinntaler, ihrem plausibelsten Verdächtigen? Wenn er nur endlich auftauchen würde, dann ließe sich vieles klären. Doch wie fand man jemanden ohne festen Wohnsitz, Telefon und E-Mail-Adresse, der überall und nirgends zu Hause war und in der freien Natur campierte? Wahrscheinlich gar nicht.

Ihr Handy klingelte. Es war dieselbe Nummer wie eben.

„Herr Kupferpfennig!“, sagte sie.

„Frau van Graaf, ich wollte Sie nur flugs informieren, dass Ihre Antwort leider falsch war. Es war Tirol.“

„Oh, tatsächlich? Ist das schlimm? Haben Sie durch mich etwas verloren?“

„Naja, ich bin aus der Bewerbungsrunde ausgeschieden. Aber das ist nicht schlimm, bin ich ja schon gewohnt.“

„Tut mir wirklich leid, Herr Kupferpfennig.“

„Ja, danke. Frau Stegmeier ist wohl noch nicht wieder zu sprechen?"

„Nein, sie ist noch in der Besprechung."

„Dann wünsche ich Ihnen eine gute Heimreise."

„Danke. Bis bald."

„Bis morgen", sagte er.

„Ach, ja. Stimmt."

Elsa legte auf. Sie hatte ein schlechtes Gewissen, weil sie wusste, wie gern Kupferpfennig in diese Sendung wollte. Nun war er ihretwegen erneut gescheitert.

Sie gab „Gesundheit" und „Tirol" bei Google ein und überflog die Suchergebnisse, die ihr angeboten wurden. Einen Artikel klickte sie an und las.

„Ach du Sch… Schleiereule!", fluchte sie laut und richtete sich kerzengerade im Bett auf.

Zwei Minuten später klopfte sie bei Astrid Stegmeier an die Hotelzimmertür.

„Ja, bitte!", hörte sie ihre Chefin von innen rufen, und Elsa trat ein.

„Ich bin fertig, wir können", sagte Astrid.

„Es gibt da noch eine Sache, die ich erledigen muss", platze Elsa heraus.

„Warum so aufgeregt?"

„Ich würde jetzt ganz schnell losgehen und bin, sagen wir in spätestens einer halben Stunde zurück. Ist das okay?"

„Von mir aus, bitte. Was bringen wir denn den Patienten mit? Blumen für die Männer ist ja wohl unpassend, oder?"

„Vielleicht", antwortete Elsa spitzbübisch, und ein Lächeln schlich sich in ihr Gesicht, „bringen wir ihnen ja die Lösung des Falls mit."

Elsa lief im Laufschritt die Hauptstraße hinunter und blieb dann vor dem Schild stehen, das die Kanzlei von Werner Klaass auswies. Sie lag im zweiten Stock. Die Türe unten stand offen, und so lief Elsa einfach die Stufen hoch und klingelte direkt an der Tür.

Es erklang kein Summer, dafür vernahm Elsa Schritte. Eine Dame mit rotem Haar und einem blauen Blazer zu einer schwarzen Hose öffnete ihr die Tür.

„Guten Tag, mein Name ist Oelker, wie kann ich Ihnen weiterhelfen?"

„Guten Tag, ich bin Elsa van Graaf von der Bundesgeschäftsstelle des Landfrauenverbands in Berlin. Meine Chefin und ich waren zum Herbstmarkt eingeladen und haben in den vergangenen Tagen viel mit Herrn Klaass und seiner Frau zu tun gehabt."

„Dann haben Sie sicher gehört, was passiert ist?"

„Ich war dabei", sagte Elsa.

„Ach, herrje. Der arme Herr Klaass. Er war ja so aktiv und arbeitete immer so viel und mit einer Energie, und jetzt das. Hoffentlich wird er wieder gesund."

„Ganz bestimmt. Darf ich kurz reinkommen, ich möchte das nicht hier auf dem Flur besprechen."

„Oh, entschuldigen Sie bitte, ich bin so durcheinander deswegen, dass ich meine guten Manieren vergesse."

Sie bat Elsa herein und führte sie durch einen recht dunklen, aber breiten Flur in eins von vier Zimmern. Es war ihr Büro. Im Fenster stand eine tanzende Blume aus Plastik und auf ihrem Schreibtisch ein kleines, rot gefärbtes Bonsaibäumchen.

„Setzen Sie sich doch bitte, kann ich Ihnen einen Tee anbieten?"

„Nein danke."

„Um was geht es denn, wie kann ich Ihnen behilflich sein?"

Frau Oelker war Mitte bis Ende fünfzig, schätzte Elsa, und hatte ein gutmütiges Gesicht mit hellblauen Augen.

„Ich muss Ihnen leider sagen, dass Frau Klaass nun auch erkrankt ist."

„Ach, herrjemine", sagte sie leidend und schüttelte fassungslos den Kopf."

„Jetzt stellt sich uns die Frage", sagte Elsa, obwohl sie selbst nicht genau wusste, wen sie mit „uns" meinte, „ob es irgendwo in ihrem Umfeld etwas gab, wodurch sie beide zusammen kontaminiert wurden."

„Also, ähm … äh … ich wüsste nicht wie und wo …" Sie rieb sich ratlos die Hände. „Frau Klaass kommt eigentlich nur selten hierher zu uns in die Kanzlei."

„Natürlich. Dürfte ich mir vielleicht trotzdem mal das Büro von Herrn Klaass ansehen? Man weiß ja nie …"

„Aber sicher, kommen Sie." Frau Oelker führte sie in das Büro gegenüber. „Bitte sehr. Aber es gibt nicht viel hier drin außer Aktenordnern und dicken Wälzern."

Elsa sah sich um. Links hinten stand vor einem mit Tüllgardinen verhangenen Fenster ein dunkler Schreibtisch, sehr aufgeräumt mit Fotos der Familie darauf. Ein großer Glastisch in der Mitte des Raumes nahm den meisten Platz in Anspruch. Es gab daran sechs Sitzgelegenheiten. Die gesamte rechte Wand war mit offenen Regalen bestückt. Links stand eine Anrichte mit kleinen Perrier Wasserflaschen, Gläsern und einer Tennistrophäe darauf.

„Ist es vielleicht das Wasser? Kann es das sein?", vermutete Frau Oelker, die Elsas Blick gefolgt war.

Elsa zuckte unentschieden mit den Schultern. „Das wäre unter Umständen möglich."

„Wollen Sie eine Flasche mitnehmen?"

„Gut, ja. Mache ich", sagte Elsa und steckte sie in ihre Jackentasche. „Und sonst, gibt es noch andere Räumlichkeiten, die zu dem Büro gehören?"

„Wir haben noch einen weiteren Besprechungsraum und die Toilette. Außerdem unten den Fahrradkeller."

„Aha. Kann ich den mal sehen?"

„Ja, aber da war ich schon ewig nicht mehr drin. Ich komme immer zu Fuß."

Sie gingen ins Treppenhaus und hinunter zur Kellertür, bei der Frau Oelker drei Schlüssel ausprobieren musste, bis sie den richtigen fand.

Die Kellerwände aus Sichtmauerwerk waren geweißt. Hier gab es vier Türen, eine Metalltür, hinter der Elsa die Heizungsanlage vermutete, und drei ebenfalls weiß gestrichene Holztüren. Frau Oelker steuerte die ganz rechte an und musste erneut ausprobieren, welcher Schlüssel passte.

„So, bitte", sagte sie und schubste die Tür auf.

Elsa trat ein und betätigte den Drehlichtschalter. Eine typische Kellerlampe mit ovalem Glas sprang flackernd an. Es war ein sehr aufgeräumter Kellerraum. An der hinteren Wand ließ ein kleines Fenster in Kopfhöhe schwaches Licht ein. Die rechte Wand war leer, bis auf ein altes Hollandrad, das daran lehnte.

An der linken Seite befanden sich weitere Ordner und Lehrbücher in einem Metallregal. In der unteren Etage stand eine längliche Plastikbox neben mehreren Schuhkartons für Herrenschuhe. Ein Besen, ein alter Staubsauger und ein Bügelbrett lehnten an der Wand neben dem Lichtschalter.

Elsa sah sich alles genau an, während Frau Oelker unsicher neben ihr stand.

„Ich glaube, ich habe eventuell des Rätsels Lösung", sagte Elsa.

„Ach, wirklich? Das wäre ja wunderbar", frohlockte Frau Oelker.

„Ich müsste nur mal kurz an den Staubsauger."

NEUNZEHN

„Und, wo waren Sie?“, fragte Astrid Stegmeier neugierig, als Elsa wieder im Hotel erschien. Sie saß mit Frau Immensen an der Bar.

„Das verrate ich nicht. Noch nicht“, sagte Elsa.

„Ich hab bereits bezahlt, wir können also gleich losfahren.“

„Sehr schön. Ich hab auch ein Geschenk besorgt.“

„Was denn?“

„Das, was ich versprochen hatte“, sagte Elsa mit leuchtenden Augen.

Sie verabschiedeten sich von Frau Immensen. Als sie hinausgingen, kam ihnen Frau Siedentop entgegen.

„Moin“, grüßte sie fröhlich.

„Frau Siedentop, wir wollen gerade aufbrechen“, sagte Astrid.

„Das dachte ich mir. Ich wollte nur schnell Tschüs sagen.“ Sie holte zwei kleine Einmachgläser aus ihrem Beutel. „Die sind für sie, als kleine Erinnerung.“

„Oh, vielen Dank“, sagte Elsa.

„Was ist das?“, wollte Astrid wissen und hielt das Glas gegen die Sonne.

„Kinnertön!“

„Und das ist?“

„Einfach probieren, am besten mit einem Teelöffel. Und vorsichtig, das ist guter Stoff.“.

Elsa musste lachen und umarmte die kleine Frau.

„Alles Gute und vielen Dank.“

„Sie haben die Alpakas zurückgebracht, habe ich gehört“, bemerkte Frau Siedentop. „Wir haben zu danken.“

Im Camper auf dem Weg nach Leer wollte Astrid Stegmeier immer wieder von Elsa wissen, was sie denn nun rausgefunden hatte, doch Elsa schwieg und bat ihre Chefin lediglich darum, Oberkommissar Lütschs Nummer zu wählen.

„Aber Sie können nicht telefonieren, Sie fahren doch", sagte Astrid. „Ich rede mit ihm." Sie hob das Handy ans Ohr. „Was soll ich ihm denn sagen?", fragte sie erschrocken, als das Freizeichen ertönte.

„Dass wir auf dem Weg ins Klinikum sind und er bitte dabei sein soll."

„Aber wir können ihm doch nicht vorschreiben, was er zu tun hat."

„Wenn er wissen will, wer der Täter ist, schon."

Astrid hörte, wie Lütsch sich meldete.

„Guten Tag, Herr Lütsch, hier ist Astrid Stegmeier. Ich rufe Sie im Auftrag meiner Assistentin Elsa van Graaf an. Sie ist der Meinung, eventuell neue zwingende Erkenntnisse über den Giftanschlag gefunden zu haben, die sie Ihnen gern mitteilen würde. Sie möchten dazu bitte möglichst zeitnah zu den Herren Landmännern ins Krankenhaus Leer kommen."

Elsa nickte anerkennend.

„Ja, gut. Ich bedanke mich, bis gleich." Sie legte auf.

„Das klang aber sehr diplomatisch."

„Wie hab ich ihn genannt?"

„Lütsch?"

„Ja, wie habe ich ihn angesprochen?"

„Ich glaube ‚Herr Lütsch'."

„Nicht Kommissar?"

„Er ist Oberkommissar."

„Auch so nicht?"

„Nein."

„Das missfällt mir."

„Aber vielleicht sieht er das gar nicht so eng. Sie wollen doch auch nicht jedes Mal mit ‚Frau Präsidentin' angesprochen werden", sagte Elsa und sah Astrid Stegmeier lieber noch mal prüfend an, ob sie damit überhaupt recht hatte.

„Warum nicht?", fragte die und hob stolz ihr Kinn.

„Oh, ich wollte nicht … ich dachte nur …“
Auf Astrids Gesicht machte sich ein Strahlen breit.
„Ha, jetzt sind Sie mir auf den Leim gegangen.“
Elsa atmete erleichtert aus.

Je näher sie der Klinik kamen, desto ruhiger und ernster wurde Elsa. Zweifel beschlichen sie. Was, wenn sie doch falsch lag mit ihren Vermutungen und Schlussfolgerungen? Sie wollte diese netten Leute auf keinen Fall unnötig in Verlegenheit oder Schlimmeres bringen. Sie musste aufmerksam sein und jede Reaktion ihrer Zuhörer beobachten und deuten, um nötigenfalls zurückrudern zu können. Doch eigentlich glaubte sie nicht daran, dass sie sich irrte, es würde Reaktionen geben, das stand unumstößlich fest.

Auf dem Klinikparkplatz schlich ein Golf Variant so vor ihnen her, dass sie nicht überholen konnten, während der Fahrer nach einem Parkplatz suchte.

„Mein Gott, ich sehe drei Parkplätze auf den nächsten dreißig Metern, nimm einfach einen“, sagte Elsa entnervt.

„Man kann es auch übertreiben“, kommentierte Astrid den Fahrstil ihres Vordermanns. Die roten Bremslichter leuchteten auf.

„Jetzt bleibt er einfach da stehen?“ Elsa stierte aus dem Fenster und drückte dann einmal kräftig auf die Hupe. „Tut mir leid“, entschuldigte sie sich.

„Schon gut, ich finde, dass …“ Astrid verstummte, als auf einmal die Fahrertür des Golf Variant geöffnet wurde und Oberkommissar Lütsch ausstieg. „Nun, das hätten Sie nicht tun dürfen.“

Lütsch trat missgelaunt an Elsas Fenster. Sie kurbelte widerstrebend die Scheibe nach unten.

„Haben Sie gerade gehupt?“, fragte er ungehalten, ehe er sie erkannte. „Frau van Graaf!“

„Ja, wir haben Sie erkannt“, log sie. „Und nur mal kurz zum Gruß gehupt.“

„Aber das ist verboten“, erwiderte er.

„Ich weiß, tut mir auch leid.“

„Weil Sie es sind“, lenkte er ein.

„Ah, sehen Sie, da hinten sind ja drei Parkplätze.“ Elsa tat so, als hätte sie sie erst gerade entdeckt.

„Ich lasse den größeren für Sie frei“, meinte Lütsch.

Es war viertel nach zehn, als sie endlich auf der Station ankamen, auf der Ida Klaass seit dem frühen Morgen lag.

„Wollen wir uns besprechen, bevor wir hineingehen?“, fragte Lütsch und hielt vor einem leeren Besucherzimmer.

„Nein, wir machen das gleich dort“, sagte Elsa.

Ida Klaass war bei Bewusstsein, und es ging ihr wesentlich besser als ihrem Mann und seinen Freunden am Tag zuvor. Zu Elsas, Astrids und Lütschs Überraschung war bereits Besuch da. Enno Sandvogel, Ferdinand Dirks und Werner Klaass waren wieder so erholt, dass sie im Bademantel oder, wie in Ferdinands Fall, im Trainingsanzug heruntergekommen waren. Tanja Sandvogel und Roswita Dirks sowie Rieke und Sören waren ebenfalls anwesend.

„Jetzt fehlt nur noch Voß-Hoss“, kommentierte Enno den Andrang in Idas Zimmer.

„Ich vertrete ihn“, sagte Lütsch ernst.

„Frau Klaass, wir haben uns solche Sorgen gemacht.“ Astrid ging auf Ida zu und nahm ihre Hand.

„Es tut mir leid, dass ich …“

„Nein, Entschuldigungen akzeptiere ich nicht mehr von Ihnen“, sagte Astrid mit erhobenem Zeigefinger.

Ida lächelte schwach.

„Hat man denn schon rausgefunden, was es war?“, wollte Elsa wissen.

„Ich habe wohl auch eine Arsenvergiftung, genau wie Werner. Aber nur eine ganz leichte.“

„Und wie geht es Ihnen dreien?“, erkundigte sich Elsa.

„Ganz okay“, gab Werner zu Antwort.

„Immer noch ein wenig übel und schwach auf den Beinen“, gestand Ferdinand.

„Ich hab Hunger", sagte Enno, und alle lachten. Seine Frau nahm seine Hand und drückte sie.

„Morgen kommen wir alle raus", sagte Ida. „Aber damit ist längst noch nicht alles vorbei."

„Wir bemühen uns, so schnell wie möglich Ergebnisse zu liefern", versicherte Lütsch.

„Es könnte sein, dass Sie das gar nicht mehr brauchen", sagte Elsa.

„Mmh?", machte Lütsch, besann sich aber sofort. „Äh … wie meinen Sie das?", führte er aus.

„Ich denke, dass ich weiß, wer der Täter ist."

Mit einem Mal war es totenstill in dem überfüllten Zimmer. Alle Augenpaare starrten Elsa an.

„Auf was beruht denn diese kühne Vermutung? Haben Sie auch Beweise dafür?", fragte Lütsch, der vielleicht auch etwas in seinem Stolz gekränkt war, dass diese Frau ohne sein Wissen und Zutun seine Arbeit besser erledigt hatte als er selbst. Wenn es denn stimmte.

„Beweise habe ich so gesehen nicht, es sind wohl eher Indizien. Aber meine Theorie ist so logisch, dass es keine andere Lösung gibt. Es haben sich in den letzten Tagen und insbesondere in den letzten Stunden ja einige Verdachtsmomente aufgetan, und durch Ausschlussverfahren kann man alle bis auf einen ignorieren."

„Ausschlussverfahren? Mmh", sagte Lütsch, und diesmal ließ er sein „Mmh" stehen.

„Ich weiß, dass für Sie als Polizeibeamter eine solche Vorgehensweise wahrscheinlich unzureichend ist, aber man kann auf verschiedenen Wegen zum Ziel kommen, nicht?"

„Ich werde es mir gespannt anhören."

Der süffisante Unterton in der Stimme des Oberkommissars gefiel Elsa nicht. Auch Astrid Stegmeier presste fast beleidigt die Lippen aufeinander, ehe sie das Wort ergriff.

„Ich finde, wir sollten Frau van Graaf ruhig und mit gebührendem Respekt zuhören. Keiner hat etwas zu verlieren, nicht wahr? Wir alle möchten wissen, wer der Täter ist. Auch Sie, Herr Oberkommissar, richtig?"

„Mmh. Schon, ja", presste er hervor.

„Also wir wollen es hören", sagte Ida Klaass gespannt und lächelte Elsa aufmunternd zu.

„Tja, dann fange ich einfach mal an." Elsa legte die Hände zusammen und stellte sich in die Mitte des Raums, damit alle sie sehen konnten. „Dieser Fall begann für alle Beteiligten am Samstagmorgen. Herr Sandvogel, Herr Klaass und Herr Dirks hatten alle ein sogenanntes Totenheck vor der Tür liegen, in das ihre Namen, ihre Geburtstage und auch ihr vermeintliches Sterbedatum eingeritzt waren. Diese Holzgiebel waren mit einigem Aufwand hergestellt worden, weshalb man davon ausgehen musste, dass es sich hierbei nicht um einen, wie man auch hätte vermuten können, Jungenstreich handelte, sondern um eine ernstzunehmende Drohung. Herr Sandvogel fand sein Totenheck um circa viertel nach fünf morgens vor der Tür. Zu dieser Zeit fuhr ich auf dem Kanal zufällig an seinem Haus vorbei und konnte beobachten, wie er den Giebel kurzerhand ins Wasser warf. Etwa drei Stunden später entdeckten auch Herr Klaass und Herr Dirks ihr Totenheck. Der Täter muss also in der Nacht unterwegs gewesen sein und hatte alle drei Totenhecks in gleicher Weise positioniert. Da Frau Stegmeier und ich an diesem Morgen bei Frau Dirks eingeladen waren, wurden wir in den Fall involviert, insofern, dass ich, wie schon gesagt, um fünf Uhr bei Herrn Sandvogel beim Fund des Totenhecks dabei war und auch um acht Uhr bei Herrn Dirks. Wir hielten es für angebracht, die Polizei einzuschalten, und Obermeister Voß-Hoss entschloss sich dann, Sie, Oberkommissar Lütsch, in Leer zu kontaktieren." Sie sah Lütsch an und lächelte vielleicht ein wenig zu gönnerhaft. „Sie nahmen die Ermittlungen auf."

Der Oberkommissar ließ sich eine eventuelle Verstimmung nicht anmerken. Elsa sah von ihm zu ihren übrigen Zuhörern.

„Was Sie und wir alle suchten, war ein Täter, der ein Motiv hatte, gleichermaßen jedem dieser drei Männer", sie zeigte auf Werner, Enno und Ferdinand, „die schon seit Kindertagen eng befreundet sind, etwas anzutun. Es lag nahe anzunehmen, dass sie zu dritt irgendetwas getan hatten, das eine vermutlich einzelne Person so sehr verletzt hat, dass sie sich auf perfide Art und Weise rächen wollte."

Elsa hob ihre Hand und legte Daumen und Zeigefinger zusammen, so als hielte sie den gesuchten Hinweis unsichtbar in der Hand. „Was konnte das sein? Was konnten die drei Schlimmes getan haben, und um welche Person handelte es sich dabei? Das waren die beiden Fragen, die es zu beantworten galt."

Sie machte eine Pause und blickte in die Gesichter der Umstehenden. Alle hingen wie gebannt an ihren Lippen. Nur Oberkommissar Lütsch hörte mit einem sehr kritischen Blick zu.

„Soweit bin ich noch bei Ihnen", bemerkte er und fixierte konzentriert einen Punkt am Boden.

„Schön", sagte Elsa und fuhr fort. „Nun wurden die Opfer befragt, und mehr oder weniger freiwillig trat ein erster Anhaltspunkt bei Herrn Dirks zutage." Sie sah ihn entschuldigend an, weil sie nun vor allen sein Problem thematisieren musste. „Herr Dirks ist bestellsüchtig und hat Schulden in Höhe von dreißigtausend Euro oder vielleicht auch mehr sowie eine Vielzahl von Gläubigern. Da wäre es natürlich denkbar, dass einer dieser Gläubiger sein Geld auf, sagen wir mal unkonventionelle Weise zurückfordern will und ihn mit einem solchen Totenheck erpresst. Die anderen könnten mit drinstecken, wenn sie als finanzielle Hilfe eingesprungen wären und bei genau diesem Gläubiger ebenfalls im Verzug waren. Laut Herrn Klaass und Herrn Sandvogel war das aber nicht der Fall. Somit blieb der Gedanke des Schuldeneintreibers als Täter in Schieflage, selbst dann noch, als diese Personen persönlich bei den Dirks auftauchten, um ihnen Angst zu machen."

„Zum Glück waren Sie da und schlugen sie mit meinem Fleischhammer in die Flucht", warf Ida nachdrücklich ein.

„Ja, ich verfolgte die Männer, dann verfolgten Sie mich, und eben das zeigt uns, dass sie andere Methoden anwenden, als das doch recht subtile Totenheck vermuten lässt. Somit war per Ausschlussprinzip", bei diesen Worten adressierte sie wieder Lütsch, „die Schuldenrache, so will ich es mal nennen, vom Tisch."

„Für Sie", sagte Lütsch.

„Richtig, für mich", bestätigte Elsa.

„So darf man bei der Polizei nicht vorgehen."

„Nein, da haben Sie recht", sagte sie und wartete ab, ob noch ein Einwand kam. Als der ausblieb, machte sie weiter. „Bei Herrn Dirks tat sich noch ein zweites Verdachtsmoment auf, als ich durch Zufall erfuhr, dass er beim letzten Boßelturnier mit einem Mitstreiter in Streit geraten war." Elsa ärgerte sich kurz über ihre ungeschickte Formulierung und machte nach einem kurzen Räuspern weiter. „Dieser Herr Sütjers …"

Bei dem Namen straffte sich Ferdinands Körper, und er starrte aufmerksam zu Elsa, weil er sich wohl fragte, wie sie dahintergekommen war.

„… beschuldigte Herrn Dirks des Betrugs in Form von Manipulation der Kugel, die er benutzte. Während des Turniers kam es sogar zu einer körperlichen Auseinandersetzung zwischen den beiden."

Ferdinand senkte den Blick, ebenso wie seine Frau, die sich sichtlich für ihn schämte.

„Herr Sütjers deutete an, Herr Dirks sei nur deshalb seit Jahren Boßel-Champion, weil er auch seit Jahren betrügen würde. Und es wäre durchaus denkbar, dass ein Mann wie Herr Sütjers, jemand mit einer solchen langjährig aufgestauten Wut im Bauch, sich nun an Herrn Dirks rächen will. Aber da haben wir wieder das Problem, dass dieses Motiv nur einen der drei Männer betrifft, nicht alle. Und wenn man Herrn Sütjers kennenlernt, erkennt man schnell seine Liebe zur Korrektheit und Ordentlichkeit. Er möchte, dass der mutmaßliche Betrüger für seine Taten zur Rechenschaft gezogen wird. Was in Form eines Untersuchungsausschusses bereits geschieht. Dadurch ist auch sein Motiv dahin. Jemand wie Herr Sütjers würde keine solche von langer Hand geplante Drohung inszenieren. Es ist eher so, wie beim Turnier geschehen, dass er seine Vorsätze nur im Affekt vergisst."

„Psychologie für den Hausgebrauch", spottete Lütsch.

„Psychologie für überhaupt einen Gebrauch", konterte Elsa.

„Und hast du nun die Kugel manipuliert?", fragte Enno.

Ferdinand hielt den Kopf gesenkt. „Ja", gab er schließlich leise zu.

„Bitte?" Roswita sah ihn an, als hätte er sich gerade in ein hässliches Tier verwandelt.

„Ey, im Ernst, Ferdi?“ Sören schüttelte enttäuscht den Kopf. „Mann, wir boßeln seit Jahren zusammen.“

„Tut mir leid“, sagte Ferdinand kleinlaut.

Betretenes und wütendes Schweigen machte sich im Krankenzimmer breit.

„Tja, wie auch immer.“ Elsa lenkte die Aufmerksamkeit wieder auf sich und bekräftigte: „Herr Sütjers kommt also ebenfalls nicht infrage. Nun richtete sich der Fokus auf Herrn Klaass.“

Werner Klaas sah erschrocken auf.

„Ja, denn Herr Klaass hatte Jens und Torge Seiters versprochen, sie in einer Sache zu vertreten, die diese beiden jungen Männer ihm gegenüber als ‚Streich‘ oder ‚Scherz‘ bezeichneten, der falsch verstanden werden könnte. Er bestand darin, dem Ehepaar Geerdes fünf sehr wertvolle Alpakas von der Weide zu stehlen, um sie dann weiterzuverkaufen. Da ihre Eltern gerade auf Kreuzfahrt sind, hatten die Brüder zu Hause jede Möglichkeit, die Tiere zu verstecken. Dummerweise fiel nach dem Transport der Tiere auf, für was die geliehenen Anhänger gebraucht worden waren, und schon bekam Herr Geerdes Wind davon. Der ließ Herrn Klaass wissen, dass ihm nicht nur bekannt war, wer die Alpakas gemopst hatte, sondern auch, dass dieser die Seiters-Brüder verteidigen wollte. Aber er unternahm nichts in der Sache. Er sagte nicht mal seiner Frau, dass er wusste, wer die Diebe waren. Was ihn für mich überaus verdächtig machte. Mit Sicherheit heckte er einen Plan aus, wie er Jens und Torge und vielleicht auch Werner Klaass dafür eins auswischen konnte. Aber, und das lenkt den Verdacht von Fiete Geerdes weg, er hatte keinen Grund, böse auf Herrn Dirks oder Herrn Sandvogel zu sein. Die beiden wussten gar nicht, dass ihr Freund die Tierdiebe vertreten wollte.“

Elsa hielt drei Finger ihrer rechten Hand hoch. „Drei Verdächtige konnten wir also bis jetzt ausschließen“, sagte sie. „Kommen wir zu dem Abend, als wir alle so nett zusammensaßen, die Landfrauen und ihre Männer, und auf einmal eine längst vergessene Sache wieder brandaktuell wurde. Herr Klaass, Herr Sandvogel und Herr Dirks hatten vor Jahren einen Künstler, einen Bildhauer, der hier als Einsiedler im Wald lebte, bedroht und ihn genötigt, den Ort zu verlassen. Warum? Weil er angeblich ein Verhältnis mit Frau Dirks gehabt haben soll. Zwei Wochen später schenkte dieser Bildhauer, sein Name war Zinntaler, der Gemeinde eine Skulptur mit dem Titel ‚Die Vertreibung aus dem Paradies'. Und Herr Dirks, Herr Sandvogel und Herr Klaas verstanden, dass sie der Grund für diese Titelauswahl waren, denn sie hatten ihn, Zinntaler, aus dem Paradies vertrieben. Nun schien er mit der Absicht zurückgekommen zu sein, sich an den dreien zu rächen. Als Künstler arbeitete er mit Holz, und die Drohung, die die Männer vor ihrer Tür gefunden hatten, bestand aus Holz. Zudem war sie ein Symbol, denn das Totenheck ist ein Brauch aus alten Zeiten. Das brachte die Wende in dem Fall. Für die vermeintlichen Opfer und für die Polizei war nun klar, dass die Lage sehr ernst war. Denn: Diesmal hatte der Verdächtige ein Motiv, das alle drei Männer gleichermaßen betraf. Und wenn sie am nächsten Tag beim Herbstmarkt ihren Lauf absolvieren wollten, würden sie Schutz benötigen. Also sollten am nächsten Tag zwei weitere Beamte hinzugezogen werden."

Hier stoppte Elsa kurz, holte tief Luft und legte dabei ein Lächeln auf. „In dieser Nacht überraschte ich im Hotel einen Eindringling, der sich an Frau Stegmeiers Tür zu schaffen machte. Ich verfolgte ihn und wurde im Wäschekeller von ihm niedergeschlagen. Und zwar mit einem Klüpfl, einem Werkzeug, das vor allem Bildhauer benutzen." Sie blickte vielsagend in die Runde. „Zinntaler war zurückgekehrt, das stand nun eindeutig fest. Diesen Verdächtigen können wir also unmöglich ausschließen."

Elsa dachte kurz nach, wie sie weitermachen sollte, und setzte dann neu an. „Die Männer überstanden den Lauf unbeschadet …"

„Bis auf die beiden Polypen", warf Sören grinsend ein, und erntete einen bösen Blick von Lütsch.

„… und verbrachten die restliche Zeit am Bierwagen auf der Oldtimerausstellung. Auch hier standen sie ständig unter Beobachtung der Kommissare Reinders und Siegbruch. Dennoch wurden sie vergiftet und kollabierten in einem alten Buick. Wie sich herausstellte, war es eine Arsenvergiftung, die zu Übelkeit und Bewusstlosigkeit bis hin zum Tod führen kann."

Elsa entspannte sich und atmete aus. Dann lächelte sie erneut. „Ein Mord braucht genau zwei Dinge: ein Motiv und eine Gelegenheit. Der Mörder muss einen triftigen Grund haben, warum er einen Mord begehen will. Das Motiv hatten wir. Zinntaler wollte Rache üben. Aber wann hätte er die Gelegenheit gehabt, Sie zu töten?“ Sie hielt fragend die Hände in die Luft. „Es gab drei Gelegenheiten, die Männer zu vergiften. Am Kuchenstand, wo alle drei ein Stück Kuchen aßen …“ Sie blickte zu Rieke und Sören, die ertappt und überrumpelt dastanden. „Dort arbeiteten aber Werner Klaass‘ Tochter und sein Schwiegersohn. Beide haben kein Motiv.“

Erleichtert sanken ihre angespannten Schultern herab.

„Dann war da die Getränkeausgabe für die Läufer. Auch hier waren nur zwei Personen beschäftigt, die aber kein Motiv hatten und die Opfer auch persönlich gar nicht kannten. Die dritte Möglichkeit wäre am Bierwagen gewesen, wo die Männer Bier, Schnaps und Bratwurst zu sich nahmen. Jens Janßen und Nele Bruns haben allerdings ebenfalls kein Motiv und kennen die drei nicht privat.“

„Aber es hätte doch schon vorher jemand irgendetwas vergiften können, den Kuchen oder die Getränke“, warf Ida Klaass ein.

„Ja, aber dann wären viel mehr Leute krank geworden. Der Mörder hätte es nicht fertigbringen können, genau die Getränke oder das Essen zu vergiften, das diese drei Männer zu sich nahmen.“

„Stimmt“, sagte Ida traurig.

„Und das ist es, was mich die ganze Zeit so wahnsinnig gemacht hat. Wir hatten alles. Einen Verdächtigen mit einem Motiv, einen verlorenen Gegenstand von ihm, den Bezug zu Holz durch seinen Beruf, aber wir hatten keine Gelegenheit. Also, der Mörder hatte keine Gelegenheit. Wie sollte er es also angestellt haben? Ich kam nicht dahinter. Das Rätsel war nicht zu lösen. Zumindest nicht mit den Informationen, die uns bis dahin vorlagen“, sagte Elsa, und alle wurden hellhörig.

Besonders Enno und Ferdinand sahen nun mit großen Augen zu ihr herüber, mussten sie doch befürchten, dass jetzt rauskommen würde, was sie gern verheimlicht hätten.

„Enno Sandvogel sagte mir, dass er mit seiner Lebenssituation nicht zufrieden sei und etwas Neues anfangen wolle“, begann Elsa.

Tanja Sandvogel stutzte. Ihrem Mann stand die Panik ins Gesicht geschrieben, Elsa könnte seine Scheidungsabsichten offenlegen.

„Er hatte eine Idee, eine Geschäftsidee, zusammen mit Ferdinand Dirks. Sie planten, eine Firma zu gründen, und nahmen dafür einen Kredit bei der hiesigen Volksbank auf. Mit dem Geld kauften sie einen Gulfhof, mittlerweile weiß ich sogar, was das ist, in Rußland. Das Rußland bei Wiesmoor“, fügte sie hinzu. Zum Lachen war aber keinem zumute. „Sie wollten eine Destillerie aufmachen und einen speziellen Moorschnaps herstellen.“

Lütsch wunderte sich sichtlich, was Elsa jetzt alles erzählte. Tanja sah Enno von der Seite an, weil sie nichts davon gewusst hatte. Roswita schüttelte nur noch kraftlos den Kopf.

„Die beiden wollten zwei Fliegen mit einer Klappe schlagen. Herr Sandvogel wollte mehr verdienen als bisher, und Herr Dirks wollte auf diese Weise seine Schulden loswerden.“

Roswita Dirks Kopfschütteln wurde immer vehementer und verzweifelter.

„Dieses Projekt schien zunächst nichts mit dem Fall zu tun zu haben“, erklärte Elsa weiter. „Und auch die nächste Geschichte nicht. Ich wollte nämlich die beiden Seiters-Brüder um ihre gestohlenen Alpakas erleichtern. Ich fuhr daher in der Nacht raus zu ihrem Firmengelände, lockte einen der Brüder dorthin und setzte ihn ein wenig unter Druck. Er gestand mir, wo die Tiere versteckt waren, und führte mich hin. Alle fünf Alpakas standen in der Werkstatt des Vaters im Garten ihres Hauses. Als ich rausgehen wollte, fiel mein Blick auf die Werkzeugwand. Da hingen doch tatsächlich Klüpfl in verschiedenen Größen. Aber …“ Sie hob mahnend den Zeigefinger und verharrte einen Moment in dieser Pose. „Einer fehlte.“

Alle überlegten verschärft, was das für den Fall bedeuten konnte.

„Tja, was hatten nun die Seiters-Brüder mit unserem Fall zu tun? Offenbar musste einer von ihnen derjenige gewesen sein, der mir nachts im Hotel eins übergezogen hat.“

„Aber warum denn?“, brach es aus Astrid heraus.

„Ich habe es zuerst auch nicht verstanden“, gab Elsa zu. „Bis … ja, bis ich einen Anruf erhielt, der gar nichts mit dieser Sache hier zu tun hatte.

Es ging um eine Quizfrage, und ich tippte falsch. Als ich erfuhr, wie die richtige Lösung lautete, wollte ich das im Internet nachschlagen und stieß auf einen sehr interessanten Artikel."

„Kommen wir irgendwann noch mal auf das Wesentliche zurück?", warf Lütsch ein. „Ich fürchte, ich kann Ihnen bald nicht mehr folgen."

„Keine Angst, Herr Oberkommissar, es erklärt sich alles ganz schnell. Besagter Artikel hatte Arsen zum Thema, und das hat ja nun essenziell mit unserem Fall zu tun, nicht? Als ich das las, fügte sich auf einmal alles ineinander. Jetzt war es logisch. Sogar die Tatsache, dass Ida Klaass mit ähnlichen Symptomen wie die anderen kollabiert war und nun ebenfalls hier liegt."

Elsa blickte aufgeregt in die Runde und sah ratlose Gesichter. Keiner schien etwas von dem zu verstehen, was sie sagte.

„Wer ist nun der Täter, fragen Sie sich", sagte sie. „Zinntaler? Einer der Seiters-Brüder? Machten die vielleicht gemeinsame Sache? Nein, der Täter ist viel gerissener. Das war kein gewöhnlicher Mordversuch. Von so etwas hatte ich bisher auch noch nicht gelesen."

„Wenn es nur darum geht, sind Sie schnell am Ende Ihres Lateins", sagte Lütsch und lachte.

„Arsen ist schon ein merkwürdiges Gift", fuhr Elsa unbeeindruckt fort. „Es kann tödlich sein, es kann Langzeitschäden verursachen, es kann aber auch vitalisierend wirken, kräftigend, verschönernd."

„Mmh?", machte Lütsch und verzog ungläubig den Mund.

„Der Artikel beschrieb eine Gruppe von Menschen im Tirol des neunzehnten und zwanzigsten Jahrhunderts, die man ‚Arsenikesser' nannte. ‚Arsenikesser' deshalb, weil sie es tatsächlich aßen. Arsen kommt in der Natur als sogenanntes Arsenik oder gelbes Arsenik vor. Es kann, in Maßen genossen, zu einer leistungssteigernden Wirkung führen. Die Tiroler Arbeiter, die es nahmen, mussten täglich große Lasten am steilen Berg bewegen, ebenso wie ihre Tiere, zumeist Pferde, die sie auch damit fütterten. Und das hatte wohl nicht nur eine verblüffende Wirkung auf die Leistungsfähigkeit, sondern auch auf das Äußere. Man nimmt zu, wird kräftiger, Haare oder Fell glänzen plötzlich, man wird vitaler und belastbarer. Nimmt man dieses Gift regelmäßig, stellt sich eine gewisse Gewöhnung ein, sodass man nach längerer Zeit mehr Toleranz aufbaut. Unser Täter hat dies getan. Er nahm Arsenik als eine Art Doping und steigerte so nach und nach seine Toleranz gegenüber dem Gift. Wozu? Um diesen einen, genialen Schachzug zu machen: Niemand kommt auf die Idee, dass das Opfer auch gleichzeitig der Täter sein könnte. Schon gar nicht in diesem Fall, da drei Personen vom Giftanschlag betroffen waren. Aber einer von ihnen hatte alles geplant und sich damit das beste Alibi der Welt verschafft, nämlich selbst als Opfer zu gelten."

Nun sah man, wie es in den Gesichtern arbeitete. Verstohlen sahen sich alle um und überlegten, von wem Elsa sprach.

„Unsere Landfrauen waren letztes Jahr in Rumänien und haben ihre Männer mitgenommen", erläuterte Elsa, und nun schwang Mitleid in ihrer Stimme mit. „Arsenik kommt in einigen Ländern der Welt vor. Unter anderem eben auch in Rumänien."

Jetzt ging den Frauen ein Licht auf, und sie sahen ihre Männer an, die völlig perplex dastanden und gar nicht reagieren konnten.

„Einer der Männer kaufte dort ein Stück Arsenik, was niemand bemerkte, denn es sieht aus … wie ein gelber Kristall."

Idas Augen weiteten sich, und sie sank zurück in ihr Kissen. Werner stand da und schüttelte mit offen stehendem Mund den Kopf.

„Nein, nein … das ist …"

„Werner", hauchte sie schwach.

„Nein", sagte er mit mehr Nachdruck.

„Herr Klaass hat, seit Sie aus Rumänien zurück sind, jeden Tag ein winziges Stück davon gegessen. Und es zeigte Wirkung. Frau Klaass, Sie sagten, ihr Mann sei neuerdings so voller Energie und schoben es auf die Midlife-Crisis. Er nahm an Gewicht zu, richtig? Und trotzdem war er ein guter Läufer, der mit Sören trainierte und auch Tennis spielte."

„Deshalb gewinnt er immer?", platzte Sören heraus.

„Anzunehmen. Und deshalb erholte er sich auch zuerst von der Vergiftung. Es lag nicht, wie die Ärzte vermuteten, an seinem Gewicht, sondern an seiner Gewöhnung an das Gift."

„Unsinn, völliger Unsinn", schnaubte Werner Klaass wütend.

Oberkommissar Lütsch sinnierte ganz ernsthaft mit einer Hand über dem Mund. Offenbar kam ihm das, was Elsa vortrug, inzwischen nicht mehr so abwegig vor.

„Der Bildhauer Zinntaler wäre mit Sicherheit ein perfekter Sündenbock gewesen. Denn mehr war er nie. Sie, Herr Klaass, haben uns ja erst auf diese Geschichte gebracht. Sie erzählten sie, um uns alle glauben zu machen, er wäre für seine persönliche Rache zurückgekommen. Wahrscheinlich ist Ihnen erst an dem Abend, als sie uns davon erzählten, überhaupt aufgefallen, wie wunderbar es Ihnen in die Karten spielte, dass Frau Stegmeier und ich als neutrale Beobachter da waren. Denn der anschließende, meiner Ansicht nach ziemlich spontan ausgeführte Überfall im Hotel und meine Beule dienten nur dazu, den Klüpfl als vermeintlich eindeutigen Hinweis auf Zinntaler vor Ort zu lassen. Sie hatten es weder auf mich noch auf Frau Stegmeier abgesehen, und Sie verloren ihn nicht, Sie ließen ihn absichtlich zurück."

„Jetzt machen Sie sich lächerlich", schimpfte er.

„Herr Klaass, es ist vorbei. Sie müssen nicht länger lügen. Eigentlich habe ich Sie doch als einen sehr vernünftigen Menschen kennengelernt, der gewisse Werte vertritt. Machen Sie sich nicht zu jemandem, der Sie nicht sind."

„Ich denke, dieser Herr Seiters hat Sie mit dem Klüpfl geschlagen", schaltete sich Lütsch ein. „Was denn nun?"

„Das hatte ich nur vermutet, als ich die leere Stelle an der Wand sah. Es muss sich aber so abgespielt haben, dass die Seiters-Jungs Herrn Klaass das Alpaka-Versteck zeigten. Herr Klaass bemerkte die Klüpfl an der Wand, Werkzeuge, wie Zinntaler sie immer benutzt hatte. Und schnappte sich einen. Wenn Sie mir nicht glauben, schauen Sie in den Fahrradkeller der Kanzlei. Dort steht ein Bügelbrett mit schwarzen Farbresten darauf, und im Staubsauger werden Sie ein paar Holzspäne finden, die mit Sicherheit zu den Totenhecks passen."

Ida Klaass weinte inzwischen leise, aber bitterlich in ihr Kissen. Sören hielt Rieke umarmt, die so angespannt dastand, als sei sie mitten in der Bewegung eingefroren. Sie sah ungläubig und vorwurfsvoll zugleich zu ihrem Vater, der versuchte, verharmlosend zu lächeln, es aber nicht schaffte.

„Aber Sie haben doch vorhin von Gelegenheiten gesprochen", wandte Enno Sandvogel ein. „Wann hatte Werner denn Gelegenheit, uns und sich zu vergiften?"

„Wie lange waren sie am Bierstand?"

„Keine Ahnung, zwei, drei Stunden."

„Und da gab es keinen Moment, in dem er Ihnen etwas ins Glas hätte tun können? Gelbes Arsenik sieht aus wie Kandis. Im Bier würde es nicht auffallen."

„Es war im Pingel", sagte Ferdinand Dirks einer Eingebung gleich. „Es war im Pingel! Ich dachte noch, was ist das da, warum tut der Jens jetzt Kandis da rein, anstatt Zucker!"

„Stimmt." Jetzt erinnerte sich auch Enno wieder.

„Jungs, das glaubt ihr doch nicht wirklich?" Werner Klaass leckte sich seine trockenen Lippen.

„Und das Motiv?", wollte Lütsch wissen. „Was für ein Motiv soll er haben? Es sind seine Freunde. Und wie und warum ist seine Frau vergiftet worden?"

„Letzteres war wohl nur ein dummer Zufall. Ida kollabierte, nachdem sie das Arsenik eine Weile in der Hand gehalten hatte. Sie vergiftete sich über den Hautkontakt, und das direkt vor meinen, Riekes und Frau Stegmeiers Augen. Zum Motiv der absichtlichen Vergiftung kann ihnen wohl Herr Klaass besser Auskunft geben als ich."

Die anderen warteten jetzt atemlos auf eine Erklärung des Anwalts, der wie ein in die Falle gegangenes Tier aussah.

„Werner, nun sag doch", bat seine Frau.

Er blieb stumm und konnte ihr nicht in die Augen schauen.

„Werner, sieh mich an."

Er schüttelte den Kopf wie ein kleiner Junge und presste die Lippen aufeinander. Sein Kinn begann zu zucken, und er musste ein Schluchzen unterdrücken.

„Werner, stimmt das etwa wirklich?", fragte Enno.

„Na, was denkst du denn!", schrie Werner Klaass ihn mit einem Mal an. „Mein ganzes Leben lang bin ich das verdammte dritte Rad am Wagen! Ihr seid immer die beiden Coolen, die alles so verdammt locker nehmen und sich um nichts Gedanken machen müssen. Seit wir klein waren, macht ihr euch über mich lustig, weil ich eben nicht so ein hirnloser Draufgänger bin wie ihr!"

„Was?", fragte Enno entsetzt. „Wovon redest du, Mann? Wie haben immer alles zusammen gemacht."

„Ach, ja? Zusammen? Mann, Enno, kannst du dir ungefähr vorstellen, wie oft ich euch beide aus der Scheiße geholt habe? Während ihr Mist gebaut habt, habt ihr gelacht über mich, weil ich angeblich zu viel Schiss hatte, um mitzumachen. Aber hinterher, wenn euch der Arsch auf Grundeis ging, dann habt ihr mich gerufen, dann war ich wieder gut genug, um euch da rauszuholen. Werner macht das schon, na klar. Werner regelt alles. Um nichts habt ihr euch Gedanken gemacht. Und das ist heute noch genau so wie früher. Ihr habt nichts gelernt, gar nichts. Ihr seid noch dieselben Schnacker wie damals. Große Klappe, nichts dahinter."

Es kam Bewegung in den Raum, die Frauen traten zurück, während die drei Männer aufeinander zustrebten.

„Und deshalb vergiftest du uns, du ... du ...", hob Ferdinand an.

„Du was?", raunzte Werner verärgert. „Sag schon, wie wolltest du mich nennen? Ausgerechnet du! Heute haben wir wahrlich genug Heldentaten von dir gehört. Und das stimmte alles. Wir sind deinetwegen, wegen deiner Scheiß-Eifersucht zu Zinntaler gegangen. Heute schäme ich mich dafür! Ich schäme mich dafür, dir Geld leihen zu müssen, weil du nichts anderes tust, als kaufen und bestellen. Du hast noch nicht eine einzige Minute richtig gearbeitet in deinem Leben. Das macht alles Rosi. Du läufst nur in diesen lächerlichen Anzügen rum. Sieh dich doch mal an, Ferdi. Schau doch einmal in den Spiegel."

Ferdinand schluckte und schlug die Augen nieder.

„Und du?" Werner wandte sich Enno zu. „Du bist wirklich der größte Egomane, den ich kenne. Du denkst an nichts anderes als an dich selbst. Ich wette, du stehst stundenlang vor dem Spiegel und guckst dich an, wie toll du doch bist und wie wenig du auf andere achten musst. Spaß haben kannst du, da bist du ganz groß. Aber mal irgendwas machen für andere, für mich, für uns. Fehlanzeige, völlige Fehlanzeige. Dieser Trip nach Rumänien.

Wer hat denn alles organisiert, damit wir als Männer da mitfahren konnten? Wer hat alles geplant und gebucht und im Voraus bezahlt? Enno, du hast zwei Kästen Bier besorgt und drei Pullen Schnaps eingepackt, den du noch vom Geburtstag im Keller stehen hattest. Ihr hängt da zusammen rum, und keiner von euch beiden kann einmal danke sagen. Das ist euch noch nie über die Lippen gegangen. Danke, Werner, dass du das organisiert hast. Danke, Werner, dass du uns da rausgehauen hast. Danke, danke, danke. Ich hab die Schnauze voll!"

Stille trat ein. Eine ohrenbetäubende Stille. Und als es an der Tür klopfte, zuckten alle außer Werner zusammen.

Eine Krankenschwester lugte herein. „Was ist denn hier los? Was ist das für ein Geschrei?"

Oberkommissar Lütsch nahm sich der Sache an und geleitete die Schwester wieder hinaus. Er sprach beruhigend auf sie ein, bis zu hören war, wie sich ihre Schritte wieder entfernten.

Lütsch schlich wieder herein. „Wir müssen leise sein, die anderen Patienten fragen schon."

„Papa", sagte Rieke, und es klang furchtbar hilflos. „Warum stauchst du sie nicht einfach zusammen, warum so, warum so?"

„Ich bin ausgetickt", sagte Werner nüchtern. „Ausgetickt, als ich erfuhr, was die beiden vorhaben. Diese Moorschnaps-Geschichte. Erst hab ich noch gewartet, aufgeregt wie ein kleiner Junge, wann sie mich endlich ansprechen. Aber es kam einfach nichts. Dann hab ich begriffen, dass sie das ohne mich durchziehen wollen. Und wisst ihr, wessen Idee das gewesen ist?" Er lachte kieksend. „Meine. Ich hab an Ennos Geburtstag gesagt, dass man einen Schnaps, den man nach traditioneller Methode aus dem Moorwasser hier herstellt, doch bestimmt gut verkaufen kann. Mann kocht es, gibt Buttermilch dazu, und wenn es aufkocht, schöpft man den Schaum ab und hat trinkbares Wasser. Aber eben auch echtes Moorwasser zum Destillieren. Die haben noch gesagt, nee, viel zu aufwendig. Und dann machen die ‚ne Firma hinter meinem Rücken auf? Mit meiner Idee? Was hätte es euch gekostet, mich zu fragen, mich ins Boot zu holen? Stattdessen haltet ihr mich zum Narren.

Und meine eigene Tochter sagt mir nichts von dem Kredit, den sie euch gibt."

„Oh, Papa … ich wollte nicht, dass du traurig bist, wenn du's erfährst."

„Ja, ja." Werner winkte ab. „Nicht deine Schuld, Rieke." Er wischte sich mit dem Ärmel die Tränen aus den Augen. „Was is jetzt? Bin ich festgenommen?", fragte er Lütsch erschöpft.

„Werner", sagte Ferdinand betreten. „Ich muss mich mit dieser Firma aus dem Schuldensumpf rausziehen. Das ist meine letzte Rettung. Zusammen mit dir hätten wir dritteln müssen, so bekomme ich die Hälfte. Ich wusste doch nicht mehr weiter. Ihr habt ja alle gehört, was ich für eine Flasche bin." Kraftlos ließ er die Hände sinken.

„Für mich sollte es ein Neuanfang werden, Werner. Ich wollte die Schafe loswerden und endlich ein bisschen Geld machen, mir was leisten können. Aber du hast recht. Ich hab dabei nur an mich gedacht. Nicht an dich und auch nicht an Tanja, einfach nur an mich. Tut mir leid." Enno kämpfte mit den Tränen. Alle kämpften mit den Tränen. Nur Elsa nicht. Sie lächelte erleichtert.

„Frau Stegmeier? Wollen wir dann?"

„Aber Sie können doch jetzt nicht fahren", sagte Ida Klaass und räusperte sich mit einem Frosch im Hals.

„Doch, ich denke, das ist das Beste", entgegnete Astrid sanft.

„Frau van Graaf?" Oberkommissar Lütsch kam zu Elsa und reichte ihr die Hand. „Ich habe Sie unterschätzt. Respekt, mmh?"

„Mmhmmh."

Elsa und Astrid gaben allen die Hand, Roswita Dirks und Rieke umarmten sie.

„Danke, dass Sie dichtgehalten haben", flüsterte Enno Elsa zu, als sie sich verabschiedeten, und ergriff die Hand seiner Frau.

„Frau van Graaf!" Ida Klaass winkte Elsa zu sich ans Bett. „Geben Sie mir bitte meine Tasche, sie steht da unten."

Elsa reichte ihr die Handtasche aufs Bett. Ida kramte darin herum und zog schließlich einen weißen Umschlag heraus.

Sie drückte ihn ganz fest in Elsas Hände. „Bitteschön, ich wünsche Ihnen ganz viel Glück", sagte sie mit Tränen in den Augen.

Elsa lächelte sie an und steckte den Umschlag ein, ohne ihn zu öffnen. Dann griff sie in ihre eigene Tasche.

„Das sind die zwölf Euro, die ich Ihrer Freundin Lexi schulde“, sagte sie und steckte Ida das Geld zu. „Wollte ich Ihnen längst schon gegeben haben.“

Elsa und Astrid winkten in die Runde, verließen das Zimmer, schlossen die Tür hinter sich und gingen schweigend den Flur entlang. Vor dem Lift blieben sie stehen.

„Gott, ich bin klitschnass geschwitzt“, sagte Elsa.

Astrid musterte sie von der Seite. „Das war die beste Auflösung eines Krimis, die ich je gesehen habe, Frau van Graaf.“

„Danke.“

Astrid nickte anerkennend, und die Fahrstuhltür öffnete sich.

Sie bestiegen den Lift, in dem zwei Ärzte und ein Mann mit seiner Frau mit Gipsbein standen.

„Moin“, grüßte sie.

„Moin“, grüßten Elsa und Astrid zurück.

Das Ehepaar begann während der Fahrt nach unten zu tuscheln. Bis der Mann schließlich auf Elsa zutrat.

„Entschuldigen Sie, sind Sie nicht Elsa van Graaf?“, fragte er.

„Ja, bin ich“, sagte Elsa verwundert.

„Könnte ich vielleicht ein Autogramm bekommen?“ Er hielt ihr einen Stift und die Rückseite seines iPhones hin.

„Da drauf?“

„Ja, bitte.“

„Gut.“ Elsa unterschrieb schwungvoll und gab dem Glücklichen Stift und Handy zurück.

„Tausend Dank.“

„Gern.“

Der Fahrstuhl war im Erdgeschoss angekommen, die Türen schoben sich auf. Elsa und Astrid stiegen aus.

„Was war das denn?“, flüsterte Astrid Elsa zu. „Sind Sie hier schon so eine Berühmtheit geworden?“

„Ich schätze, das war ein Ruderfan", antwortete Elsa.

„Ach ja, rudern können Sie ja auch noch." Astrid winkte ab und lachte einmal laut auf.

Sie stiegen in den Camper und machten sich auf den Rückweg nach Berlin. Nach zwei Stunden legten sie an einem Parkplatz eine Pause ein.

„Ach du je", sagte Elsa, nachdem sie in eine Parklücke gefahren war, und schlug sich die Hand vor den Kopf.

„Was ist, haben Sie Ihre Zahnbürste vergessen?"

„Schlimmer, die Geschenke. Sind noch alle hinten im Kofferraum."

„Machen Sie sich keine Gedanken, Sie haben die Uplengener genug beschenkt."

Astrid stieg aus, um auf die Toilette zu gehen. Elsa fiel der Umschlag wieder ein, den Ida Klaass ihr gegeben hatte. Sie griff in die Innentasche ihrer Jacke und holte ihn hervor. Es stand nichts darauf, aber er war zugeklebt. Mit dem Zeigefinger trennte sie das Papier auf und hielt den Reiseplan der Klaassens auf der MS Seaworld in der Hand. Auf der zweiten Seite war eine Stelle mit Textmarker hervorgehoben.

„23.07.2015: Ankunft in Tunis mit Stadtführung und Besuch eines Bazars" stand dort zu lesen.

Elsa atmete vorsichtig aus, ihr war, als hielte sie Nitroglyzerin in den Händen.

„Was haben Sie?", fragte Astrid, die wieder eingestiegen war und sich die Frisur richtete.

„Ein Geschenk", antwortete Elsa. „Ich hab ein Geschenk bekommen."

ENDE

NACHWORT

Ich möchte mich bei allen bedanken, die an diesem Krimiprojekt beteiligt waren, vornehmlich bei den Uplengener Landfrauen, die mir und dem Verlag mit Rat und Tat zur Seite standen.

Eine Anmerkung noch zu dem tatsächlichen Schöpfer des im Text erwähnten Kunstwerks: Ludwig Schumacher ist ein außergewöhnlicher Bildhauer, der in der ganzen Welt als Künstler unterwegs ist. Er lebt in einem Bauwagen ohne Strom und fließend Wasser im Einklang mit der Natur. 1998 kam er nach Stapel, einem kleinen Ort in der Gemeinde Uplengen, und wurde nach anfänglichem Misstrauen von den Bewohnern dort geschätzt und mit Mahlzeiten versorgt.

Aus Dankbarkeit schenkte er ihnen die Skulptur „Vertreibung aus dem Paradies", die seitdem im Glockenturm der Alten Schule in Stapel zu bewundern ist.